Les Messieurs de Grandval

Christian Signol

Les Messieurs de Grandval

ROMAN

LE GRAND LIVRE DU MOIS

A Georges Fargeas

Je ne connais que deux belles choses dans l'univers : le ciel étoilé sur nos têtes et le sentiment du devoir dans nos cœurs.

Emmanuel KANT

PREMIÈRE PARTIE

Le feu

1

J'AVAIS douze ans, ce matin d'automne où je me suis trouvé pour la première fois devant la gueule ouverte du haut-fourneau, n'osant approcher mon bras droit qui tenait le brandon de paille tressée, de peur de me le faire arracher. Étant le fils aîné du maître de forge, je savais pourtant que je ne pouvais pas m'y dérober. Mon père, Éloi Grandval, un homme brun, sévère, épais, coléreux, régnait sur un domaine de plus de trois cents hectares, dont la plupart étaient confiés à des métayers, lesquels venaient presque tous travailler à la forge pendant l'hiver. Nos terres s'étendaient jusqu'à Tourtoirac à l'ouest, jusqu'à Anlhiac à l'est, dans une large vallée creusée par l'Auvézère, que limitaient au nord les collines d'Excideuil, au sud celles de Hautefort. Le château était blotti au cœur de cette vallée verte, entre des ormes et des chênes immenses qui émergeaient de son enceinte et le protégeaient du monde extérieur. Le long de son mur, à l'est, une route poussiéreuse menait à la forge et aux communs qui se trouvaient cent mètres plus bas, au bord de la rivière dont les eaux, plus grises que vertes, charriaient en ce mois d'octobre les premières feuilles mortes.

– Alors, Fabien ! tonna la voix de mon père.

J'hésitai encore quelques secondes, puis j'introduisis mon bras dans la gueule du haut-fourneau où le bois de chêne uni à de la paille s'embrasa d'un coup, me faisant reculer d'un pas. J'avais lâché le brandon juste à temps, tandis que le monstre s'ébranlait dans un grondement d'apocalypse, illuminant la halle de coulée d'une lueur rouge et or. Le régisseur me tendit alors une image pieuse représentant saint Éloi – le patron des forgerons – que je jetai dans le four où elle s'embrasa aussitôt. Puis le curé de Saint-Martial s'approcha et bénit le haut-fourneau en récitant des prières que reprirent les hommes et les femmes rassemblés derrière lui. Leurs voix étaient à peine audibles, car on eût dit que la terre tremblait sous la colère du monstre qui rugissait maintenant, soufflait et hoquetait, content de lui-même, semblait-il, c'est-à-dire des victuailles qu'on lui avait données à dévorer.

Mon père donna alors le signal des réjouissances, invitant tous ceux qui se trouvaient là à s'approcher de la grande table où avaient été apportées des crêpes de blé d'Espagne, du pain et de la viande froide, mais aussi une barrique du vin des coteaux, un vin léger et fruité qui n'avait ni le moelleux ni le velours des vins du Bergeracois, mais dont je garde le souvenir précis : celui d'un goût de framboise mûre qui éclatait délicieusement dans la bouche. Il y avait au moins quatre-vingts personnes, ce matin-là, dans la halle de coulée : les chargeurs, les gardeurs de feu, les fondeurs, les mouleurs, les forgerons, les affineurs : tous ceux qui, en octobre, venaient travailler à la forge, et, à la belle saison, regagnaient les métairies de la Dorie, des Janissoux, de la Chassénie, de la Fondial, de la Borderie, de la Brande, des Pélousières, mais aussi les ouvriers qui cultivaient la réserve, c'est-à-dire les terres que nous exploitions directement, pour l'approvisionnement du château. Ils étaient accompagnés de leurs enfants que je n'étais pas habitué à côtoyer, bien au contraire, mon père n'aimant pas que ses propres enfants fréquentent les ouvriers.

Depuis les Trois Glorieuses, en effet, les maîtres de forge se méfiaient de ceux qu'ils nommaient les jacobins, ceux qui avaient fait la Révolution à Paris, en appelant de tous leurs vœux la République. Il considérait que nous avions évité la catastrophe de justesse. Heureusement, un Orléans avait succédé au Bourbon déchu, et la vie avait repris son cours, entre campagne de fondage et travaux des champs. Seuls pouvaient franchir la barrière le maître de Grandval et le régisseur, Abel Vidalie, excepté en une seule occasion : celle qui se présentait en ce matin de la fin octobre, passé les vendanges qui laissaient encore traîner leurs parfums de moûts, de cuves et de barriques sur les champs et les prés.

Mon frère Thibaut et moi, nous regrettions ce manque de contact pendant l'hiver avec les enfants du domaine, d'autant plus surprenant pour nous que notre père ne s'opposait pas à ce que nous aidions aux travaux des champs à la belle saison, comme s'il considérait que les paysans étaient plus fréquentables que les ouvriers. C'était pourtant souvent les mêmes. Mais les traditions ancestrales de l'exploitation agricole des domaines semblaient tout à fait impossibles à remettre en cause, en tout cas beaucoup moins que celles des forges où les idées républicaines commençaient à s'infiltrer.

Avec Thibaut, nous l'ignorions et nous déplorions de ne pouvoir nous échapper du château, prisonniers que nous étions de notre mère, une femme très douce mais terrorisée par son mari ; de notre précepteur : un jeune homme bouclé, portant lunettes, d'une extrême fragilité, et des règles bien établies qu'il n'était pas question de transgresser. Et pourtant, ce matin-là, je connaissais presque tous les enfants qui étaient présents mais n'osaient pas s'approcher. Ce fut moi qui me dirigeai vers la table pour prendre une crêpe de blé d'Espagne, l'une des ces crêpes épaisses qui pouvaient caler un estomac pour toute une matinée.

En me retournant, je me retrouvai face à une fille de mon âge que je n'avais jamais vue : elle venait d'arriver au château pour la campagne de fonte, elle était brune mais, contrairement à toutes celles que je connaissais – et Dieu sait si les filles du Périgord étaient brunes ! –, elle avait des yeux très clairs, d'un bleu de verre, transparent, qui donnaient l'impression que l'on pouvait lire en elle. Et ce que je lus, ce matin-là, en croisant son regard, ce fut la faim et en même temps l'immense satisfaction de pouvoir l'apaiser. Aussitôt, comme prise en faute, elle cessa de mâcher, rougit, se troubla. J'eus à peine le temps de sourire qu'elle se détournait, s'éloignait, et je ne sus si elle avait eu le temps d'apercevoir ce sourire qui traduisait ma surprise, et sans doute aussi – mais il y a si longtemps de cela – mon soulagement de la voir manger à sa faim.

Quelques jours plus tard, en interrogeant Abel Vidalie, j'appris qu'elle s'appelait Lina, un diminutif de Célina, et qu'elle arrivait avec sa famille des environs de Coulaures où son père était bordier sur de mauvaises terres au fond des bois qui les nourrissaient très mal, elle et sa famille. Son père avait été recommandé par un de ses cousins pour travailler à la forge comme gardeur de feu. Ils devaient habiter les communs pendant l'hiver et emménager à la Borderie à partir du printemps, pour travailler la réserve, à la place des anciens bordiers, trop âgés, qui devaient partir à l'hospice de Hautefort.

La fête ne dura pas longtemps, ce matin d'octobre, car le travail attendait. Peut-être une demi-heure, guère plus. Avant de regagner le château, je rejoignis mon père qui se trouvait devant la dame épaisse du four, en compagnie des gardeurs de feu en blouse blanche, auxquels il prodiguait ses recommandations : ils ne devaient surtout pas laisser s'éteindre le foyer sous peine de voir s'engorger le haut-fourneau. Il faudrait alors deux ou trois jours pour le désengorger, et c'était trois jours de fonte perdus, au cours d'une campagne qui ne durait que cinq mois, rarement six, avec le risque de ne pas pouvoir faire face aux commandes des messieurs de Ruelle qui étaient responsables de la fonderie royale et à ce titre chargés d'alimenter en canons l'arsenal de Rochefort.

A l'époque, on comptait une vingtaine de forges sur la Loue et sur l'Auvézère. Et si elles étaient si nombreuses dans cette région frontalière entre la Dordogne et le Limousin, c'était parce que les grands propriétaires disposaient de tout ce qui leur était nécessaire pour les alimenter : le minerai, qu'ils mélangeaient à de la castine, les forêts pour le charbon de bois avec lequel ils chauffaient les fours, et l'eau des rivières pour faire tourner les roues qui actionnaient la soufflerie indispensable à une bonne combustion. Même si elles se heurtaient déjà à la concurrence des aciers de Lorraine – qui chauffaient au coke et non au charbon de bois –, elles ne souffraient pas encore de celles des pays nordiques, les frontières n'étant pas encore ouvertes au commerce extérieur. Cela ne durerait pas, mais nous l'ignorions, ce matin d'automne de l'année 1842, alors que, âgé de douze ans, je regagnais le château, confiant dans cette campagne de fondage dont mon père attendait beaucoup, ému plus que je n'aurais su le dire par cette fille de mon âge que je ne connaissais même pas, mais qui m'avait fait comprendre que l'on pouvait avoir faim à dix ans.

L'hiver qui suivit cette ouverture de la campagne de fondage fut magnifique car il neigea. C'était rare, dans une vallée aussi douce, aussi protégée que l'était celle de l'Auvézère. Une nuit, je découvris pour la première fois le spectacle magnifique des flammes rouges sur fond de neige, les lueurs ardentes prolongées jusqu'au ciel depuis le foyer gigantesque qui semblait naître d'un blanc si pur, si troublant qu'on eût dit que la neige brûlait. C'était tout simplement féerique.

Rien n'aurait pu me réveiller, ni la cloche des charges, ni le grondement du four auxquels j'étais habitué depuis ma naissance, mais l'incendie extraordinairement sauvage des flammes rouges sur le blanc des collines me faisait me dresser dans mon lit au milieu de la nuit, m'attirait vers la fenêtre, me gardait fasciné pendant près d'une heure, conscient que j'étais de vivre dans la beauté d'un monde qui n'appartenait qu'à moi et que, quoi qu'il se passât à l'avenir, je saurais défendre mieux que quiconque.

Car je le connaissais déjà parfaitement, ce monde, mon père m'ayant expliqué comment il fonctionnait dès que j'avais été en âge de comprendre. Je savais tout des mystères qui l'entouraient, du miracle qui se renouvelait lorsque la fonte coulait dans la halle au moment où s'ouvrait la dame, du rougeoiement et du crépitement des étincelles qui l'illuminaient, des silhouettes fumantes des fondeurs qui se saisissaient des gueuses au moyen de grandes pinces qui les faisaient ressembler à des monstres préhistoriques. J'étais capable de juger de la qualité de la fonte à sa couleur grise ou blanche, du savant dosage qu'effectuaient les chargeurs entre le minerai et la castine, de l'efficacité des puddleurs qui la brassaient pour la transformer en fer. Je n'ignorais rien des difficultés de l'approvisionnement en minerai, en bois et en charbon de bois, de cette chaîne qui ne devait en aucun cas se rompre sous peine d'arrêter la forge placée sous l'autorité du régisseur, lequel connaissait chaque recoin du domaine, des gisements, des forêts, des fardiers chargés de les acheminer.

Quoi que je fisse, même relégué à l'intérieur du château par le froid ou les leçons de mon précepteur, mes yeux cherchaient toujours le haut-fourneau, s'y réchauffaient, y puisaient le bonheur d'une vie chaude et grondante, incendiaient mon esprit qui devenait rebelle à tout ce qui lui était étranger. C'est dire si les leçons de grammaire, de latin, de mathématiques, de botanique et d'histoire me lassaient vite. Elles ne faisaient que retarder le moment où mon esprit retournerait vers la forge, et je ne leur accordais que l'attention nécessaire pour ne pas attirer sur moi les foudres de mon père.

Je n'avais, au contraire, rien à redouter de ma mère : elle était trop occupée à régenter les chambrières, les lingères et les servantes, attentive à éviter le moindre reproche dans la bouche d'un époux qui la terrorisait. C'était une femme qui n'avait pas beaucoup de santé. Elle était née fille de notaire à Savignac-les-Églises, et n'avait en rien été préparée à ce monde des forges, dur et violent, dans lequel vivaient des hommes de fer et de feu. Je crois qu'ils s'étaient rencontrés au cours de l'un de ces repas qui réunissaient les familles de la bonne société, c'est-à-dire celles qui possédaient les terres et les forges, et que conseillaient des notaires chargés de régler des successions toujours difficiles. Elle s'était montrée douce et attentionnée envers mon frère et moi, mais, depuis trois ou quatre ans, elle intervenait très peu dans notre éducation, du fait que notre père y veillait jalousement.

Au reste, elle avait fort à faire pour tenir en ordre le château, qui n'en était pas un à proprement parler, mais plutôt une gentilhommière, une maison noble de deux étages composée d'un bâtiment central encadré de deux tours carrées trois fois moins larges que lui, lesquelles délimitaient une terrasse qui donnait sur un parc dont les massifs, pour la plupart, étaient des buis. A son extrémité, les écuries, les caves et les greniers formaient un bâtiment de moindre importance, mais dont les pierres de taille étaient semblables à celles du château. On accédait au parc par deux portes de bois monumentales qui, de l'extérieur, ne laissaient rien apparaître de ce qui s'y passait. Sans doute avaient-elles été posées pour préserver les secrets des maîtres, aidées en cela par les grands ormes et les chênes gigantesques qui épaulaient des murs d'enceinte épais comme des remparts.

Il fallait descendre la route qui menait à l'Auvézère pour accéder à la forge et aux communs dans lesquels logeaient les ouvriers qui deviendraient les domestiques de la réserve aux beaux jours, mais nul n'aurait songé, depuis le haut-fourneau, à s'approcher du château sans y avoir été invité. C'est dire si Thibaut et moi vivions protégés du monde extérieur pendant les longs mois d'hiver. Protégés et prisonniers, impatients de voir revenir les beaux jours, d'accompagner notre père dans les métairies ou dans la réserve, et, parfois, le plus souvent possible, de participer aux travaux des champs. Nous saisissions la moindre occasion pour nous échapper, comme cette fin de nuit de décembre où, subitement, le monstre cessa de gronder.

Mon père, réveillé, comme tous, par le silence, se rua au-dehors, fit ouvrir le portail et marcha vers la forge en menaçant déjà. Je pris juste le temps de passer un manteau et m'engouffrai dans la brèche ouverte derrière lui. La nuit était claire et froide. Des brandons de paille tressée brûlaient dans la halle où erraient des silhouettes vacillantes comme des fantômes. C'étaient celles des gardeurs de feu qui attendaient la foudre, laquelle ne tarda pas à s'abattre sur eux. Ils firent front, pourtant, devant le maître de forge qui criait, hurlait, voulait à tout prix connaître le coupable, le pauvre bougre qui s'était endormi d'épuisement dans la bédière – ce réduit où les hommes se reposaient à tour de rôle –, laissant s'éteindre le foyer.

– Son nom ! Je veux son nom ! criait mon père, et il ira courir les routes comme un mendiant de grand chemin !

Les deux gardeurs de feu, immobiles dans leur blouse blanche, ne disaient rien.

– Vous le connaissez, vous, Vidalie ! reprit le maître de forge en s'adressant au régisseur. Qui m'a foutu des jean-foutre pareils !

Le régisseur, arrivé sur les lieux le premier, connaissait évidemment le coupable, mais c'était lui qui l'avait recruté sur la recommandation d'un parent : un puddleur de bonne réputation qui travaillait à la forge depuis longtemps. Il ne s'en sentait que plus responsable, hésitait à donner son nom.

– Puisque vous le prenez comme ça, je vous retiendrai votre salaire à tous les deux ! tonna mon père.

A cet instant, je découvris dans l'ombre, un peu en retrait, la fille aux yeux clairs que j'avais remarquée le jour de l'ouverture de la campagne de fondage. Je compris qui était le coupable à son regard terrorisé : c'était son père, et elle le savait. D'ailleurs celui-ci s'avança, humble fantôme dans sa blouse blanche, et dit d'une voix douce, mais qui ne tremblait pas :

– C'est moi, Monsieur.

– Comment s'appelle-t-il ? demanda mon père à Vidalie, comme si l'homme qui se tenait devant lui était invisible.

– Jean Lestrade, répondit Vidalie. Il vient d'arriver. Il n'a pas l'habitude.

– Demain vous le jetterez dehors ! décida le maître de forge, d'une voix où la colère ne faiblissait pas.

A cet instant, la fille se précipita auprès de son père et l'agrippa par sa blouse, sans un mot mais avec un regard si poignant, si farouche aussi, que le régisseur esquissa une défense à laquelle le maître de forge n'était pas habitué.

– Il va s'y faire, Monsieur, ça ne se reproduira plus.

– Des bons à rien ! hurla de nouveau mon père, et les commandes qui attendent ! Jetez-le dehors ! Tout de suite !

Mon regard croisa celui de la fille et je crus y lire un appel au secours. Je ne sus exactement pourquoi, mais je me portai alors à la hauteur de mon père, et je prononçai doucement les premiers mots qui me vinrent à l'esprit :

– C'est l'hiver.

Mon père parut ne pas m'entendre, ses yeux se posèrent sur moi sans me voir, et pourtant je compris qu'il venait de changer d'avis.

– Vous avez vingt-quatre heures pour désengorger le haut-fourneau ! ordonna-t-il. Pas une de plus. Si la cloche ne sonne pas demain à la même heure, les gardeurs de feu devront partir.

Je croisai le regard de la fille dont les yeux clairs, si clairs, s'étaient attachés aux miens, et dans lesquels je lus quelque chose d'inconnu mais d'immense, d'inoubliable. Tous les ouvriers étaient réveillés, à présent : les fondeurs, les chargeurs, les mouleurs, les puddleurs, prêts à se mettre au travail, solidaires face au maître de forge. Je sentis que mon père hésitait, mais davantage, maintenant, à cause de cette solidarité évidente, qu'à cause du retard que provoquerait l'engorgement du haut-fourneau.

– Allez ! Au travail ! ordonna le régisseur, faisant heureusement diversion.

Les ouvriers s'approchèrent du haut-fourneau, ouvrirent la dame derrière laquelle apparut le minerai solidifié. Mon père, excédé, fit demi-tour et me prit par l'épaule d'une main dure, une main de fer qui me fit comprendre aussitôt que moi aussi j'étais coupable. Et bien plus que je ne le pensais. J'allais mesurer à quel point dans les minutes qui suivirent. En effet, alors que de retour au château je m'apprêtais à monter l'escalier pour regagner ma chambre, mon père me retint par le bras et m'entraîna dans son bureau. Là, il me lâcha le temps de saisir son fouet, revint vers moi et s'en servit à trois reprises, la lanière sifflant contre mes jambes à peine protégées par ma chemise de nuit.

– Je suppose que tu sais ce qui te vaut ce châtiment, lança-t-il, le bras levé, prêt à frapper de nouveau.

Et, comme je ne répondais pas, incapable de formuler les raisons d'une culpabilité que, cependant, je devinais :

– En aucun cas tu ne dois intervenir en faveur des ouvriers. Au contraire : tu dois apprendre à t'en faire respecter, à te montrer dur avec eux, à faire preuve d'autorité, même si elle te paraît injuste.

Il s'arrêta un instant, reprit face à mon silence accablé :

– Sais-tu pourquoi ?

– Je crois, père, dis-je pour éviter la lanière qui me menaçait.

– Si tu le sais, pourquoi es-tu intervenu ?

J'étais évidemment incapable de lui avouer la vraie raison : le regard de cette fille qui, depuis le premier jour de notre rencontre, me bouleversait.

– Je ne sais pas.

Mon père cingla à trois reprises mes jambes que je ne pouvais protéger, puis s'arrêta brusquement. Je n'avais ni gémi, ni crié. Je me contentais de fixer devant moi, de l'autre côté du bureau, la bibliothèque pleine de livres énigmatiques.

– Si nous ne nous faisons pas respecter, reprit mon père, si nous ne nous montrons pas impitoyables, un jour nous ne pourrons plus faire face aux commandes et la forge s'arrêtera. Alors ce ne sera pas seulement un ouvrier qui se retrouvera sans travail dans le froid de l'hiver, mais tous.

Il laissa tomber son fouet, me prit par les épaules, me força à lever la tête vers lui, demanda ·

– Est-ce que tu as compris ?

– J'ai compris, père.

Alors il fit ce qu'il n'avait jamais fait : il me serra contre lui un bref instant, ses deux mains refermées sur ma nuque, dans un geste dont je ne l'aurais pas cru capable, puis il me repoussa rudement et me dit :

– Va dormir maintenant.

Quand je me retournai, j'aperçus ma mère, épouvantée, qui, je ne pus en douter, avait assisté à la scène, mais aussi mon frère qui se hâta de disparaître dans l'escalier.

Les jambes cuisantes, je montai les marches moi aussi, me glissai dans mon lit, tremblant de froid bien plus que de douleur, en proie à un sentiment de bonheur immense : malgré sa violence, le geste de mon père venait de m'apprendre que l'on pouvait châtier et aimer en même temps. Bien qu'il fût très différent, il rejoignait celui de la fille se pressant contre son père, et au bout du compte, l'émotion était la même. Il me sembla, en m'endormant ce soir-là, que, contrairement à ce qu'on l'on m'enseignait, le monde des ouvriers et celui des maîtres de forge n'étaient pas fondamentalement différents : l'amour filial ou paternel, du moins, était le même. Je m'endormis rassuré, comme si, intimement, je devinais déjà que ces deux mondes, un jour, pour moi, ne feraient qu'un.

Au cours de cet hiver interminable, heureusement, Noël resplendit de tous ses feux. Même si la cloche des charges ne s'arrêtait pas de sonner, les pensées de tous ceux qui vivaient au château, à la forge et dans les communs, étaient tournées vers la messe de minuit, le grand repas qui la précéderait, le réveillon qui lui succéderait. Les femmes s'étaient mises à plumer des chapons, des dindes et des canards dans une effervescence qui mettait tout le monde en joie. On avait apporté des truffes dont le parfum hantait les couloirs du château, un sanglier qui était pendu par les pieds dans l'office, des lièvres énormes que les cuisinières écorchaient en riant, sans s'émouvoir le moins du monde, mais aussi des truites de l'Auvézère dont la robe noire à points rouges évoquait en moi des matinées de pêche dans la lumière tiède des printemps. Je savais qu'il y aurait une trentaine d'invités au château, y compris le curé de Saint-Martial qui célébrerait l'office à minuit.

J'étais si impatient, en cette fin d'après-midi du 24, que je n'écoutais même pas mon précepteur, Benoît Rigaudie, un jeune célibataire originaire de Périgueux, dont les yeux étonnés, derrière des lunettes rondes, paraissaient continuellement effrayés. Et c'était vrai qu'il l'était, effrayé, ce petit précepteur, par mon père qui le trouvait trop peu exigeant avec ses deux fils, et menaçait régulièrement de le renvoyer. Aux yeux du maître de Grandval, le défaut principal du jeune homme était qu'il écrivait de la poésie : c'était évidemment une preuve de faiblesse, de penchant pour la rêverie, qui le condamnait à plus ou moins longue échéance à être remercié. Aussi vivait-il dans l'angoisse et nous implorait-il de donner satisfaction à notre père, surtout dans les deux matières sur lesquelles il lui avait été demandé d'insister : les mathématiques et l'histoire.

– Je vous en supplie, répondez-moi, monsieur Fabien, me demanda-t-il ce soir-là : qui a succédé à Louis XVIII ? Un Bourbon ou un Orléans ?

– Un Orléans, répondis-je, provoquant un éclat de rire de la part de mon frère que l'histoire de France intéressait davantage.

– Mais non, je vous l'ai déjà dit à plusieurs reprises, fit le précepteur désespéré : Louis XVIII est mort en 1824 de mort naturelle, il n'a pas été renversé, grâce au ciel. Charles X, un Bourbon, lui a succédé, et c'est lui qui a été chassé par la révolution de 1830. D'où le fait que ce soit un Orléans : Louis-Philippe, notre roi d'aujourd'hui – Dieu le protège –, qui règne sur notre beau pays.

Il se tut un instant, soupira et, accablé, reprit :

– Vous imaginez si votre père vous interroge à ce sujet et que vous lui répondez que Louis-Philippe est un Bourbon.

– C'est un roi, dis-je. Qu'est-ce que ça change que ce soit un Bourbon ou un Orléans ?

– Petit malheureux ! Savez-vous que votre père est un légitimiste convaincu, et que nous sommes nombreux, ici, en Périgord, à espérer un jour le retour des Bourbons ?

– Et les républicains ? fit brusquement Thibaut, vous ne pourriez pas nous en parler un peu ? Pourquoi notre père les appelle aussi des jacobins ?

Un vent de panique faillit renverser le petit précepteur qui rentra sa tête dans les épaules, comme pour esquiver une flèche mortelle. Il bafouilla quelques mots, se tordit les doigts, supplia d'une voix éteinte :

– Je vous en conjure, mes jeunes amis, ne prononcez jamais ce mot en ma présence. Si votre père vous entendait, il me renverrait sur-le-champ.

– Pourquoi ? demandai-je, ayant deviné, en insistant ainsi, une possibilité de mettre fin à notre interrogatoire.

– Restons-en là pour aujourd'hui, fit le précepteur, à condition que vous me promettiez de ne plus prononcer ces mots-là.

– Promis, dis-je.

– Promis, assura Thibaut.

– Merci. Allez, mes enfants, vous êtes libres jusqu'à l'Épiphanie.

Nous nous envolâmes comme des moineaux, courûmes vers la terrasse, sortîmes dans le parc, puis nous nous dirigeâmes vers les cuisines où nous fûmes houspillés par les deux cuisinières de Saint-Martial venues aider Maria, celle qui d'ordinaire, de l'aube jusqu'au soir, officiait devant les fourneaux sous une panoplie de faitouts, de casseroles, de bassines et de chaudrons accrochés au plafond. En ressortant, nous trouvâmes Baptiste, un vieil homme qui entretenait le parc, mais dont la tâche principale était, à la demande, d'ouvrir les immenses portes qui donnaient accès à la route qui menait à la forge. Il dormait dans l'écurie où il veillait au soin des chevaux, mais aussi du cabriolet et de la calèche grâce auxquels on parcourait le domaine à la belle saison.

C'était un ancien métayer veuf et sans enfant que notre père avait affecté à ces tâches car il s'était toujours montré d'un grand dévouement. Il était en train de préparer la calèche pour la messe de minuit, n'était pas décidé à nous laisser nous approcher et à mettre à mal le travail qu'il effectuait avec un soin méticuleux.

Nous le respections, car nous savions à quel point notre père avait confiance dans cet homme si dévoué. Aussi passâmes-nous au large, avant de nous réfugier dans l'écurie où les chevaux étaient au nombre de six. Trois hongres, un cheval entier et deux juments, dont l'une, Marquise, était destinée à la reproduction. J'aimais à me réfugier dans ce lieu toujours chaud, qui sentait la paille et le crottin, et qui communiquait avec la grange où, parfois, avec mon frère, nous escaladions le foin pour rouler jusqu'en bas, quand Baptiste s'était absenté. De l'autre côté, l'écurie était prolongée par le cellier où s'entassaient les bouteilles de vin de nos coteaux mais aussi de Domme et de Bergerac, et par le fruitier où l'on conservait les prunes, les pommes et les poires à la belle saison, enfin les pommes de terre qui occupaient presque tout l'espace. Nous venions souvent là, en cachette, manger des noix que l'on gardait sur une claie, ou dérober une grappe de raisin, une figue, l'un de ces trésors qui témoignaient de l'existence du monde des champs, c'est à-dire de notre liberté.

En outre, nous ne manquions aucune occasion de visiter les communs de la forge où habitaient les proches des ouvriers, mais aussi les célibataires qui aidaient à la culture de la réserve quand la forge s'était tue. Nous nous sentions là beaucoup moins surveillés, et nous ne nous privions pas d'entrer dans la grange pleine de foin, dans l'écurie où ruminaient des bœufs énormes, dans la resserre, dans la cuisine d'où les femmes n'auraient jamais osé nous chasser, dans la bédière, même, ce réduit près de la halle de coulée où se reposaient les ouvriers de garde.

Quand nous ressortîmes de l'écurie, ce soir-là, Louisa, la chambrière, nous appela, car c'était l'heure d'aller nous habiller avant le repas. A cet instant, surgit le régisseur qui, seul avec Baptiste, possédait une clef de la grande porte d'entrée. Abel Vidalie avait la mine sombre. Comprenant qu'il allait se passer quelque chose, nous nous sommes immobilisés, attentifs à la suite des événements. Effectivement, moins de trois minutes plus tard, notre père surgit, contrarié, grondant déjà, invectivant Baptiste qui, à son gré, n'ouvrait pas assez vite. Suivi par Thibaut, je m'engouffrai derrière lui, comme à mon habitude, pressé de savoir. En fait, j'avais longtemps espéré une pareille occasion, non pas pour assister à l'ouverture de la dame et au spectacle des gueuses de fonte jaillissant dans la halle, mais dans l'espoir d'apercevoir la fille aux yeux clairs dont le souvenir me hantait.

Quand nous arrivâmes, les gueuses avaient refroidi, et au lieu d'être grises, elles étaient brunes, gonflées de soufflures qui les rendaient cassantes et donc invendables.

– Me faire ça un soir de Noël ! criait déjà mon père, devant les chargeurs consternés.

Je m'étais placé de profil, pour surveiller l'entrée de la halle et non lui tourner le dos, mais je n'apercevais que des hommes et trois femmes d'âge mûr qui, inquiètes, s'essuyaient les mains à leur tablier.

– Les mineurs ont changé de carrière, plaida le responsable des chargeurs, un homme grand et sec, aux gestes nerveux, qui triturait un grand chapeau entre ses mains.

– Et alors ? ce n'est pas la première fois, que je sache.

– Le minerai n'est pas tout à fait le même, reprit le chargeur. Il faut plus de castine pour l'amender.

– Puisque vous le saviez, hurla le maître de forge, pourquoi n'en avez-vous pas tenu compte ?

– On ne le sait qu'après, Monsieur, quand le mal est fait.

– Vous saviez que le gisement était différent, oui ou non ?

– Oui, je le savais : M. Vidalie me l'avait dit.

– Et il vous a fallu une coulée pour vous en rendre compte !

Mon père leva les bras au ciel, excédé, puis reprit :

– Et savez-vous combien me coûte une coulée perdue ?

– Non, Monsieur, je sais pas.

– Beaucoup plus que vous ne gagnez dans une année.

Comme le chargeur baissait la tête, accablé, ne sachant que répondre, le maître de forge soupira, grondant :

– Un soir de Noël, alors que j'attends plus de trente invités, parmi lesquels des messieurs de Ruelle ! Vous avez intérêt à me faire une belle coulée avant demain, sinon je ne donne pas cher de votre présence ici, n'est-ce pas, Vidalie ?

– Oui, Monsieur, fit le régisseur.

– Je veux une fonte plus grise que blanche, avec de beaux grains, et non pas une fonte brune qui casse comme du verre ! Est-ce que vous m'avez bien compris ou faudra-t-il que je trouve d'autres chargeurs ?

– Vous l'aurez demain, dit Abel Vidalie.

– Un soir de Noël ! répéta mon père, mais je compris que sa colère était retombée, car le temps pressait. Les invités n'allaient pas tarder à arriver.

Je ne quittai pas des yeux l'entrée de la halle, mais il n'y avait plus que des gardeurs de feu et des fondeurs. Les femmes avaient disparu. Je compris que je ne verrais pas celle que j'espérais, et je me sentis terriblement déçu. Je m'attardai encore un instant, bien que mon père s'éloignât, suivi de Thibaut, et je faillis voir les portes du parc se refermer devant moi.

Sur le seuil, devant la terrasse, ma mère et la chambrière s'impatientaient.

– Mais enfin où étiez-vous passés ? s'exclama ma

mère, cela fait plus d'un quart d'heure que Louisa vous cherche.

– Ne vous mêlez pas de ça, rétorqua mon père. Il est important que mes fils m'accompagnent à la forge quand il se passe quelque chose. Allez les préparer, c'est tout ce qu'on vous demande.

Elle ne soupira ni ne protesta. Au contraire, elle s'empressa de s'engager dans l'escalier, suivie par la chambrière et mon frère et moi qui avions un instant craint une nouvelle scène dont nous aurions été l'enjeu. Nous savions que dans ces cas-là, la colère de notre père s'exerçait en représailles dans les jours qui suivaient. Je frissonnai délicieusement en pensant au bain chaud qui m'attendait avant le grand repas de fête. J'oubliai alors la forge et je me précipitai dans ma chambre pour me déshabiller.

Plus de trente invités, les bougeoirs ouvragés, l'argenterie, la vaisselle de porcelaine, la richesse des mets donnèrent à la soirée tout l'éclat que j'en espérais. Il y avait là, dans la grande salle à manger aux murs tapissés d'une perse aux coloris garance et indigo, tout ce que la région comportait de notables : notaire, juge de paix, grands propriétaires, percepteur, maire, accompagnés de leurs femmes et de leurs enfants. Thibaut et moi, nous nous tenions assis en bout de table, avec les enfants de notre âge, et il y avait longtemps que nous n'avions plus faim alors que les plats continuaient d'arriver, provoquant les exclamations admiratives des convives, lesquels s'interrompaient un instant devant un lièvre à la royale ou un chapon aux châtaignes. Puis ils reprenaient le fil de leur conversation qui portait toujours sur la politique, tous étant d'accord sur l'essentiel, c'est-à-dire, grâce à Louis-Philippe, sur la bonne santé de l'économie, même si certains, comme mon père, regrettaient Charles X et la fermeté de ses ordonnances.

– Les Orléans sont mous, déplorait-il, vous admettrez avec moi, mes amis, que l'on ne gouverne pas avec un parapluie. Et même si les affaires ne vont pas si mal, les foyers de l'insurrection ouvrière ne sont pas tous éteints, vous le savez aussi bien que moi.

– Allons ! s'écria le juge de paix d'Excideuil – un homme dans la soixantaine, aux beaux cheveux blancs, aux mains couvertes de bagues, et qui se sentait obligé de défendre le roi dont il était le digne représentant –, regardons plutôt devant nous. Au lieu de la République, nous avons Louis-Philippe. Il n'est plus temps de penser aux Bourbons, mais de nous réjouir, au contraire, de cette chance.

– Pour combien de temps ? reprit mon père, si nous laissons couver ces foyers qui, heureusement pour nous soit dit en passant, couvent plutôt dans les villes que dans nos provinces. Il nous faudrait une main plus ferme, celle de Bugeaud, par exemple, qui aurait fait un excellent ministre de l'Intérieur. Il saurait museler aussi bien que l'avaient fait les ultras cette presse qui propage des idées dangereuses.

– Voyons ! fit le maire de Saint-Martial, un grand propriétaire dont les métairies s'étendaient jusqu'à Hautefort, ici nous ne risquons rien. Les jacobins ne sont pas près de voter, croyez-moi, avec le cens qui a été porté à deux cents francs d'impôts, patente comprise.

– Ce n'est pas voter qu'ils revendiquent ! s'insurgea mon père, c'est prendre le pouvoir par l'insurrection. Rappelez-vous ce qui s'est passé à Pazayac, pas très loin de chez nous. Ce ne sont pas des ouvriers, mais des paysans qui ont pillé le château. Certains ont même dévalisé des percepteurs.

– Il y a douze ans de cela, fit le juge, balayant ces considérations de la main. C'est devenu totalement impensable aujourd'hui. Qui pourrait croire possible une nouvelle révolution et pourquoi interviendrait-elle ? Thiers et Guizot prônent l'enrichissement de tous les Français. Vous savez : cette fameuse théorie des classes moyennes importée d'Angleterre. Comment pourrait-on accuser notre roi de défendre des privilèges ?

– Il se montre quand même assez rusé pour s'attirer les faveurs de bonapartistes en ramenant de Sainte-Hélène les cendres de l'usurpateur ! Ce n'est pas un Bourbon qui aurait agi de la sorte ! Il a compris, ce vieux renard, qu'il suffisait de diviser pour mieux régner.

– Ce ne sont que des cendres, reprit le juge. Et Croyez-moi, il n'y a pas une famille, par chez nous, qui ne se souvienne avec désolation de ses enfants morts en Prusse ou en Russie. Quant au neveu de l'Ogre, il vit en Angleterre...

Je cessai d'écouter car j'avais l'impression d'assister à une nouvelle leçon de mon précepteur. Ce repas n'en finissait pas, et il me tardait de partir pour l'église, où je n'entendrais plus ces discours qui m'ennuyaient mais des chants et des prières qui, eux au moins, me distrairaient de cette détestable politique dont les grandes personnes semblaient si désagréablement obsédées. J'observai Thibaut qui parlait à son voisin de droite, le fils du percepteur de Tourtoirac, des truites de l'Auvézère et du meilleur moyen de les pêcher.

– Vous n'avez plus faim ? me demanda Emma, la fille qui me faisait face, et qui avait plusieurs fois, mais vainement tenté de nouer une conversation avec moi.

Je la trouvais trop blonde, trop bien vêtue, trop différente des filles de chez nous et je n'aimais pas la manière qu'elle avait de jouer à la fille de la ville alors qu'elle n'habitait que Saint-Martial. Les autres enfants étaient trop jeunes, ou trop âgés, pour que je puisse leur parler de la forge, du miracle qui s'y produisait toutes les quatre heures, des mystères des charges ou du brassage grâce auquel on transformait la fonte en fer. Je me serais bien enfui si je n'avais attendu les desserts qui, décidément, n'arrivaient pas. De surcroît je me sentais observé par mon père qui n'eût pas toléré une sortie de ma part sans son autorisation.

Enfin arrivèrent les crèmes au chocolat et à la vanille, les tartes aux pommes et aux figues que j'attendais impatiemment. J'en repris deux fois, bus un demi-verre de vin, et je me sentis tout à coup lourd et ensommeillé. Heureusement, mon père se leva pour passer, avec ses invités, dans le fumoir où ils dégusteraient les cigares et les liqueurs en attendant l'heure de partir. Les enfants, eux, se réfugièrent dans le grand salon pour jouer à des jeux de société, surveillés par les femmes. Moi, je sortis dans la nuit criblée d'étoiles en espérant que le froid me réveillerait.

Pourquoi ai-je gardé le souvenir précis de cette nuit-là, alors qu'il y en a eu d'autres, aussi belles, aussi froides, aussi riches de bonheur ? Je ne sais. Avais-je la prescience d'une menace, d'une fin probable, de l'écroulement de ce monde dans lequel j'étais si heureux ? Non, je ne crois pas. Il me semble qu'il y avait seulement ce Noël-là une présence supplémentaire dans ma petite vie, quelque chose qui me faisait compter les étoiles sans sentir le froid, trouver dérisoires les préoccupations des adultes et pleins de promesses les jours que j'allais vivre.

Quand je rentrai, après avoir respiré les buis mouillés par la lune, il était l'heure de partir.

– Où étais-tu passé ? me demanda ma mère.

– J'avais trop chaud.

– Et tu auras attrapé une pneumonie.

Je ne répondis pas. Je me réchauffai quelques instants près de la grande cheminée au manteau de chêne, m'habillai en écoutant le piaffement des chevaux et le grincement des portes, sortis de nouveau, et me réfugiai dans la calèche qui sentait le vieux cuir et le crottin. Thibaut, mon père et ma mère me rejoignirent et l'on partit enfin, dans la nuit froide qu'éclairait faiblement le fanal des voitures et dont j'apercevais les étoiles à travers la vitre contre laquelle j'avais appuyé mon front.

Un quart d'heure nous suffit pour arriver à l'église

de Saint-Martial où nous avions nos chaises réservées, à droite, face au chœur. Elle était pleine, déjà, des métayers, des journaliers, des ouvriers, des petits propriétaires des alentours, mais le curé n'était pas encore apparu dans son étole et son surplis de Noël. Je sentais dans mon dos les regards de l'assemblée silencieuse qui ne s'était pas retournée sur nous alors que nous rentrions, mais qui, maintenant, pouvait observer à loisir ces maîtres de Grandval dont la plupart des familles présentes dépendaient étroitement.

Enfin le curé apparut, et l'harmonium se mit à jouer, entraînant avec lui des chants dont je connaissais chaque mot, chaque note. C'est que nous fréquentions beaucoup l'église, alors, pour les messes, les vêpres et le catéchisme, mais jamais elle ne m'avait paru aussi familière, aussi chaleureuse que lors de cette messe de minuit. Tout semblait plus beau, plus magique que lors des cérémonies ordinaires : la lumière des lustres, des cierges, l'or du retable, du surplis du curé, les chants, les vitraux dont le bleu et le jaune paraissaient illuminés d'une lueur si chaude que je ne sentais pas le froid.

Je ne comprenais pas grand-chose aux mystères qui s'exerçaient là – j'ai toujours été plus attentif aux sensations que j'éprouve qu'à leur signification – mais je baignais dans une paix bienheureuse qui tenait à la naïveté des chants liturgiques, à la voix même des hommes et des femmes unis dans une communion qui me rassurait, tant elle témoignait d'une sorte de fraternité qui battait en brèche les propos méfiants de mon père. Je sentais qu'en ces lieux les vivants étaient pleins d'espérance et de confiance, j'écoutais chanter ma mère à mon côté, mon père murmurer les répons d'une voix qui enfin ne menaçait personne, mais, au contraire, se faisait humble, semblable à celle de ce Bon Dieu tout-puissant dont le curé louait la bonté.

Il était touchant, ce curé qui venait souvent déjeuner au château et qui aimait la bonne chère. C'était un homme de petite taille, rond, chauve, dont les bras s'agitaient continuellement sans doute pour compenser la faiblesse d'une foi qu'il avait du mal à exprimer. Il aimait la vie, tout simplement, comme les autres hommes, et il ne refusait pas les hommages des pécheresses qui venaient parfois en privé lui demander son absolution. Au reste, il ne refusait rien à personne, ni secours ni réconfort, car s'il n'était pas très fervent, il se montrait toujours charitable.

Cette nuit-là, il se montra plus habité par sa foi qu'à l'accoutumée, sans que je comprenne si c'était à cause de la révélation de Noël ou la promesse du réveillon qui l'attendait au château de Grandval après la messe. Sa voix tremblait au moment de l'Évangile quand il prononça les mots attendus :

– « L'ange leur dit : Rassurez-vous car je vous annonce la Bonne Nouvelle qui sera une grande joie pour tous et pour tout le peuple : aujourd'hui, dans la ville de David, il vous est né un sauveur : c'est le Messie, le Seigneur, voici à quoi vous le reconnaîtrez : vous trouverez un nouveau-né enveloppé de langes et couché dans une crèche... »

J'imaginais un nouveau-né couché dans la paille

de l'écurie du château, et je me réjouissais vraiment, comme tous les fidèles, de la nouvelle de la naissance du Christ. Moi qui n'aimais pas chanter, je mêlais ma voix à celle de ma mère, à toutes les autres dont émergeait par moments celle, trop forte, trop grave pour moi, de mon père que j'aurais préféré muet : « Qui donc, bergers, avez-vous vu ? Dites-nous, bergers, dites-nous qui a paru sur Terre. – Nous avons vu le nouveau-né et les anges qui chantaient le Seigneur. Dites, bergers, qu'avez-vous vu ? Annoncez-nous la naissance du Christ. – Nous avons vu le nouveau-né et les anges qui chantaient le Seigneur. »

Dans le silence revenu, le retable semblait illuminer la crypte, la joie se répandre sur l'assemblée, la vie devenir miel et le monde un palais de lumière. Je baignais dans une douce torpeur qui m'empêchait de trouver la messe trop longue – d'ailleurs il me semblait que le curé, maintenant, se hâtait, que le pain et le vin de la communion lui donnaient le désir impérieux d'un autre pain et d'un autre vin. La messe s'acheva sur un chant que je connaissais bien : « *Les saints et les anges* » dont le refrain m'émouvait étrangement.

Nous fûmes, comme d'habitude, les premiers à sortir, d'abord mon père, puis ma mère, enfin Thibaut et moi. Je n'aimais pas passer entre les rangs des fidèles car je me sentais observé, guetté, et je n'avais pas assez d'assurance, au contraire de mon père, pour faire baisser le regard de ceux et de celles qui se trouvaient là : les métayers et les ouvriers, à la fois pleins de considération et de pensées plus secrètes où, parfois, je devinais la ruse et l'hostilité.

Je ne sais ce qui me poussa à lever la tête, cette fois-là, mais j'en fus chaviré de bonheur car mes yeux rencontrèrent aussitôt ceux de la fille du gardeur de feu et je n'y lus aucune hostilité, bien au contraire. Elle me sourit, d'un sourire fragile, mal assuré, mais qui exprimait plus que de la reconnaissance : une humble complicité, une crainte sans doute, et peut-être un espoir. En tout cas une offre hésitante de ce qui pouvait être amitié mais que je soupçonnais d'être plus encore, plus grand et plus précieux.

Je me réfugiai dans la voiture, contre la vitre, pour tenter de l'apercevoir à sa sortie, d'autant que nous devions attendre le curé. Je la vis s'éloigner à pied avec ses parents, fragile silhouette sur le chemin gelé, et j'eus froid pour elle et pour moi tout le temps du retour. Même le réveillon ne me réchauffa pas, malgré le boudin aux châtaignes, le canard confit et le vin de Bergerac que l'on ne nous mesurait guère. Je montai me coucher dès que j'en entrevis l'opportunité, me réfugiai dans la chaleur des draps et des couvertures avec la sensation de réchauffer aussi celle que j'étais certain de rejoindre dans mes rêves secrets.

2

SI longtemps après cette nuit de Noël, je veille à l'intérieur de ce même château où je vivais enfant, pas tout à fait sûr que la vie ne soit pas seulement un rêve de quelques heures, ni que l'univers dans lequel j'étais si heureux ait seulement existé un jour. Je souffre de cette blessure mais je ne me résous pas à l'oublier. Parce que je crois qu'il n'y a pas de place dans nos vies pour l'abandon, si nous voulons qu'elles conservent une certaine unité, et que la raison, non la folie, continue de les habiter. Parce que, aussi, probablement, je ne peux me passer de ce monde sans lequel mon souffle s'éteindrait comme une bougie trop usée.

Quelquefois, la nuit, dans mon sommeil, j'entends la cloche qui appelle les chargeurs ou le ronronnement satisfait du monstre qui me berce comme il me berçait, alors qu'il s'est tu, je revis ces heures protégées de mon enfance où tout me paraissait avoir été créé pour durer toujours. Quand on a touché au bonheur, quand on en a été foudroyé comme j'ai eu la chance de l'être, son parfum demeure en nous pour toujours. Et j'ai eu cette chance, de quoi me plaindrais-je aujourd'hui ? Je me souviens de tout, je n'ai rien oublié, et surtout pas l'été qui suivit ce Noël si chargé d'espérance.

Un vent tiède avait chassé le froid dès la fin du mois de mars. Il n'avait pas gelé en avril pendant les Saints de glace, mai avait été doux et pluvieux, et juin, déjà, allongeait ses jours dans l'odeur des prunes chaudes que les domestiques ramenaient au château pour les faire sécher sur des claies, afin que les femmes en fissent des confitures. Leur parfum doux et suave errait dans le parc, ne se diluait pas, même la nuit, et je le respirais par la fenêtre ouverte, m'enivrant de ces effluves épais, qui, chaque année, annonçaient pour moi l'heure de la liberté. C'était en effet à l'occasion de la récolte des prunes que nous étions, Thibaut et moi, autorisés à aider les gens de la réserve pour la première fois de l'année, et nous nous en réjouissions très longtemps à l'avance.

Elle était plus étendue que les métairies et délimitée, au pied des collines, par les bâtiments de la Borderie : une maison basse, coiffée de tuiles brunes, prolongée par une écurie et une grange de la même hauteur. Ceux qui l'habitaient n'étaient ni des fermiers ni des métayers, mais des bordiers : ils vivaient sur ses limites mais ne recevaient pas la moindre part des récoltes auxquelles ils participaient. Ils étaient considérés comme des ouvriers agricoles, au même titre que les ouvriers de la forge qui devenaient domestiques à la belle saison. Ils étaient payés en farine, en bois, en viande, en volailles, et autorisés à cultiver un jardin pour leurs légumes. Ils ne payaient pas de loyer et venaient travailler à la forge après les vendanges d'automne. Leur salaire en nature leur était dû, quoi qu'il arrivât, et ils habitaient une maison qui les mettait à l'abri des grands froids. Domestiques, ils étaient néanmoins un peu moins dépendants du maître que ceux qui habitaient les communs à la forge.

C'est à la Borderie qu'avaient emménagé les Lestrade au début du mois de mai et je ne l'ignorais pas. C'est donc vers la Borderie que nous partions, depuis trois jours, Thibaut et moi, dans la rosée des matins de juin, vers les pruniers qui longeaient les chemins, dans la plaine et jusque sur les premières pentes des collines. Combien douce était la vie de ce temps-là ! Il me suffit de fermer les yeux pour courir sur le sentier bordé de hautes graminées et pour sentir le parfum des hautes herbes mêlé à celui des prunes. Les domestiques étaient déjà au travail, les uns sur les arbres, les autres à genoux, remplissant les paniers d'osier de prunes bleues ou de reines-claudes, les premières devant être consommées mûres, les secondes en confiture.

Ce n'était pas pour nous un vrai travail, car nous n'étions pas obligés de l'effectuer avec le sérieux des domestiques, mais nous nous évertuions quand même à nous montrer à la hauteur de ceux qui nous donnaient du « monsieur Fabien » et du « monsieur Thibaut ». Et puis nous savions que notre père passerait son inspection au cours de la matinée, et qu'il vérifierait que la liberté qu'il nous accordait servait bien à hâter la récolte, non à nous divertir à proximité de ceux qui travaillaient vraiment.

Pour moi, au contraire de Thibaut qui préférait les études, je travaillais sans fatigue, les doigts poisseux, la bouche chaude des prunes trop mûres avalées par gourmandise, à peine distrait par les guêpes qui rôdaient, de plus en plus nombreuses à mesure que la chaleur montait. Sachant que nous n'étions pas habillés de la même manière que les domestiques, vêtus de chemises légères et de pantalons de droguet, je m'évertuais dès le premier jour à salir les miens, de coupe et d'étoffe plus nobles, afin de leur ressembler. Non parce que je désirais leur ressembler vraiment, mais parce que je savais que Lina viendrait à midi, avec sa mère, porter le *merenda* que l'on prendrait à l'ombre, dans le concert des mouches et des guêpes soûles de sucre. J'avais l'impression que pour abolir la distance entre elle et moi, je devais faire diminuer la différence qui existait d'abord dans la manière de se vêtir. C'était évidemment un calcul un peu court, un espoir un peu vain, mais j'en avais besoin pour l'apprivoiser, du moins me semblait-il.

Car depuis le premier instant où je m'étais courbé vers les prunes, je ne pensais qu'à elle, et si je me redressais de temps en temps, plus que pour soulager mes reins, c'était pour contrôler la course du soleil dans le ciel d'un bleu de rêve, impatient d'arriver à midi, de la voir avancer sur le sentier, portant des panières trop lourdes au côté de sa mère, me demandant si elle mangerait là, comme la veille, à quelques pas de moi, sans jamais me regarder, sinon quand sa mère avait le dos tourné, servant les domestiques allongés sur un coude ou appuyés contre le tronc d'un arbre. Son père ne participait pas au ramassage des prunes : il préparait les travaux à venir, parcourait la réserve avec mon père, faisant ainsi fonction de maître domestique, le régisseur, lui, se consacrant aux métayers et à la forge.

Ce matin-là, elle ne vint pas, et je me demandai bien pourquoi. C'est sa mère qui, seule, porta à manger et attendit la fin du repas pour repartir et remporter les reliefs dans une toile de chanvre repliée sur son bras. J'étais furieux, désespéré, au point que Thibaut, qui n'ignorait rien de ma fascination pour cette fille, comme à son habitude, se moqua de moi :

– Une domestique ! ricana-t-il, et avec des yeux de sorcière en plus !

Je lui décochai un coup de pied qui lui arracha un cri et fit se tourner les têtes dans notre direction. Mais nul ici ne pouvait se permettre de faire la moindre remarque aux messieurs de Grandval. Je ruminai mon désappointement, me demandai si au moins Lina ne viendrait pas aider sa mère à desservir. Mais non, elle ne vint pas, et j'en demeurai contrarié, hostile à tous ceux qui m'entouraient, et surtout à Thibaut qui avait mis prudemment un peu de distance entre nous.

Dès lors, je n'aspirai plus qu'à une seule chose : rentrer au château pour fuir l'énorme chaleur du jour qui écrasait maintenant la vallée sans l'indulgence du moindre souffle de vent. Je suivis le char à bancs qui ramenait les prunes, puis je me mis à courir, trouvant qu'il n'allait pas assez vite. J'étais d'autant plus désespéré que c'était le dernier jour de la récolte, qu'il me faudrait attendre les foins pour pouvoir de nouveau partir vers les terres de la réserve. Je me réfugiai dans l'ombre de ma chambre, me demandant combien de jours me séparaient des foins, dont j'avais estimé la hauteur au retour, et qui, heureusement, me paraissaient en avance. Ils étaient beaux, déjà, épais et blonds, n'attendaient que la faux. « *Annado de fé, annado de ré !* » disaient les paysans, ce qui signifiait que les années trop chargées en foin ne donnaient par ailleurs que de mauvaises récoltes. C'était aussi l'avis de mon père, qui nourrissait également, à cette saison, une autre crainte : celle des orages qui souvent roulaient interminablement leurs tambours au-dessus des collines puis éclataient violemment, versant les foins et les blés, désolant les campagnes, ruinant l'espoir d'une année.

Ce ne fut pas le cas, ce mois de juin-là, pendant les jours qui suivirent la récolte des prunes mais la menace demeura présente, chaque soir, jusque tard dans la nuit. Avec Thibaut, nous allions vers cinq heures nous baigner dans l'Auvézère en amont de la forge, nous pêchions les truites à la main, et nous rentrions fourbus, à peine secs, pour manger sur la terrasse sous la ronde folle des hirondelles, avant de repartir jusqu'à la nuit sur les chemins, toujours dans la direction de la Borderie, mais sans jamais nous en approcher vraiment, comme si un sortilège nous l'interdisait.

Il me sentait tellement troublé par Lina que,

même s'il se moquait de moi, il n'y était pas insensible. Et comme moi, au demeurant, il préférait ce monde des champs à celui des villages et des bourgs, où les filles et les garçons de notre âge nous paraissaient différents, nourrissaient d'autres préoccupations que les nôtres, celles d'une liberté qui nous rendait fous de bonheur. Avec les prunes, avait sonné l'heure des vacances. Notre professeur avait regagné Périgueux. Nous étions dégagés des longues heures d'étude jusqu'au début septembre, c'est-à-dire après les moissons, parfois même jusqu'aux vendanges si elles n'étaient pas trop tardives. Nous ne nous privions pas d'user de cette liberté, même si nous étions seuls tous les deux, en dehors des grands travaux, pour courir le domaine du matin au soir, obsédés par l'idée de profiter au mieux de la belle saison, de rejeter le plus loin possible la perspective de demeurer prisonniers au château pendant l'hiver.

Cette année-là, mon père donna l'ordre de faucher les foins le 20 juin, pensant le beau temps établi pour au moins une semaine. Si nos bras n'étaient pas nécessaires le premier jour, ils le devenaient dès le second, au moment d'écarter le foin coupé la veille pour le faire sécher au plus vite. C'étaient les hommes qui coupaient à la faux, le dail à la ceinture, aiguisant de temps en temps leur lame avec application, les femmes et les enfants étant chargés de retourner le foin avec des fourches de coudrier à deux branches. Ce n'est pas un travail très fatigant, surtout le matin, car le foin ne pèse pas beaucoup au bout de la fourche et il suffit de le projeter en l'air pour former des andains réguliers, pas trop épais, afin qu'ils sèchent plus vite.

Dans le pré d'à côté, les hommes continuaient de faucher, tandis que la chaleur montait, comme chaque jour, que le parfum de l'herbe couchée campait sur la vallée, que les cimes des peupliers demeuraient immobiles en l'absence de vent. Ai-je jamais retrouvé le bonheur de ces matins-là, quand l'enfance m'épargnait le moindre souci, convaincu que j'étais que le monde avait été créé pour moi, que ces collines et cette vallée s'accordaient à la moindre de mes pensées, dessinaient une sorte de nid où il me suffisait de me blottir pour être heureux ? Si je surveillais la course du soleil, c'était uniquement à cause de Lina, qui venait, chaque jour, fidèle au rendez-vous que je lui donnais secrètement, portant les crêpes de maïs, le poulet froid et les merveilles délicieusement sucrées qui poissaient les doigts et m'obligeaient à les sucer longtemps, en ayant l'impression que c'était les siens qui étaient dans ma bouche. Il est vrai que quelquefois nos doigts se rencontraient, quand elle me tendait un gâteau ou une aile de poulet, et je ne savais si c'était un hasard ou une volonté de sa part, car ses yeux se levaient, à mon gré, trop rarement sur moi.

Les hommes nous ayant rejoints, nous mangions à l'ombre des haies, couchés sur le ventre ou sur le côté, mais jamais sur le dos, pour ne pas prendre froid aux reins, comme chacun le redoutait. Les hommes retiraient le mouchoir à carreaux qu'ils portaient autour du cou pour s'éponger le front, les femmes dégrafaient le haut de leur robe ou repoussaient leurs cheveux vers l'arrière, dégageant leurs épaules, laissant apparaître une peau dont la pâleur tranchait sur celle, brunie, du visage, et qui m'émouvait délicieusement. Nous buvions un vin frais coupé d'eau dont les bouteilles baignaient dans des seaux à l'ombre de la haie, et, malgré la délicieuse fraîcheur de cette ombre, il me semblait que je ne parviendrais jamais à apaiser la soif qui asséchait ma gorge depuis le milieu de la matinée.

A l'heure la plus chaude du jour, le repas terminé, les hommes s'endormaient les reins au soleil et la tête à l'abri, gisant comme des morts tandis que le bourdonnement des mouches engluées dans l'air lourd était le seul bruit de l'après-midi. Les femmes aidaient Lina et sa mère à desservir, je lui tendais le gobelet quand elle arrivait devant moi, espérant quelques mots, un regard, comblé pour tout le jour lorsqu'elle me disait de sa voix douce, à peine audible, ces paroles dans lesquelles je devinais, plus que de l'humilité, une connivence précieuse :

– Merci, monsieur Fabien.

Quand elle avait disparu avec sa mère, nous partions nous rafraîchir, Thibaut et moi, sur la rive ombreuse de l'Auvézère ou celle d'un ruisseau affluent et là, les pieds dans l'eau, je confiais à Thibaut combien je trouvais belle cette fille et singulière sa beauté.

– Tu ne pourras jamais l'épouser, répondait-il. Il ne faut même pas y songer.

– Qui sait ? murmurai-je, en m'aspergeant les tempes et la nuque d'une eau glacée qui me donnait des frissons.

Parfois, il se mettait vraiment en colère :

– Je me demande quelquefois si tu n'es pas complètement fou, me disait-il avec un air faussement effrayé.

– Je suis fou d'elle.

– Si père l'apprend !

– Quand il l'apprendra, il sera trop tard.

– Sauf si je le lui dis, moi.

– Il ne te croira pas.

– Tu as raison, il ne croira jamais une chose pareille.

J'endormais ainsi sa méfiance, et je glissais dans l'eau pour passer la main sous les souches, où, parfois, m'attendait la désagréable surprise d'un serpent d'eau au lieu d'une truite. Et puis, invariablement, nous jouions à nous asperger, mais ce jeu finissait toujours en bataille, nous tombions dans l'eau, enlacés, furieux et frigorifiés, puis nous remontions nous faire sécher au soleil, fumant comme des soupes, faisant corps avec la terre chaude, le nez dans l'herbe, lorgnant d'un œil la fourmi ou la sauterelle qui passait négligemment à proximité.

Nous nous aimions beaucoup, Thibaut et moi, mais nous ne pouvions nous empêcher de nous battre car il n'était pas question que l'un pût se montrer supérieur à l'autre dans quelque domaine que ce fût. Il avait seulement un an de moins que moi, mais nous ne nous ressemblions pas : ses cheveux étaient châtains et les miens bruns, il était moins grand que moi mais plus gros, plus vigoureux, et je ne supportais pas cette supériorité physique qui ne trouvait à mes yeux aucune justification, sinon celle d'un orgueil plus grand que le mien, de sa conscience aiguë d'être un Grandval, de mériter des égards et de ne pas se laisser aller à guetter le regard d'une fille qui n'était même pas celle d'un métayer. Aujourd'hui qu'il est mort depuis si longtemps, n'ayant même pas eu le temps de vivre la vie dont il rêvait, je m'en veux encore de ces batailles au cours desquelles je le détestais assez pour désirer vraiment lui faire mal, même si cette fausse haine ne durait pas, juste le temps de laisser s'apaiser les battements de notre cœur, dans le parfum suffocant de l'herbe coupée.

Des bruits de faux qu'on aiguise, au loin, nous réveillaient. Nous repartions alors vers les faneurs, dans la chaleur d'un après-midi qui semblait pétrifié sur lui-même, sans le moindre froissement de feuilles, couverts de sueur rien que de marcher, guettant les nuages qui apparaissaient chaque jour au-dessus des collines, redoutant comme tous l'orage qui menaçait aussi bien les hommes que les foins répandus sur le sol.

Un soir, il éclata soudainement alors qu'on le croyait encore loin, une brusque tempête de vent ayant rabattu les nuages vers la vallée. Nous n'avions même pas entendu tonner. Dès que la grêle se mit à crépiter, la foudre s'abattit sur un grand saule et le coupa en deux. Les hommes et les femmes se mirent à courir vers les rares abris qui se trouvaient à proximité, se couchèrent sous les charrettes, se précipitèrent vers la Borderie distante de six cents mètres, ou sous le pont de l'Auvézère situé à peu près à distance équivalente. D'autres, comme Thibaut et moi, coururent vers la borie qui se trouvait à mi-versant, sur la colline : c'était une cabane en pierres sèches couverte de lauzes, qui servait à entreposer les outils ou à abriter, précisément, ceux qui avaient besoin d'un refuge en cas d'orage.

Quand nous y arrivâmes, déjà trempés jusqu'aux os, il y avait des gens à l'intérieur, surtout des femmes, mais elles se poussèrent pour nous laisser entrer. Nous nous retrouvâmes contre le mur du fond, bien à l'abri, dans une demi-obscurité, et il me fallut quelques minutes pour me rendre compte que je me tenais près de Lina, qui, comme sa mère, comme tous ceux qui s'étaient regroupés là, avait été surprise par l'orage, lequel s'acharnait en éclairs, en pluie et en roulements de tonnerre sur toute la vallée. Nul ne parlait à l'intérieur. Tous craignaient la foudre pour ceux qui n'avaient pas trouvé d'abri, chacun ayant en souvenir un drame de ce genre dans sa propre famille ou celle du voisinage.

Moi, je n'avais pas peur – je n'ai jamais vraiment redouté l'orage, en tout cas moins que les femmes qui m'ont toujours paru y être plus sensibles. Et d'ailleurs, ce soir-là, je l'avais complètement oublié, car je sentais trembler Lina contre moi, son bras nu touchant le mien, et même si sa tête ne se tournait pas vers moi mais au contraire regardait fixement devant elle, je devinais qu'elle ne chercherait pas à s'écarter. J'eus alors l'impression que nous nous trouvions seuls au monde et, lentement, doucement, sans faire de bruit, je passai mon bras autour de ses épaules, sans doute pour la réchauffer, certainement pour lui confier sans un mot combien, depuis le premier jour, elle pouvait compter sur mon aide.

Elle ne chercha pas à s'éloigner, au contraire : je la sentis peser contre moi, s'en remettre à moi, cessant de trembler, son corps serré contre le mien, dans une telle confiance que je me demande si les femmes que j'ai approchées dans ma vie m'ont jamais consenti un abandon aussi total, aussi absolu. J'étais très jeune alors, et c'était bien la première fois que je sentais contre moi le contact d'une peau qui n'était pas la mienne, si douce, si chaude, qu'il me sembla que rien, jamais, ne me serait plus précieux que ce soir-là.

Quand l'orage cessa, une demi-heure plus tard, Lina ne tremblait plus mais elle ne fit pas un geste pour s'écarter de moi. Je glissai lentement mon bras derrière elle tandis que les femmes sortaient de l'abri, et elle bougea un peu, me donnant la sensation d'avoir froid soudain, sans le contact de sa peau contre la mienne, mais après avoir tourné fugacement la tête vers moi, le temps que nos regards se croisent, qu'ils avouent combien nous avions aimé ces instants inoubliables.

Elle s'éloigna avec sa mère tandis que les faneurs constataient tristement les dégâts sur les andains ruisselants de pluie et de boue qui pourriraient, à coup sûr, si le soleil ne s'installait pas pour plusieurs jours. Ce qui se produisit, cet été-là, si bien que l'hiver suivant le foin vint à manquer dans les granges alors que l'herbe avait été épaisse et belle jusqu'à ce maudit orage. Pour ma part, je ne m'en désolai pas. Chaque fois que j'entendais évoquer le manque de foin par mon père ou par les domestiques, je repensais à ces instants vécus dans la borie et, fermant les yeux, je sentais la peau de Lina contre la mienne, songeais à la manière si émouvante qu'elle avait eue de s'abandonner contre moi en toute confiance, comme si un accord entre nous avait été scellé, une promesse muette échangée plus sûrement que par des mots.

C'est sans doute à cet orage que je dois de n'avoir pas oublié l'été de mes douze ans, ces longs jours durant lesquels je me mis à guetter les nuages, espérant me retrouver dans un abri avec celle qui hantait mes pensées. Mais une pluie fine s'installa pendant deux semaines, empêchant le foin de sécher, puis le soleil revint, mais trop tard pour que l'on se remît à faner. Il ne me restait plus qu'à attendre les moissons, le dépiquage et la gerbebaude pour pouvoir reprendre le chemin de la Borderie.

Je dus patienter un mois, ou presque, avant que mon père ne donne l'ordre d'entreprendre les moissons. Thibaut et moi, nous les passâmes sur les rives de l'Auvézère et dans son eau si verte où il faisait si bon se baigner. A deux reprises, pourtant, notre père nous demanda de l'accompagner vers la forêt où les bûcherons et les charbonniers étaient à l'œuvre. C'était alors l'occasion pour lui de nous enseigner les limites du domaine, de nous expliquer comment il décidait des coupes en fonction de la maturité des arbres, comment il rétribuait les bûcherons à la brasse – une unité de mesure qui correspondait à peu près à un stère et demi – et comment il s'attachait les charbonniers les plus compétents, les plus efficaces, en leur consentant des faveurs.

J'aimais beaucoup la forêt qui, depuis les collines, s'étendait vers Excideuil, où les chemins sentaient bon la mousse et les fougères, où les clairières apparaissaient soudain au cœur des taillis les plus touffus, où le mystère était partout et les secrets le mieux gardés, contrairement à la vallée qui bruissait sans cesse des nouvelles du monde, de l'agitation de la forge et des métairies. Il me semblait qu'il y avait là un recours, un refuge, que les hommes qui y vivaient, économes de gestes et de mots, entretenaient des rapports étranges avec ce monde qu'ils ne quittaient jamais et auquel ils finissaient par ressembler. C'étaient en effet des hommes noirs, rudes, qui colonisaient les clairières et vivaient dans des cabanes de branchages avec leur famille. Ils construisaient des huttes de terre dans lesquelles ils faisaient brûler du bois pour le réduire en charbon. C'était tout un art que de savoir comment le consumer sans l'embraser, actionner la soufflerie juste ce qu'il fallait ou fermer les clapets pour ne pas faire jaillir les flammes et détruire le foyer.

Je plaignais un peu ces femmes et ces enfants, qui étaient aussi noirs que les hommes et qui jetaient sur nous des regards étonnés, pleins d'envie et d'admiration, comme si nous leur arrivions d'une contrée lointaine et chargée de mystères.

Chaque fois, je ne pouvais m'empêcher de

demander à mon père s'ils ne sortaient jamais de la forêt.

– Jamais, à cause des foyers. Ce sont leurs femmes qui se rendent au village pour acheter ce qui leur faut, et d'ailleurs le boulanger de Tourtoirac leur livre le pain.

– Et leurs enfants ?

– Leurs enfants, ils deviendront charbonniers, comme leur père, et ils en seront fiers.

Au gré de ces rencontres, notre père nous enseignait comment il fallait se conduire vis-à-vis de ces gens qui nous devaient le respect puisqu'ils travaillaient dans nos forêts, mais dont nous étions pourtant dépendants. Un matin, une femme apeurée se présenta devant nous en portant un enfant malade dans ses bras. Son mari, près d'elle, tenait humblement son large chapeau périgourdin à la main et n'osait parler.

– Comment t'appelles-tu ? demanda mon père.

– Jean Dupuis, Monsieur.

– Qu'est-ce que tu veux ?

– L'enfant est malade, depuis huit jours il a de la fièvre et il ne mange plus.

Je m'étonnai de ce que mon père ne s'adressât pas à la mère, mais à l'homme seulement. Je compris qu'il passait un pacte avec lui quand il reprit, d'une voix différente, plus douce que celle dont il était coutumier dans ses rapports avec les ouvriers :

– Tu diras à ta femme qu'elle peut porter le petit demain au château à onze heures pour y voir le Dr Mouly. Je le ferai venir et c'est moi qui le payerai.

– Merci, Monsieur, dit l'homme avant de s'éloigner.

– Merci, notre Monsieur, dit la femme sans bouger d'un pouce, mais je lus une telle reconnaissance dans ses yeux que je compris à quel point ces gens étaient attachés à nous.

Je ne sus distinguer si mon père agissait par charité ou si c'était sa manière de mieux les assujettir au domaine, mais je préférai me persuader que sous ses apparences autoritaires, impitoyables même, parfois il était bon, et digne de confiance.

De fait, le lendemain, en fin de matinée, je vis le Dr Mouly entrer dans la cour sur son cabriolet. La femme du charbonnier l'avait précédé depuis longtemps et l'attendait dans les cuisines où Maria lui avait servi une assiette de soupe. J'en fus rassuré et heureux : il y avait là un équilibre qui me parut équitable à tous points de vue. On pouvait se montrer dur dans le travail, inflexible sur les comptes avec les employés du domaine à condition de leur porter secours dans la maladie et le malheur : c'était là le pacte informulé qui liait indissociablement les hommes du domaine et le maître de Grandval.

Mon père nous emmena aussi vers les carrières où les mineurs extrayaient le minerai et la castine, nous apprit à en apprécier la couleur, le grain, la force probable :

– Regardez bien, expliquait-il, en montrant dans sa main une poignée brune, tirant sur le gris. Ce minerai-là est plus compact que les autres. Il aura plus de vigueur : il faudra l'amender davantage avec la castine, sans quoi la fonte sera cassante.

Abel Vidalie, le régisseur, suivait le cabriolet sur son cheval, notant tout, approuvant, suggérant un taillis plutôt qu'un autre, un gisement dans une combe plutôt qu'à flanc de colline, un fardier plus rapide qu'un autre pour acheminer les matériaux à la forge. La plupart du temps, mon père se ralliait à son avis. Quelquefois, à midi, nous mangions dans une métairie mais jamais, à mon grand regret, nous ne nous arrêtâmes à la Borderie. Et pourtant je savais que mon père s'y rendait fréquemment pour s'entretenir avec Jean Lestrade, qui faisait maintenant office de maître domestique pour tout ce qui touchait de près ou de loin à la réserve.

C'était aussi la saison où mon père s'occupait de l'entretien du haut-fourneau qu'il fallait constamment renforcer avec des briques réfractaires, du monte-charge du minerai sans cesse grippé par l'humidité, du curage du bief qui amenait l'eau dans la soufflerie. Il en profitait pour faire nettoyer la bédière où l'air ne circulait pas et qui avait abrité pendant l'hiver les travailleurs de la forge. Les communs, également, nécessitaient quelques travaux qu'effectuaient les domestiques plutôt que des artisans du village, car pour mon père il n'y avait pas de petite économie. J'ignorais encore que l'étau commençait à se refermer sur les forges familiales du Périgord, que l'acier fabriqué en Lorraine coûtait déjà moins cher, mais, même si je l'avais su, cette menace lointaine ne m'aurait pas privé du moindre rayon d'or de ce monde lumineux dans lequel je vivais, et qui semblait si bien organisé que je n'aurais jamais cru possible de le voir s'écrouler un jour.

Au château, c'était l'époque des grandes lessives et du grand ménage effectué toutes fenêtres ouvertes pour chasser le froid et l'humidité de l'hiver. On frottait les cuivres, l'argenterie, on cirait les meubles, on passait les marbres à l'alcali, on nettoyait les chandeliers, les lustres et les boiseries. Je savais que les femmes des métairies étaient requises à cet effet et j'espérais que ce serait aussi le cas de Lina et de sa mère. Mon espoir ne fut pas déçu car je les vis arriver, un matin du début juillet, et pénétrer dans la buanderie, derrière les cuisines, d'où elles ressortirent un quart d'heure plus tard, portant des draps qu'elles déposèrent dans la charrette qui les attendait pour les conduire au lavoir. Baptiste monta sur la banquette et manœuvra les rênes du cheval, tandis que je m'habillais en toute hâte pour gagner l'Auvézère sans même prendre le temps de déjeuner, ce qui attira l'attention de Thibaut, avec qui je dus négocier pour qu'il renonce à me suivre. Je voulais être seul pour me cacher et observer Lina à ma guise, peut-être même lui parler si sa mère s'éloignait le temps nécessaire.

Le soleil était revenu et la vallée étincelait sous une fine rosée dont les perles rosissaient en fondant. Des coqs se répondaient dans les métairies, des chiens aboyaient çà et là, quelques appels montaient dans les prés où les troupeaux s'étaient regroupés sous les arbres. C'est de cette paix-là dont je rêve encore aujourd'hui, sans doute aussi de ces matins où le monde n'était que promesse, le moindre éclat de lumière un bonheur, la moindre caresse de feuille un espoir. Qui sait si quelques minutes ne suffisent à éclairer toute une vie ? Ou du moins à la justifier, quand tout ce que l'on a aimé a disparu, quand le monde a tragiquement changé autour de soi, et si vite, et si implacablement que l'on ne reconnaît plus la caresse des jours, ni leurs trésors, ni ce que l'on devinait en eux d'impérissable ? Dans toute existence il y a des nécessités inacceptables, auxquelles consentent seulement ceux qui n'ont pas été touchés par les rayons d'or du bonheur. Les autres, comme moi, ne s'y résignent jamais, et s'efforcent d'endormir une souffrance dont ils savent qu'ils ne s'en débarrasseront jamais. Ils la contemplent du haut de leur âge, la revisitent obsessionnellement, fermant les yeux pour mieux parcourir ses chemins incertains, parvenant parfois, miraculeusement, à en capter le parfum enfui.

Une longue expérience en ce domaine me permet d'y accéder sans difficulté. Ma mémoire est un labyrinthe dont je connais parfaitement chaque détour, car j'ai le temps, depuis quelques années, de l'explorer à ma guise. Je revois très bien ce matin lumineux où je me pressais vers le lavoir, ayant pris soin de passer de l'autre côté de l'Auvézère pour ne pas être vu, les pieds baignant dans la rosée, le cœur battant, déjà, d'apercevoir Lina penchée sur les pierres du lavoir sommairement aménagé, en train de frotter les draps ou de se servir du battoir. Elle s'y trouvait bien, près de sa mère, et lessivait les cendres dans lesquelles ils avaient bouilli, des cendres dont je connaissais bien la brûlure sur les mains nues, pour avoir bâti avec elles des châteaux, aidé par Thibaut, près de la buanderie. Lina était courbée vers l'avant, de temps en temps repoussait sur son front une mèche de cheveux, ou bien se lavait les mains dans l'eau du bassin, reprenait son travail d'essorage, fredonnait une chanson que je ne connaissais pas.

A un moment, elle se redressa brusquement, il me sembla que son regard croisait le mien, mais elle s'inclina aussitôt vers les pierres du lavoir, se remit à chanter. Elle m'avait vu, sans doute, du moins j'en étais persuadé, car elle avait eu un arrêt brusque et ses yeux avaient cillé, mais elle devait me trouver très imprudent, à cause de la présence de sa mère. Moi, je ne bougeai pas : j'en aurais été bien incapable. J'observais ses bras ronds et bruns qui dépassaient de ses manches, la peau plus claire de son cou sous les cheveux répandus de part et d'autre, ses mains rendues douloureuses par l'eau froide, et, si elle avait été seule, je l'aurais volontiers aidée. Elle se redressa plusieurs fois et j'eus la certitude qu'elle m'avait découvert, car son visage s'éclaira d'un sourire qui, bien que furtif, me parut complice.

Elle s'éloigna avec sa mère pendant quelques instants pour faire sécher un drap au soleil, puis elle revint s'agenouiller, reprit son travail, et, une fois de plus, se redressa, ses yeux s'attachant aux miens. Cela devint vite un jeu entre nous. Chaque fois qu'elle se relevait, maintenant, son regard croisait le mien, s'attardait durant quelques secondes, deux ou trois, pas plus, mais qui me semblaient durer une éternité. Depuis ce temps-là, sans doute, je sais que l'intensité des instants vaut mieux que leur durée, condamnée à s'éteindre, de toute façon, sans que l'on y puisse rien.

Je jouai ainsi avec Lina pendant une bonne partie de l'après-midi sans que sa mère s'en aperçoive, puis j'entendis le cheval mené par Baptiste, qui revenait les chercher. Alors je disparus de l'autre côté de l'Auvézère, m'éloignant rapidement pour ne pas être aperçu. Mais je gardais précieusement en moi le sourire de Lina, ses boucles brunes, l'éclat de ses yeux, la rondeur d'abricot de ses bras, un secret que nous étions seuls à partager, avec la certitude que le monde nous appartenait.

Les moissons qui suivirent me le confirmèrent amplement : chaque fois qu'elle s'approchait, son regard coulait sur moi comme une caresse, soit qu'elle portât à manger, soit qu'elle donnât à boire, alors que nous allions de métairie en métairie, dans la poussière des gerbes lors du dépiquage ou l'ombre douce des repas du soir, sa robe à manches courtes me frôlant au passage, sans que rien, jamais, ne trahît quoi que ce soit de ce que nous vivions ensemble. Seul Thibaut savait, mais j'étais persuadé qu'il ne me trahirait pas, même s'il m'incitait à la prudence :

– Il est capable de les chasser de la Borderie, disait-il en parlant de notre père.

– Personne ne sait rien, à part toi.

– Tu ne fais pas assez attention, insistait-il, subjugué maintenant, comme moi, par cette fille qui ensoleillait notre vie.

De fait, je garde de ces moissons le souvenir d'un

immense éclat de soleil, de chaleur et de poussière. Ces si belles journées ont encore dans ma mémoire la couleur des blés, me réchauffent dans l'hiver de mon cœur, m'aident à vivre les quelques jours qui me restent, et cela dans un état qui, finalement, n'est pas si éloigné du bonheur. Voilà pourquoi j'écris : pour revivre ce que l'on ne vit qu'une fois alors qu'il faudrait pouvoir s'arrêter, quand notre existence nous fait d'aussi précieux cadeaux. J'écris dans cette chambre qui fut la mienne lorsque j'étais enfant, au premier étage du château de Grandval, face au parc, aujourd'hui désert, mais peuplé pour moi d'ombres aimées qui me hantent et qui, seules, savent encore me rendre heureux.

3

A droite du bureau Louis XVI sur lequel je me penche au cours de ces travaux du souvenir, une latte du parquet est détériorée par des vers de bois comme elle l'était déjà quand j'étais enfant. L'angle de marbre rose de la cheminée est toujours ébréché depuis le jour où Thibaut, pour je ne sais plus quelle raison, m'a jeté un presse-papiers à la tête sans me toucher. Rien n'a changé dans cette pièce où, sans doute, je n'aurais pas dû revenir, tellement chaque regard m'est douloureux. Mais c'est tout ce qui me reste de ce monde que je tente de me réapproprier en sachant pertinemment que ce n'est pas le chemin le plus heureux vers ce qui m'attend. C'est le privilège de la vieillesse que de choisir sa souffrance, celle qui se situe au plus près du bonheur, une fois que l'on a compris que le temps est le plus fort, qu'il ne sert plus à rien de se battre contre lui, en y consumant les dernières forces qui nous restent.

Il est beaucoup plus profitable de renouer avec l'époque où nos forces s'affermissaient au lieu de décliner. Celle de l'adolescence, par exemple, qui me fut aussi riche, aussi précieuse que les années qui l'ont précédée. Sans doute grâce à Lina, toujours aussi secrète mais toujours aussi présente, dans mes rêves comme dans la réalité. Les quatre années qui avaient passé ne nous avaient pas éloignés l'un de l'autre, bien au contraire. Nous avions pu partager des moments de complicité semblables à ceux du lavoir de l'Auvézère ou de l'orage, dans la borie.

A seize ans, elle était déjà femme, car le travail l'avait fortifiée, mûrie. Ses cheveux longs, bouclés, retombaient sur ses épaules rondes, rehaussant son regard toujours clair comme des fleurs de glycine. Elle semblait plus assurée d'elle-même depuis qu'elle travaillait au château en qualité de lingère, c'est-à-dire depuis l'automne précédant ce mois de février dont le souvenir ne s'est pas effacé de ma mémoire. Son père à la forge, sa mère chargée de la cuisine des ouvriers dans les communs, ils ne quitteraient pas le château avant le mois de mai et je savais comment la rencontrer, chaque jour, si je le souhaitais. Il me suffisait de me rendre aux cuisines, pour y demander à Maria, la cuisinière, un chanteau de pain ou un morceau de gâteau de maïs et je traversais ainsi la lingerie où Lina travaillait. Souvent elle s'y trouvait seule, Louisa, la chambrière, étant occupée dans les étages. Je ne m'y attardais pas longtemps, car je savais que nous devions nous montrer prudents, mais un regard, un mot, une caresse du bout des doigts suffisaient à ensoleiller ma journée, même si le temps de cet hiver demeurait exécrable depuis l'automne.

Mon père, lui, ne décolérait pas à cause des pluies qui grossissaient l'Auvézère, menaçant la forge et les communs, mais aussi à cause des ministres du roi au parapluie qu'il trouvait trop timorés :

– Ils ne croient même pas au chemin de fer ! tonnait-il en levant les bras au ciel d'indignation. C'est pourtant là notre salut à nous, maîtres de forge !

Il s'étranglait, toussait, essuyait son front, reprenait, au comble de la fureur :

– Ils trouvent qu'il coûte trop cher, ce chemin de fer ! Ils préfèrent les canaux et les voies navigables ! C'est vous dire leur sottise ! Ces messieurs de Juillet sont des pleutres ! Les jacobins n'en feront bientôt qu'une bouchée !

Il passait volontiers sous silence la catastrophe du Paris-Versailles qui avait fait des dizaines de morts, et s'en prenait inlassablement à Thiers qui prétendait que le chemin de fer ne serait jamais rentable.

– Qu'est-ce que c'est que 375 000 francs du kilomètre, quand les banques ne demandent qu'à prêter de l'argent ! Ces usurpateurs de la pire espèce ne comprennent rien aux affaires et nous conduisent droit à la ruine !

Ces colères dissimulaient mal la hantise de l'eau qui montait et qui avait atteint le sommet de la digue, menaçant d'inonder tout ce qui se trouvait en aval. Elle passa par-dessus pendant la nuit du 15 au 16 février, atteignit les communs et la forge qu'il fallut abandonner après avoir laissé s'éteindre le foyer.

Quand je me levai, ce matin-là, j'aperçus de ma fenêtre l'étendue des dégâts, la désolation de la vallée où, dans le jour naissant, les domestiques et les ouvriers tentaient de mettre à l'abri tout ce qui se trouvait dans les locaux dévastés en transportant les meubles et les outils vers le château, situé plus en retrait de l'Auvézère, sur les premiers mètres de la pente des collines. Abel Vidalie, mon père et Baptiste aiguillaient les déménageurs vers les pièces qui pouvaient les accueillir, se démenaient en vain, dégoulinant de pluie, transpercés, frigorifiés, mais stoïques sous le déluge qui semblait ne devoir jamais cesser.

La cloche des charges s'était tue dans la nuit, le grondement du monstre également. Il régnait sur la vallée un silence étrange, que troublait seulement le cri des corbeaux qui gagnaient les collines en croassant leur indignation. Il fallut renvoyer les ouvriers dans les métairies, et je craignis toute la journée que Lina regagnât la Borderie, mais elle demeura au château, afin d'aider sa mère et Maria à nourrir les domestiques qui s'abritaient dans la buanderie et dormaient dans les deux chambres situées dans le prolongement de la cuisine, dans l'aile gauche du château.

Maria, Louisa et Lina déménagèrent pour venir occuper deux chambres libres au niveau du grenier, juste au-dessus de la mienne. De savoir Lina endormie à quelques mètres de moi suffisait à me faire oublier l'eau de l'Auvézère, les lamentations de ma mère et les colères de mon père. Thibaut, lui, feignait de s'en moquer : depuis deux ans, il ne rêvait que de voyages, de pays lointains, me jurait qu'il quitterait le domaine dès qu'il aurait atteint sa majorité. Il se gardait toutefois d'en parler à notre père et s'efforçait de bien travailler avec notre précepteur, de manière à ne pas s'attirer les foudres du maître de Grandval.

Le petit précepteur de Périgueux n'avait pas survécu à la publication d'une plaquette de poèmes dans la meilleure veine des romantiques. Notre père l'avait remplacé par un vieillard de Tourtoirac, un ancien clerc de notaire qui avait de l'éducation une idée conforme à la sienne : à savoir affirmer la prédominance de l'Histoire et des mathématiques. Le problème était que ce précepteur n'entendait plus très bien, et que nos réponses à ses questions lui importaient peu, persuadé qu'il était que nous étions de brillants jeunes hommes, dont l'intelligence apparaissait dans les excellentes notes qu'il nous distribuait sans hésiter, de manière à prouver les vertus de son enseignement.

Nous avions la paix de ce côté-là, et nous nous consacrions à nos passions respectives : les livres qui parlaient des pays lointains pour Thibaut, Lina pour moi, qui ne cessai de rechercher sa présence, même pendant cette semaine où l'eau s'arrêta à mi-chemin entre la forge et le château. Un matin, en sortant de ma chambre, je la croisai dans le couloir et elle s'arrêta, comme moi, au moment de passer, mais sans lever les yeux. Je lui pris la main et je voulus l'attirer à l'intérieur de ma chambre pour nous mettre à l'abri des regards.

– Non, monsieur Fabien, dit-elle. S'il vous plaît.

Mais elle ne retira pas sa main et ne se refusa pas quand je l'attirai contre moi pour la prendre dans mes bras. Un instant, un instant seulement, mais que je ne devais jamais oublier. A seulement y penser aujourd'hui, tant d'années plus tard, je sens encore la chaleur de ce jeune corps contre moi, son souffle sur ma joue, et j'ai seize ans. Je regrette simplement de n'avoir pas goûté la douceur de ses lèvres, ce jour-là, persuadé que je suis qu'elle ne me les aurait pas refusées. Un pas dans l'escalier nous contraignit à nous éloigner l'un de l'autre, mais je me promis de la guetter à chaque heure du jour, afin de la serrer de nouveau contre moi et retrouver ce sortilège d'une étrange douceur.

Ainsi était ma vie : même les pires catastrophes me paraissaient sans importance grâce à la présence de Lina. Elle m'inclinait vers le bonheur aussi sûrement que la succession des saisons, elle me faisait oublier l'autorité tyrannique de mon père, illuminait la grisaille de l'hiver et je ne doutais pas qu'elle réussît alors à faire cesser la pluie.

De fait, l'eau s'arrêta de monter, reflua en vingt-quatre heures, laissant apparaître l'étendue des dégâts : les communs dévastés, la halle de coulée souillée, la digue endommagée, les champs et les prés recouverts de boue, tout incitait à l'abandon et au renoncement. Mais ce n'était pas dans la nature de mon père qui, comme à son habitude, transforma sa colère en énergie, battit le rappel des ouvriers, nous requit, Thibaut et moi, pour aider au nettoiement des pièces qui en avaient le plus besoin. Le four, lui, n'avait pas souffert car il était surélevé par rapport à la halle. Seuls la dame et le foyer étaient recouverts de boue, mais, une fois nettoyés, il suffit aux gardeurs d'allumer le feu pour faire sécher l'ensemble rapidement, si bien que le monstre recommença de gronder huit jours après que l'eau se fut retirée. Comme par enchantement le soleil apparut, me persuadant définitivement que les colères du ciel, dans cette si belle vallée, ne pouvaient pas durer longtemps ni mettre à mal durablement l'équilibre existant entre les hommes et ce monde d'où jaillirait bientôt le printemps.

Ce fut peu de temps après cette inondation que notre père nous convoqua, Thibaut et moi, dans son bureau, au rez-de-chaussée, où nous n'entrions jamais, sinon dans les circonstances les plus graves. Il était immense, ce bureau, dont les murs étaient tapissés d'un lampas couleur parme, le plafond orné de hauts lambris de châtaignier, les fauteuils recouverts de reps vert, et dont les meubles sentaient la cire d'abeille. Notre père nous avait fait asseoir en face de lui et nous dévisageait en silence. Je ne sais si c'était l'inondation qui l'avait déterminé à parler d'avenir ou s'il y pensait depuis longtemps, mais il me parut ce matin-là plus massif, plus fort, plus déterminé que jamais à assurer la pérennité d'un domaine dont il sentait bien, au fond de lui, qu'il était menacé. Ses yeux noirs sous ses cheveux raides et drus, ses mâchoires carrées, ses épaules larges, ses bras épais démontraient à quel point cet homme était un homme de fer et de feu. Un roc qui allait se battre pour que lui survive un domaine qui lui venait de son père et de ses aïeux dont les portraits sévères, accrochés aux murs, avouaient tous cette même volonté farouche, cette force des Grandval dont je me sentais aussi investi, surtout en ce lieu.

Il se leva, s'appuya des deux mains sur le cuir vert à motifs dorés de son bureau, et commença, d'une voix qui me parut encore plus redoutable que d'ordinaire :

– Je vous ai fait venir pour vous informer de ce que j'ai décidé à votre sujet pour l'avenir.

Et, comme nous demeurions l'un et l'autre silencieux, bien incapables de prononcer le moindre mot sous la menace de ce regard implacable :

– D'abord Fabien, puisque tu es l'aîné, reprit-il. C'est toi qui dirigeras la forge et le domaine quand je ne serai plus là. Tout seul, sans ton frère. Il le faut. Cette charge, car c'en est une, ne se partage pas.

Il ne me quitta pas des yeux, reprit, sa voix ayant retrouvé une intonation plus familière :

– A cet effet, tu ne partiras pas à l'armée. Si tu tires un mauvais numéro, je payerai un remplaçant.

Un bref silence souligna cet engagement définitif, puis il poursuivit, comme si tout ce qu'il avait décidé allait de soi :

– A dix-huit ans, tu partiras étudier à l'école des mines de Saint-Étienne afin de devenir ingénieur. Ainsi tu pourras faire évoluer la forge comme il le faudra. Car il le faudra, soyez-en persuadés, sinon elle disparaîtra. Mais tant que je serai là, c'est moi qui continuerai à prendre les décisions. Je sais que nous avons encore un peu de temps devant nous. Du moins, je l'espère. Après, tu feras comme il te semblera bon.

Le regard me quitta enfin pour se poser sur Thibaut qui tentait de se faire oublier en retenant son souffle, tandis que je pensais seulement à l'exil qui m'attendait, loin de Lina, et que je me demandais si j'en aurais la force.

– Toi, Thibaut, tu t'engageras dans l'armée puisque tu aimes tant les voyages et que tu lis en cachette ces livres que tu prends dans ma bibliothèque sans ma permission. Mais à trente ans, quoi qu'il arrive, j'exige que tu reviennes à Bordeaux ou à Périgueux, en tout cas le plus près possible de Grandval. Alors, tu toucheras trente pour cent des ressources du domaine et de la forge jusqu'à ton dernier jour.

Il se tut un instant, ses yeux nous sondèrent interminablement, puis il nous demanda :

– Est-ce que vous savez pourquoi ?

Nous ne pûmes articuler le moindre son.

– Parce qu'il faut faire prospérer un domaine, mais il faut aussi être capable de le défendre, au besoin par les armes ! Et croyez-moi, avec les jacobins de plus en plus nombreux, avec un roi qui n'est qu'une chiffe molle, il faudra le défendre un jour, notre domaine, et peut-être plus tôt qu'on ne le pense.

Il ajouta, nous dévisageant sans ciller :

– Est-ce que vous m'avez bien compris ?

Thibaut hocha la tête et je l'imitai, pourtant troublé par la perspective de devoir quitter, même temporairement, la vallée où j'étais né. Puis, comme souvent, après avoir affirmé son autorité d'une façon violente, mon père devint moins cassant et sa voix s'adoucit :

– Mes enfants, soyez persuadés que vous représentez ce que j'ai de plus cher au monde. Je veux que vous sachiez que tout ce que j'entreprends, c'est dans votre intérêt. Le domaine et la forge ont besoin de vous. Les gens qui y vivent également. Vous devez vous montrer forts et irréprochables. Je sais que je peux avoir confiance en vous.

Son regard s'attarda sur moi, il fit le tour du bureau, ses deux mains se posèrent sur mes épaules et il me dit, en les serrant dans sa poigne de fer :

– Fabien, à partir de demain, tu travailleras un jour par semaine à la forge pour apprendre les secrets du métier. Tu feras tous les postes, depuis la halle de coulée jusqu'au monte-charge.

Il me lâcha enfin, mais ajouta avant de nous libérer :

– J'espère que tu sauras montrer aux ouvriers ce qu'est un Grandval de seize ans.

– Oui, père, dis-je, ne sachant si je devais me réjouir de cette décision ou m'en désoler.

Au cours de cette journée mémorable, finalement, je me sentis fier de ce qui était, indiscutablement, une preuve de confiance manifestée à mon égard par un homme qui me faisait peur mais que je vénérais. Il m'avait reconnu, désigné comme un fils digne de lui succéder. Je devais donc me montrer à la hauteur de cette confiance et je m'y préparai d'autant plus facilement que la forge avait toujours représenté pour moi un univers fantastique, dont les mystères me fascinaient.

J'oubliai Lina pour quelques heures, me couchai tôt, dormis peu, me levai alors que la nuit régnait encore sur la vallée, déjeunai rapidement, et, conduit par mon père, je revêtis dans les communs la blouse blanche des fondeurs qui attendaient dans la halle que s'ouvre la dame. Ils me saluèrent d'un signe de tête, et l'un d'eux, le maître fondeur, un énergumène aux yeux hallucinés qui s'appelait Coudou, me mit dans les mains une grande pince aussi haute que moi. J'étais impatient mais en même temps terrorisé par l'énorme dame de fonte qui allait s'ouvrir dans quelques minutes, et peut-être, pensai-je, m'ensevelir sous le métal en fusion. Mon cœur battait si fort qu'il me semblait que les fondeurs, près de moi, l'entendaient. Les gardeurs de feu s'étaient approchés, car c'était eux qui manœuvraient la lourde porte de fonte, et je reconnus parmi eux Jean Lestrade, le père de Lina, ce qui ajouta à mon émotion.

Les hommes ne bougeaient plus, ils étaient tous en attente, tendus, concentrés sur leur tâche qu'ils devaient accomplir en quelques minutes, avant que la fonte en fusion ne refroidisse. Sur un signal du maître gardeur, deux d'entre eux se pendirent au levier de la dame qui s'ouvrit comme les portes de l'enfer, dans un éclat insoutenable aux yeux. Je fis un pas en arrière, puis me repris aussitôt en pensant au regard de mon père que je savais posté près de la porte de la halle. Des ruisseaux de lave en fusion coulèrent vers les fondeurs chargés de deux missions : ceux de gauche, dont j'étais, devaient guider la lave vers les gueuses de fonte qui la maintiendraient prisonnière, ceux de droite, vers les puddleurs qui, armés de leur ringard, devaient la brasser en la nourrissant de grandes giclées d'oxygène pour la transformer en fer.

Le travail des seconds était évidemment bien plus difficile, bien plus délicat que celui des premiers à qui il suffisait de guider la tête d'une coulée pour l'amener dans les gueuses. Ce que je réussis à faire sans trembler, au moins pour trois petites coulées dont la couleur chaude, entre l'or et le sang, virait rapidement à un brun noir beaucoup moins menaçant.

Des gouttes de sueur coulaient sur mon front mais je ne les sentais pas. Je regardais maintenant les puddleurs s'agiter avec des grands gestes des bras et je les enviais déjà de leur force et de leur savoir. Semblables à des créatures infernales contraintes de combattre le métal en fusion, ils s'en approchaient, l'apprivoisaient, le repoussaient, revenaient, le blessaient, le soulevaient, puis le laissaient retomber dans des gerbes d'étincelles qui s'accrochaient à eux jusque dans leurs cheveux et semblaient les châtier de leur témérité.

Plus loin, à l'extrémité de la halle, les forgerons chargés de l'affinage du fer s'étaient mis à l'ouvrage, cognant comme des sourds sur les gueuses que faisaient glisser vers eux les fondeurs. Les mouleurs recueillaient le métal liquide restant au-dessus de la fonte, que l'on appelait laitier, pour le diriger vers un bocard à la sortie duquel, une fois refroidi et concassé en sable, il allait être transformé en briques de construction. J'étais fier de me trouver parmi tous ces hommes dantesques, aux gestes amples et sûrs, couverts d'or et de feu, et, même s'ils manifestaient de la distance vis-à-vis de moi, je ne doutais pas qu'un jour ils m'admettraient comme l'un des leurs.

L'immense éclat de la halle de coulée finit par s'éteindre quand les gardeurs de feu refermèrent la dame. Aussitôt la cloche retentit, là-haut, pour les chargeurs qui mélangeaient la castine au minerai avant de le faire basculer, entre deux couches de charbon de bois, dans le haut-fourneau. Les arqueurs vinrent nettoyer la halle de coulée, aidés par les plus jeunes des fondeurs, mais non par les puddleurs écarlates et couverts de sueur qui se réfugièrent dans la bédière jusqu'à la prochaine coulée.

Je garde de cette première journée dans la forge la sensation d'un immense éclat de chaleur et de lumière. Un éclat d'une sauvage beauté, dont je savais déjà que je ne pourrais plus me passer. C'était comme si un soleil gigantesque avait pénétré dans ce monde clos pour l'illuminer d'une manière magique, invisible ailleurs que dans cet antre sacré, aussi violent que chargé de mystères. On en était brûlé jusqu'aux os, initié à une vie terrifiante mais fascinante, au point de vous faire oublier le monde extérieur.

Quand j'en ressortis, à midi, le rouge et l'or de la fusion dansèrent devant mes yeux tout au long du repas. Je ne prononçai pas un mot, je voyais la dame s'ouvrir, déversant la lave fumante, et j'avais l'impression, même les yeux clos, que son éclat m'avait brûlé. Cette sensation demeura vivante au cours de la nuit et je dormis très mal. Mais pendant les huit jours qui suivirent, je n'eus plus qu'une envie, une hâte : me retrouver devant la dame qui s'ouvrait, libérant la lave éblouissante. Et ce plaisir, cette passion, cette fascination de la lave ne me quitta pas, ce printemps-là, jusqu'à la fin de la campagne de fonte.

Quand on éteignit le foyer, à la mi-mai, je me sentis comme orphelin et je compris, non sans remords, que j'avais oublié Lina. Mais déjà les travaux de printemps s'annonçaient pour les ouvriers qui regagnaient les métairies, et un autre soleil embrasait la campagne pour d'autres fêtes et d'autres plaisirs.

Lina aussi avait quitté le château, pour retrouver la Borderie et les travaux des champs. Dès lors, je n'eus plus qu'une idée dans la tête : la rejoindre, même si je devais pour cela prendre des risques, et l'exposer, autant que moi, aux foudres de mon père. Dès que se terminaient les leçons de notre précepteur, je courais vers la Borderie pour la guetter, même sans le prétexte d'un travail à accomplir, car ce n'était pas encore le temps de ramasser les prunes ou de faner. J'avais établi un poste de guet, à mi-versant de la colline, d'où je pouvais observer les allées et venues à la Borderie. Lina sortait souvent pour aller chercher de l'eau au puits, mais je n'osais m'approcher, à cause de la proximité de ses parents. Je me contentais de l'observer de loin, ébloui que j'étais par sa démarche souple, la manière qu'elle avait d'incliner un peu la tête du côté droit, désespéré de ne pouvoir l'aider à porter les seaux dont le poids la contraignait à s'arrêter de temps en temps, s'essuyant le front d'un revers de main, ou jetant vers la colline un regard appuyé, comme si elle avait deviné ma présence.

J'eus enfin l'opportunité de m'approcher d'elle à l'occasion des Rogations qu'elle suivait pieusement, en compagnie de sa mère, après avoir, comme la plupart des familles, assisté à la messe au cours de laquelle les fidèles récitaient la litanie des saints. Ensuite, la procession se mettait en marche, un enfant de chœur, devant, portant la croix, un autre près du curé, juste derrière, portant l'eau bénite. Moi, je marchais à deux pas de Lina pour pouvoir l'observer à ma guise, sans que sa mère s'en aperçoive. L'herbe était haute dans les chemins, les cultures commençaient à lever, la campagne sentait bon et les chants liturgiques augmentaient la sensation de paix, de bonheur, qu'il y avait à marcher de la sorte dans la vallée ruisselante d'une lumière semblable à celle des lustres de l'église.

Mon regard ne quittait pas ses épaules, ses cheveux, ses reins, ses jambes, s'attachait à sa robe bleue à pois blancs, à son fichu de mousseline rose, d'où cascadaient les larges boucles noires jusque sur la peau brunie de ses bras. Je savais qu'elle me devinait près d'elle, mais j'étais certain qu'elle ne se retournerait pas. Pas même lors des haltes devant les croix situées au croisement de deux chemins et ornées de feuillages et de fleurs. Je ne chantais pas ; je l'écoutais chanter et jamais, comme ces matins-là, je n'ai été aussi ému par cette voix que je découvrais, tandis que le curé bénissait les champs de seigle, de froment, de sainfoin, de blé d'Espagne et de pommes de terre.

Ils avaient bien besoin de bénédiction, ces champs, car l'année s'annonçait mal : trop d'eau pendant l'hiver, puis trop de froid, peu de soleil, encore, même si, pour moi, le soleil était enclos dans cette voix, dont je ne doutais pas qu'elle s'adressât à moi. Chaque fois que la procession repartait, je m'arrangeais pour la frôler, mon bras touchant le sien une seconde à peine, mais suffisamment pour qu'elle sache que je me trouvais là pour elle, pour l'écouter, pour mettre mes pas dans ses pas, vivre les mêmes instants qu'elle, respirer comme elle le parfum de l'herbe et des feuilles dans la paix du matin où erraient encore quelques brumes légères. A la fin, quand la procession se défaisait, Thibaut devait me tirer par le bras pour m'arracher au charme du moment, me contraindre à prendre la direction opposée à celle de Lina, tout en proférant des menaces qui ne m'atteignaient pas.

– Ça finira mal, prédisait-il. Tu ne te rends même pas compte que tout le monde vous observe.

Je me défendais comme je le pouvais :

– Mais non, personne ne sait rien.

– Tu crois ça ! Je suis sûr que sa mère a compris.

– Tant mieux.

Thibaut soupirait, haussait les épaules, me traitait de fou, d'inconscient, puis, à bout d'arguments, me suppliait d'oublier cette fille qui n'était pas pour moi.

Rien, cependant, n'aurait pu m'éloigner de Lina qui me dissimulait le monde extérieur, prenait toute la place dans ma tête et dans mon cœur. Je ne voulus rien entendre, cette année-là, des difficultés de la forge, de la crise économique qui sévissait dans le pays, des récoltes que l'on pressentait très mauvaises. Je ne remarquai même pas que les prunes étaient rares, les foins gâtés par les pluies, que les moissons duraient moins que les années précédentes. J'accompagnai les chars qui portaient les gerbes à la Borderie pour aider à les décharger, suivant les moissonneurs dépenaillés, en pantalons de droguet et chemises grandes ouvertes, les femmes en jupes longues mais aux bras et aux épaules nus, les mollets griffés par les épis, tout ce monde au pas des bœufs qui, le mouchail sur les yeux, paraissaient accablés de fatigue.

Je revins avec Thibaut à la Borderie tout le temps que dura le dépiquage, et ne me fis pas prier pour prendre le fléau, espérant l'utiliser en même temps que Lina qui le maniait aussi bien que sa mère. Il faisait chaud sur l'aire, dans la poussière des épis, des balles en suspension, et les hommes devaient se relayer souvent, afin de reprendre leur souffle à l'ombre. Un jour, vers quatre heures de l'après-midi, je me trouvai face à Lina dont la chemise entrouverte, chaque fois que je relevais la tête, attirait mon regard malgré moi. Les longues mèches de ses cheveux, mouillées par la sueur, volaient autour de son visage mat, dont les yeux, une fois de plus, s'attachaient aux miens, me disaient mieux que des mots tout ce que nous ne pouvions nous révéler au milieu des hommes et des femmes qui nous entouraient. J'aurais tant voulu lui parler, cependant, lui confier à quel point je pensais à elle et combien elle m'était chère ! Je passais mon temps à chercher le moyen de me retrouver seul avec elle, désespérant de ne pouvoir la rencontrer sans risque. Je finis par me persuader que ce serait seulement au château, à partir du mois d'octobre, que je pourrais lui parler plus facilement, puisqu'elle y travaillerait comme l'année précédente.

J'eus quand même l'occasion de la côtoyer lors du grand repas de le *gerbo baudo* qui réunissait tous les métayers, le maître de Grandval et Abel Vidalie dans la cour de la Borderie : c'était une tradition, cette fête de la belle gerbe, qui célébrait la fin des moissons, une fois la récolte rentrée, en présence de tous ceux qui y avaient participé. Notre père, cette année-là, avait décidé de nous y emmener, Thibaut et moi, pour la première fois. Nous étions assis sous le grand chêne de la cour, à des tables posées sur des tréteaux, pour un festin qui se prolongeait tard dans la nuit et au cours duquel la présence du maître imposait des réserves aux plaisanteries plus ou moins grivoises qui, d'ordinaire, égayaient ce genre de manifestations.

Des femmes de métayers, mais aussi Lina, servaient les hommes attablés, qui buvaient beaucoup et qui, je le remarquai très vite, ne se poussaient guère lorsque Lina s'avançait entre eux pour poser un plat ou le reprendre. Elle faisait mine de ne pas s'en apercevoir mais je savais qu'elle souffrait, comme moi, de cette obligation qui lui était faite. J'étais même certain qu'elle ne s'approchait de la table que contrainte et forcée par sa mère. Je bouillais de colère à la voir ainsi à portée des mains et des bras qui tardaient à s'écarter, et je ne fus soulagé que lorsqu'elle ne reparut plus, sur un signe de son père, qui, enfin, s'était aperçu de ce qui se passait, tellement sa fille était belle.

De ce que j'avais espéré être une fête, une nouvelle rencontre avec elle, il ne me restait que l'envie que tout cela se termine très vite, qu'enfin ces hommes partent et la délivrent de leur présence. J'avais appris la jalousie mais je ne savais pas la nommer. Je compris que je n'avais plus rien à espérer de l'été, que seul l'automne me la rendrait à moi seul, au château, là où aucune menace ne pèserait sur elle et où, du moins, je saurais la protéger.

Au début de septembre, mon père organisa un grand repas avec ses amis maîtres de forge, dont M. Destugière, patron de celle des Eyzies et M. Demongeot, propriétaire de celle de Calvignac. La situation économique s'était détériorée à un point catastrophique dans tout le pays, mais également en Périgord où les commandes avaient baissé de façon inquiétante. La concurrence n'existait pas, ou très peu, entre les maîtres de forge, du fait qu'ils couraient tous le même péril face aux aciéries de Lorraine, qui chauffaient au coke et non au charbon de bois et, grâce à un coût de production moins élevé, s'appropriaient peu à peu tous les marchés.

Notre père avait tenu à ce que Thibaut et moi fussions présents à ce repas dans la grande salle à manger du château, aux murs tendus de tissu garance et indigo, aux grandes poutres de châtaignier, aux fauteuils Louis XIII et à la table en chêne massif qui mesurait huit mètres de long. La seule femme présente était ma mère, mais elle veillait surtout au bon ordonnancement des plats qui avaient été savamment étudiés entre mon père et elle : asperges, pâtés de foie gras, poularde, dinde truffée et cèpes se succédèrent sans que la conversation se tarît un seul instant. Messieurs Demongeot et Destugière étaient aussi imposants, aussi impressionnants que l'était notre père. L'un et l'autre très robustes, l'œil et le cheveu noirs, le premier vêtu d'un habit bleu à revers moutarde, l'autre d'une redingote sévère et d'une chemise à haut col qui le faisait s'étrangler au cours de chacune de ses interventions. Mais c'était mon père qui parlait le plus, se désolant de l'incompétence de Thiers et de Guizot qui ne savaient que freiner les investissements, ralentir l'économie au lieu de la libérer comme cela s'effectuait ailleurs, principalement en Angleterre.

– Au lieu de la soutenir, ils l'étouffent, vitupérait-il. On se demande de quoi ont peur ces bons à rien. Le résultat est que l'industrie s'essouffle, que les commandes baissent, et que le chômage grandit dans les villes où les socialistes ont beau jeu de dénoncer l'incurie de nos gouvernants. J'ai eu en main *La Revue sociale* où écrit George Sand et *Le Populaire* de Cabet, et je peux vous dire qu'ils ne perdent pas leur temps.

Il buvait un verre, reprenait :

– Et Proudhon ! Vous avez entendu parler de Proudhon ? Pour lui, la propriété c'est le vol. Imaginez un peu si de telles idées arrivent jusque chez nous !

– Mon cher Grandval, intervint M. Demongeot, je ne pense pas qu'elles arriveront d'elles-mêmes. Le peuple ne bouge que lorsqu'il a faim. Et ce qui m'inquiète le plus, ce sont les mauvaises récoltes de pommes de terre. Il paraît qu'une étrange maladie pourrit les tubercules dans le sol. Si l'année prochaine est mauvaise, alors nous pourrons nous tenir sur nos gardes.

– Il n'en reste pas moins, intervint M. Destugière, que pour l'immédiat nos commandes baissent dangereusement et que nous allons devoir renvoyer des ouvriers.

Il avala une bouchée de cèpes, ajouta :

– Je me suis demandé si nous ne devrions pas nous mettre à chauffer au coke.

– Au coke ? s'écria mon père, mais vous n'y pensez pas ! comment le faire acheminer jusque chez nous ?

– De Decazeville, par le chemin de fer.

– Il n'y a pas de ligne.

– Intervenons auprès du préfet et des autorités compétentes.

– Mais le charbon de bois ne nous coûte rien ! souligna M. Demongeot. Comment voulez-vous faire face aux aciers de Lorraine si nous augmentons nos coûts ?

– En nous groupant, pour obtenir un meilleur prix lors des commandes.

– Jamais, même en nous groupant, trancha mon père, nous n'obtiendrons des prix de revient inférieurs à ceux que nous réalisons aujourd'hui.

– Alors il faut produire à moindre coût.

– Et comment cela ? fit M. Destugière.

– En construisant des fours à puddler.

– En empruntant ? fit mon père avec une moue désabusée. Comment rembourserons-nous nos emprunts si l'activité économique demeure ce qu'elle est ?

La question ne souleva qu'un silence accablé. J'avais parfaitement compris les problèmes évoqués par les trois hommes, mais je ne me sentais pas vraiment concerné : j'étais intimement persuadé que mon père constituait un rempart sûr contre l'adversité, que rien ni personne ne lui faisait peur, pas même ces jacobins qu'ils appelaient parfois aussi les socialistes, et qu'il saurait, comme il l'avait toujours fait, trouver les solutions pour que rien ne change jamais dans ce qui était pour moi la vallée du bonheur.

Dès lors, je cessai d'écouter, et mon esprit s'évada vers celle qui l'occupait tout entier, ne cessait de l'obséder : Lina marchant devant moi lors des Rogations ou me frôlant lors du festin de la *gerbo baudo.* Rien n'aurait pu ternir l'éclat de cet été, qui pourtant me parut interminable. Je n'avais qu'une hâte : qu'elle revînt enfin au château.

J'eus heureusement l'opportunité de l'approcher aux vendanges de la mi-septembre qui s'effectuèrent sous le soleil enfin revenu, dans un air épais où flottaient les odeurs de moût et de futailles, au flanc des collines dont le vert commençait à se tacher de rouille. Un matin, dans la vigne de la réserve, j'eus même la chance de me trouver face à elle qui, de l'autre côté du rang, avançait au même rythme que moi, et j'apercevais son visage entre les feuilles, un visage un peu tendu mais dont les yeux ne cillaient pas. Nous ne pouvions prononcer le moindre mot à cause de nos voisins, mais souvent nos doigts se touchaient sur la même grappe et Lina ne retirait pas sa main, au contraire : elle s'attardait plus que nécessaire, et de temps en temps elle suçait ses doigts en fermant les yeux, ou croquait quelques grains d'une grappe qu'en silence nous nous étions disputée. Sans paraître y songer, elle s'évertuait à terminer la cueillette de la rangée en même temps que moi, si bien que nul ne s'intercala entre elle et moi de toute la matinée.

Elle s'éloigna seulement à midi pour le repas que nous prenions à l'ombre des pêchers de la vigne, aidant sa mère comme à son habitude, tandis que les hommes et les femmes mangeaient dans le ronflement des guêpes et des frelons, le regard loin porté vers l'horizon des collines, dans la tiédeur molle de cet automne, dont l'air saturé de la chaleur des grappes devenait suffocant à mesure que le soleil montait.

Durant l'après-midi, sa mère la garda près d'elle, sans que je comprenne si elle s'était rendu compte de ce qui s'était passé au matin, ou seulement si elle avait jugé que sa présence était plus utile avec elle, afin de repasser derrière les vendangeurs pour ramasser les grappes oubliées. Mais que m'importait cet éloignement, d'ailleurs relatif ! J'avais fait provision d'elle pendant plus de trois heures au cours de la matinée, et je savais que bientôt elle rejoindrait le château pour l'hiver. Je n'eus pas de regrets, d'autant qu'elle marcha près de moi pour rentrer, entre deux chars lourds de comportes pleines, se retournant de temps en temps pour croiser mon regard, mais si vite que personne autour de nous ne s'en apercevait.

Le soir, comme à la fin de chaque vendange, il y eut un grand repas dans la cour du château, mais très tard, car les hommes étaient occupés dans la cave à presser le raisin. Je frôlai plusieurs fois Lina dans la cour, sans même avoir à me cacher grâce à l'ombre de la nuit : une nuit violette, saturée d'odeurs chaudes, une nuit savoureuse comme le bonheur, sous le frôlement doux des chauves-souris et le murmure des grands chênes enfin libérés de la chaleur du jour.

Je me suis imaginé alors que toutes les nuits de ma vie ressembleraient à celle-là, que le bonheur était un dû de l'existence, que toutes les étoiles qui brillaient au-dessus du château nous accompagneraient, Lina et moi, et veilleraient sur nous. Je ne savais rien de la vie, et heureusement : c'est le privilège des enfants et des adolescents que de vivre dans l'insouciance et dans la confiance. Ainsi sont-ils heureux comme nous l'étions, et comme je croyais que nous le serions toujours.

4

QUI sommes-nous, pour accepter de continuer à vivre quand ont disparu tous ceux que nous avons aimés ? Où trouvons-nous cette force qui ne se nourrit d'aucun espoir, sinon celui, tellement incertain, de les retrouver un jour quelque part ? Je me suis souvent interrogé à ce sujet au cours de ma longue existence – trop longue, me dis-je quelquefois – mais sans trouver d'explication capable de résister à une analyse un peu sérieuse. Peut-être le temps a-t-il été créé pour effacer ce qui a été et ne sera plus jamais, favoriser ainsi l'oubli, atténuer la douleur des pertes injustifiables. J'ai pu le vérifier au fil des années, moi qui ne suis pourtant pas un homme d'oubli, mais un homme qu'une implacable mémoire hante, brûle, dévaste au point de me restituer les jours, les mois et les années dans le moindre détail, la moindre émotion, pour peu que je me laisse aller vers eux, même si je sais en retirer plus de souffrance que de plaisir. Mais il faut bien peupler la solitude de ses jours, quand les jambes ne vous portent plus ou à peine, et que le peu de vie qui vous reste vous incline irrésistiblement vers les années de la force et de l'espoir.

Ainsi de cet hiver où la seule présence de Lina près de moi me dissimulait la tragédie au-dehors : la famine, presque, à cause de cette maladie des tubercules de pommes de terre qui pourrissaient sans que l'on en connaisse la cause, des mauvaises récoltes de l'année précédente, du froid terrible qui s'était abattu sur la vallée, des commandes de fonte quasiment inexistantes. Mon père et Abel Vidalie se débattaient pour nourrir les charbonniers, les métayers et les ouvriers du mieux qu'ils le pouvaient et moi je ne songeais qu'à Lina, avec qui, enfin, j'avais pu parler un matin de janvier de cette année 1848, du fait qu'elle s'était glissée dans ma chambre pour se cacher de ma mère dont le pas approchait, alors que nous étions face à face dans le couloir, pour quelques brèves secondes secrètement partagées.

Elle n'avait pas voulu s'asseoir, encore moins sur le bord du lit, et elle était restée debout contre le mur, écoutant, le cœur battant, les pas qui s'éloignaient, respirant plus vite quand je m'étais approché d'elle, et murmurant alors que je prenais sa main :

– Il ne faut pas, monsieur Fabien.

Mais elle ne s'était pas échappée lorsque j'avais voulu la prendre dans mes bras, elle s'était laissée aller contre moi un instant, un bref instant, sa tête appuyée contre ma poitrine, avec cette confiance qu'elle m'avait toujours témoignée depuis le jour de notre rencontre, dans la halle de coulée. Puis elle s'était dégagée très vite, comme horrifiée par sa conduite, et avait soufflé, la main sur le cœur :

– S'il vous plaît, il faut que je parte.

– Non, attends, avais-je dit, ne pars pas, reste un peu, juste quelques minutes.

J'avais reculé, m'éloignant d'elle de trois mètres, m'appuyant contre mon bureau, et elle en avait paru soulagée, ses yeux avaient perdu cet éclat affolé qui les faisait briller, mais elle avait répété :

– Il ne faut pas, vous le savez bien.

– Nous ne faisons rien de mal.

– Quand même, il ne faut pas, nous n'avons pas le droit.

– Pourquoi ?

– Parce que vous êtes un Grandval, monsieur Fabien, et que moi je ne suis rien.

– Tu es Lina, ça me suffit, et tu sais très bien que nous nous marierons un jour.

Elle avait baissé les yeux, fait glisser une longue mèche de cheveux devant son visage, puis elle avait murmuré d'une voix à peine audible :

– Ne vous moquez pas, monsieur Fabien. Vous savez que c'est impossible.

– Et si je le rendais possible, est-ce que tu accepterais, au moins ?

Elle releva enfin la tête, repoussa ses cheveux vers l'arrière, et ses yeux s'attachèrent aux miens :

– Je n'ose même pas en rêver.

Comme je m'approchais de nouveau, elle eut un mouvement vers la porte pour s'enfuir, mais je l'arrêtai de la main :

– Il faut avoir confiance, dis-je, un jour je serai libre de mes décisions.

Je la repris dans mes bras, et elle se laissa aller comme la première fois, avec cette même confiance qui m'émouvait tant. J'ajoutai tout bas :

– Est-ce que tu es capable d'attendre le temps qu'il faudra ?

– Même si je ne vous crois pas, j'attendrai, monsieur Fabien.

Puis elle glissa entre mes bras, ouvrit la porte pour écouter si personne n'arrivait et, avant que j'aie pu la retenir, elle disparut, me laissant seul avec son parfum de violette, l'intonation grave de sa voix, la beauté folle de ses yeux si clairs illuminant la couronne brune de ses cheveux.

Ce ne fut pas grand-chose, ces quelques minutes, mais elles m'avaient brûlé le cœur et donné de la fièvre dans cet hiver pourtant glacial durant lequel tout semblait s'être arrêté, y compris la cloche de la forge qui ne retentissait plus depuis le début janvier, car mon père n'avait plus de commandes à honorer. Il avait dû renvoyer la plupart des ouvriers dans les métairies, n'avait gardé que les domestiques de la réserve qui se chauffaient comme ils le pouvaient dans la bédière. Le père et la mère de Lina avaient regagné la Borderie, comme tant d'autres leur foyer, puisqu'il n'y avait plus de travail à la forge. Abel Vidalie avait été chargé par mon père de ravitailler ceux qui souffraient le plus du manque de pain et de pommes de terre, mais le régisseur leur donnait à peine de quoi survivre et, chez nous, le mécontentement montait, comme partout dans les campagnes où hommes, femmes et enfants souffraient beaucoup du froid et de la faim.

Un après-midi, vers trois heures, j'entendis des éclats de voix, en bas, dans le parc, et je crus discerner la voix de Lina. Il me sembla défaillir, quand, en m'approchant de la fenêtre, je vis le régisseur qui la tenait par un bras et la secouait avec une violence qui me glaça le sang. Il l'entraînait vers l'entrée du château d'où j'entendis crier mon père par la fenêtre de son bureau qu'il venait d'ouvrir malgré le froid, ayant été alerté par la colère de Vidalie. Je dévalai l'escalier et arrivai au bas des marches en même temps que le régisseur et Lina dont le regard passa sur moi sans s'arrêter, comme si je n'existais pas. Ils pénétrèrent dans le bureau dont la porte resta ouverte, et je pus m'approcher pour entendre ce qui se passait : Abel Vidalie expliquait qu'il avait surpris Lina sur la route de la Borderie avec une miche de pain et des pommes de terre volées à la cuisine. Selon lui, ce n'était pas la première fois, mais il n'avait jamais pu la prendre sur le fait. Aujourd'hui, il l'avait guettée et n'avait eu aucun mal à la confondre : le pain et les pommes de terre se trouvaient dans le sac de jute qu'il montrait à mon père avec une évidente satisfaction. Il y eut un long silence, puis la voix de mon père s'éleva, d'une froideur extrême, lourde de menaces :

– Pour qui voles-tu, petite ?

Lina ne répondit pas.

– C'est la fille des Lestrade, dit le régisseur.

– Ceux de la Borderie ?

– Oui.

– Et que fait-elle ici ?

– Elle aide la cuisinière et la chambrière.

Il y eut un long silence que troubla seulement la respiration affolée de Lina.

– Il y a longtemps que tu voles ? demanda mon père d'une voix qui ne contenait pas l'ombre d'une promesse de pardon.

Lina ne répondit pas davantage.

– Sans doute depuis qu'on a dû renvoyer les gens de la forge, fit le régisseur.

Il ajouta, accablant Lina :

– J'avais des doutes pour l'avoir croisée plusieurs fois sur les chemins et l'avoir vue cacher un sac à mon approche.

Un lourd silence tomba de nouveau, tandis que j'hésitais à intervenir, espérant encore que la foudre n'allait pas s'abattre sur elle.

– Vous donnez ce qu'il faut aux Lestrade ? demanda mon père de la même voix froide.

– La même chose qu'aux autres, répondit le régisseur.

– C'est pas vrai, dit Lina, prenant la parole pour la première fois : vous ne nous avez rien donné depuis huit jours. Nous n'avons plus rien.

– Je ne fais aucune différence entre les métayers et les bordiers, reprit le régisseur, mais je suis obligé de rationner tout le monde, car l'hiver peut être encore long.

– Quel âge as-tu ? demanda mon père que j'entendis faire le tour de son bureau, s'approchant de Lina comme s'il voulait la frapper.

– Dix-sept ans, murmura-t-elle.

– Et à dix-sept ans tu ne sais pas encore qu'il est interdit de voler ?

– Si, Monsieur, je le sais.

– Alors pourquoi le fais-tu ? hurla mon père.

– Parce que je ne veux pas que mon père et ma mère meurent de faim.

– Personne n'est mort de faim, chez moi, jusqu'à ce jour ! s'écria mon père. Tu mériterais que j'appelle les gendarmes.

Je compris à l'intonation de sa voix qu'il ne le ferait pas, sans quoi, j'en suis sûr, j'aurais jailli dans la pièce pour me porter au secours de Lina.

– Voleuse à dix-sept ans, reprit mon père, qu'est-ce que ce sera à trente ans !

– A trente ans je serai en âge de travailler et de donner à manger à mes parents s'ils en ont besoin, dit Lina d'une voix qui ne tremblait plus.

– Tiens ! dit mon père en s'adressant au régisseur, mais elle a de la repartie cette petite.

– De la repartie, certes, mais pas seulement, reprit le régisseur d'une voix inquiétante.

– Qu'est-ce que vous voulez dire par là ?

Je sentis mon sang se figer dans mes veines, redoutant qu'il ne nous ait aperçus, Lina et moi, ou compris quelque chose à nos relations.

– Elle n'a pas peur des garcons, même à son âge.

– Diable ! fit mon père, à dix-sept ans ! Elle ne perd pas de temps.

– Et pas n'importe lesquels ! ajouta le régisseur, me donnant la certitude qu'il savait tout.

Heureusement, mon père ne comprit pas l'allusion et ne releva pas ses propos, il paraissait pressé d'en finir. Le régisseur n'insista pas, le forfait de Lina lui paraissant sans doute suffisant pour provoquer les sanctions qu'il méritait.

– Bon ! reprit mon père en retournant derrière son bureau, vous allez la renvoyer chez elle le temps que j'enquête auprès de ma femme et des gens de la maison, et vous convoquerez ses parents pour que je sache s'ils sont capables de prendre d'eux-mêmes des sanctions contre cette petite. Je déciderai de son sort après les avoir vus.

Je regagnai ma chambre le plus vite possible, découvrant Thibaut, deux mètres derrière moi, qui avait assisté à la conversation et hochait la tête d'un air accablé. Je me réfugiai derrière la fenêtre pour guetter Lina : elle traversa le parc en courant et je la vis disparaître derrière les lourdes portes qui étaient restées ouvertes depuis son arrivée avec le régisseur, espérant un regard, un geste de sa part, mais elle ne se retourna pas, et tout le froid de l'hiver se referma sur moi.

Il fut bien long, cet hiver, en son absence, d'autant que je craignis pour elle et sa famille un châtiment qui, heureusement, ne vint pas, mon père ayant d'autres chats à fouetter. En février, en effet, la révolution à Paris détourna sa colère sur ceux qui appelaient de tous leurs vœux la République. Dans la stupéfaction générale, l'insurrection eut rapidement raison du Roi qui abdiqua en faveur du comte de Paris.

– Je vous l'avais bien dit ! vociféra mon père, cette

vieille baderne s'est envolée au premier coup de vent. Nous voilà aujourd'hui avec la République et le suffrage universel ! La Bourse s'est écroulée, et les partageux réclament le droit au travail ! Bientôt ils nous prendront notre chemise !

La création des ateliers nationaux par le gouvernement provisoire le vit s'étrangler de fureur, une fureur qui atteignit son paroxysme quand les républicains plantèrent un arbre de la liberté sur la place de Saint-Martial. Dans les villages de la vallée, on sonnait les cloches, on brûlait les symboles de la royauté, on chantait *La Marseillaise* ou *Le Chant du départ* devant les mairies, certains ornaient les arbres de drapeaux rouges.

– Qu'ils viennent ! criait mon père en brandissant son fusil, et ils seront bien reçus !

Il avait armé les ouvriers de la forge dans lesquels il avait confiance, mais, contrairement à ce qu'il redoutait, aucun partageux ne vint au château chercher le pain ou les vivres qui manquaient tellement. La misère, en Périgord, n'était pas aussi dramatique que dans les villes, et mon père, malgré les événements, n'avait pas cessé de faire distribuer de la nourriture. Les républicains, pour tout fait d'armes, organisèrent un grand banquet sur la place de la mairie, mais ils ne furent pas nombreux à banqueter ou à chanter des chants patriotiques, et la fête s'acheva sans le moindre trouble.

Après une période d'abattement qui n'avait duré que quelques jours, mon père et ses amis royalistes s'organisèrent pour réagir lors des élections de Pâques, puisque élections il devait y avoir. Destresse, le maire de Saint-Martial, se présenta comme candidat de l'ordre et fut élu, comme beaucoup d'autres, en réaction aux mouvements du 17 mars, à Paris, ce jour où les ouvriers étaient descendus dans la rue pour empêcher les élections, ou du moins pour les faire repousser. Les légitimistes eurent cent trente élus, les modérés cinq cent cinquante, et les socialistes, avec une centaine d'élus, furent les grands vaincus de ce premier suffrage universel. La bourgeoisie et les grands notables de province avaient récupéré dans les urnes le pouvoir que leur avait volé la rue dans les villes.

– La République, certes ! triompha mon père, mais au moins la nôtre !

Peu après, les événements de mai fomentés par Blanqui qui, avec les socialistes les plus déterminés, avait occupé l'Assemblée pendant trois heures, provoquèrent une répression qu'approuva la plus grande partie du pays : les meneurs n'avaient-ils pas voulu mettre en cause le suffrage universel ? Tout rentra rapidement dans l'ordre et les beaux jours revinrent, d'autant que les récoltes s'annonçaient meilleures que les précédentes. Alors le calme, de nouveau, s'installa dans notre vallée sur laquelle les vagues de la révolution étaient venues se briser sans provoquer de dégâts majeurs.

Déjà juin était là, avec de grandes et belles journées qui permirent d'entreprendre les foins, à la satisfaction de tous. Mon père avait pu constater que les événements n'avaient pas ébranlé gravement le domaine, les paysans-ouvriers avaient survécu à l'hiver et à la famine, le blé germait dans la vallée, et, depuis que l'ordre avait été rétabli, la situation économique se redressait plus vite qu'on ne l'avait pensé.

Je n'avais pour ma part jamais ressenti la moindre menace au cours des mois qui venaient de passer. Instinctivement, je nous savais protégés des grands tourbillons de l'Histoire, et seuls l'absence de Lina et le silence de la forge m'avaient tourmenté pendant cet hiver interminable où il avait même neigé en février. Je revis enfin Lina à l'occasion des foins mais elle me sembla distante, et je compris qu'elle avait honte vis-à-vis de moi de ce qu'elle avait fait. Je savais qu'elle avait été punie par ses parents et que mon père, fort occupé par ailleurs, avait jugé cette punition suffisante, mais j'ignorais exactement en quoi elle avait consisté. J'usai de toutes les ruses possibles pour me rapprocher d'elle mais je me méfiais du régisseur, dont, souvent, en me retournant brusquement, je sentais le regard posé sur mes épaules.

Je réussis enfin à lui parler, un soir, alors que tous les hommes étaient occupés à charger le foin sur les charrettes et que les femmes, déjà, quittaient les prés pour aller faire la soupe. Comme elle passait devant moi en feignant une fois de plus de ne pas me voir, je lui saisis la main et lui dis :

– Tu as eu raison de prendre du pain et des pommes de terre. A ta place, j'aurais fait pareil.

Ses yeux enfin se levèrent sur moi et je compris qu'elle se sentait comme délivrée d'une culpabilité qui l'écrasait.

– Merci, monsieur Fabien, dit-elle.

Et j'aperçus une larme au coin de ses paupières, qu'elle se hâta de faire disparaître de la main. Dès lors, elle cessa de me fuir et nous retrouvâmes cette complicité qui nous avait unis jusqu'à cet hiver de famine. La paix qui retomba sur la vallée du bonheur où les grondements des barricades parisiennes, élevées le 24 juin pour protester contre la fermeture des ateliers nationaux, ne parvinrent qu'étouffés. Cavaignac, préféré à Bugeaud qui avait regagné ses terres de la Durantie, pas très loin de chez nous, les réduisit au silence en deux jours. Dès lors, les ouvriers des villes cessèrent de se reconnaître dans cette République qui se dressait contre eux alors qu'ils en avaient été les héros : vainqueurs en février, ils avaient été matraqués en mars et massacrés en juin. Ils ne pourraient plus s'opposer désormais au glissement de cette démocratie vers un pouvoir personnel que le parti de l'ordre appelait de tous ses vœux. Quant aux paysans de nos campagnes, même s'ils devenaient ouvriers pendant l'hiver, ils s'étaient tournés vers ceux qui combattaient les partageux qui menaçaient de s'appropier les terres et les biens et d'instaurer un État socialiste. Personne, chez nous, n'était mort de faim. Les notables qui avaient pris le pouvoir ne représentaient pas pour eux la moindre menace. Au contraire, ils avaient toujours su aider ceux qui étaient dans le besoin.

Quelque chose, pourtant, secrètement mais inévitablement, avait bougé, dans la société rurale du Périgord. Mon père s'en aperçut d'abord avec étonnement, puis, comme à son habitude, avec fureur. Les moissons, qui avaient été belles et garantissaient du pain pour tous au cours de l'année à venir, s'achevèrent dans la chaleur étouffante du mois d'août. Quand les grains furent propres, commencèrent les partages avec les métayers. Mon père tenait à ce que je le suive pour cette opération au cours de laquelle il ne se privait pas de manifester toute son autorité, et nous partions le matin vers les métairies, avec le coupé, tandis qu'Abel Vidalie nous suivait à cheval. Cet été-là était magnifique : le soleil buvait les brumes du matin vers dix heures et faisait resplendir le vert des arbres sans le corrompre, d'autant qu'il avait suffisamment plu pendant le printemps. Les éteules en bordure des chemins jetaient des éclats de cuivre qui semblaient se réverbérer dans le ciel d'un bleu sans la moindre menace : c'était comme si les orages avaient choisi d'éviter la vallée de l'Auvézère dont les eaux, malgré la sécheresse, cascadaient allégrement entre les rives vertes, et dont les arbres murmuraient doucement.

Ce matin-là nous arrivâmes vers dix heures à la Chassénie, une métairie qui était située à l'ouest de la Borderie, entre Tourtoirac et les collines. Je connaissais bien le métayer qui s'appelait Garissou et qui travaillait à la forge en hiver comme affineur. C'était un homme fruste, farouche, dont le fils aidait les mineurs de Fontnègre à extraire de la castine. Sa femme travaillait aussi à la forge en qualité de cantinière, et tous les trois venaient « donner la main », comme tous les métayers, à l'occasion des foins, des moissons et des vendanges, dans la réserve aussi bien que dans les autres fermes du domaine.

Je descendis sur l'aire et me plaçai près de mon père qui salua Garissou et lui demanda des nouvelles des cultures et de sa famille, pendant qu'Abel Vidalie comptait les sacs de blé. Il y en avait trente et un. Le partage à moitié induisait que le sac impair aurait dû être réparti aussi entre eux, mais la coutume depuis toujours avait tranché en faveur du propriétaire : il bénéficiait du sac supplémentaire, un privilège que nul, jamais, n'avait osé remettre en cause. C'est pourtant ce que fit Garissou, ce matin-là, en demandant le partage du fameux sac impair.

– Qu'est-ce qui te prend ? s'étrangla mon père, tu es devenu fou ?

– La moitié, répéta Garissou avec un air buté, c'est ce que dit le bail.

– Tu ne sais même pas lire, fit mon père, on t'aura trompé ou tu auras mal compris.

Il reprit, sans laisser au métayer le temps de répondre :

– Il y a le bail et il y a la coutume. Et qu'est-ce que tu fais du pain et des pommes de terre que je t'ai procurés cet hiver ? Est-ce que je t'ai demandé d'en payer la moitié ?

Garissou parut ne pas avoir entendu. Il demeurait buté, la tête inclinée vers le sac, les mains sur les hanches, mal à l'aise mais déterminé, comme s'il se sentait soutenu par quelqu'un d'invisible ou qu'il appliquait des consignes qui lui auraient été secrètement communiquées.

– La moitié, répéta-t-il, sans bouger d'un pouce.

– Et voilà ! s'écria mon père en nous prenant à témoins, Abel Vidalie et moi, voilà où nous ont conduits les partageux ! Elle est belle, la République !

Et, se tournant vers Garissou :

– Mais bougre d'âne, tu ne comprends donc pas qu'on t'a monté la tête ! On n'est pas dans les villes ici, et pas un patron ne donne à manger, là-bas, pendant les famines ! Nous sommes une même famille, et je vous considère comme mes amis, tous, charbonniers, ouvriers, métayers, je ne vous ai jamais laissés dans le besoin ! Est-ce que tu es capable de dire le contraire ?

– La moitié, répéta Garissou après un silence.

Et il ajouta, de la même voix butée :

– C'est le droit.

Mon père s'approcha du métayer et je crus qu'il allait le frapper. Il demeura quelques secondes les bras ballants, hésitant sur la conduite à tenir, puis il poussa un long soupir et se retourna brusquement vers Abel Vidalie en disant :

– Vide ce sac et partage-le en deux.

Il ajouta, d'une voix plus forte, de manière à être bien compris du métayer :

– Tu me feras le compte de ce qu'il me doit en pommes de terre, et tu le lui retiendras sur la prochaine récolte.

Garissou, comprenant qu'il avait pris le mauvais parti, voulut faire machine arrière, mais mon père ne lui en laissa pas le temps : il marcha vivement vers le coupé et s'adressa une dernière fois au régisseur en disant :

– Tu viendras faire prendre les sacs dès demain.

Nous partîmes sans nous attarder davantage, et je sentis que malgré sa victoire mon père paraissait préoccupé : il venait de comprendre que même chez lui, dans son domaine, depuis l'avènement de la République, rien ne serait plus jamais comme avant. Il demeura silencieux tout le temps qu'il nous fallut pour gagner la Fondial, une métairie qui se trouvait dans une large combe, entre de fins peupliers dont les feuilles les plus hautes commençaient à virer au jaune citron. Là, il n'y eut pas de problème car le nombre des sacs était pair et le métayer, Henri Laveyssière, qui approchait les soixante-dix ans, n'y était maintenu que par faveur. Mais un deuxième incident intervint le soir même, à la Dorie, alors que nous visitions la dernière des métairies : contrairement à ce qui avait été convenu avec le régisseur, le blé n'avait pas été entièrement battu, et les sacs n'étaient pas prêts. Louis Combessou, le métayer, avait été aperçu participant au banquet de célébration de la République à la mairie de Saint-Martial. C'était un homme grand et sec, dont les trois enfants travaillaient tous à la forge, lui-même faisant fonction de puddleur, et qui avait la réputation de ne s'en laisser conter par personne. On le disait violent, capable de colère froide, et très difficile à commander.

– Et alors ? fit mon père en s'approchant de l'homme qui se tenait sur l'aire déserte, les mains dans le dos.

– Alors, j'ai pas fini.

– Et pourquoi ?

– Ma femme a été malade.

– Et tes fils ?

– Ils ont dû partir chercher de l'ouvrage à Hautefort, puisqu'on a rien gagné cet hiver à la forge.

Il y avait comme un reproche dans la voix dont le ton apparaissait sans concession, à la même hauteur que celui du maître.

– Et ce sera prêt quand ?

– Dans huit jours, pas avant.

Les yeux du métayer ne cillaient pas, ne se dérobaient pas, et je devinai que mon père tentait de soupeser la détermination de l'homme tout en constatant amèrement que jamais personne ne lui avait parlé sur ce ton.

– Je te donne trois jours, trancha-t-il sans parvenir à dissimuler sa colère. Passé ce délai, si je n'ai pas les sacs, tu devras chercher ailleurs une métairie.

Il savait très bien qu'il ne pouvait pas se passer à la forge d'un puddleur de cette expérience, mais il savait aussi qu'il allait être jugé sur sa capacité à répondre aux premiers défis consécutifs aux événements de l'année écoulée. Il fit demi-tour sans attendre la réponse du métayer qui resta droit sur l'aire sans avoir fait le moindre pas en arrière. Nous repartîmes dans l'après-midi finissant, et mon père ne prononça pas un mot, tandis que je m'interrogeais sur la gravité de ce que j'avais vu, le regard perdu sur la vallée que dorait le soleil couchant, dans un épais silence à couper au couteau et l'odeur forte des chevaux, qui, elle au moins, évoquait des sensations familières dont je n'avais rien à redouter.

Je n'avais pourtant pas mesuré à quel point cette journée avait laissé des traces dans l'esprit de mon père. La fureur qui bouillonnait en lui s'exerçait au château sur les uns et les autres, mais ne trouvait pas de cible à sa mesure. Elle en cherchait, pourtant, et j'aurais dû m'en méfier. Mais je l'avais oublié, ébloui que j'étais par Lina qui portait chaque matin des légumes de la réserve au château, y restait la journée et repartait à la Borderie en fin d'après-midi. Je l'attendais à mi-chemin, dans la borie où nous avions côte à côte laissé passer un orage, six ans auparavant. Elle s'y arrêtait une vingtaine de minutes et elle m'écoutait lui parler de l'avenir, de la vie que nous mènerions ensemble, un jour, dans pas longtemps. Elle ne m'autorisait pas à l'embrasser mais elle ne refusait pas l'abri de mes bras ou bien, lorsque nous étions assis, elle posait la tête sur mes genoux, me laissant caresser ses cheveux, ses joues et ses épaules. Comme je le lui avais demandé, elle ne m'appelait plus monsieur Fabien, mais Fabien, tout simplement, tout en ayant beaucoup de mal à se confier. Sans doute ne croyait-elle pas à mes promesses, ou plutôt lui paraissaient-elles toujours impossibles à réaliser. Elle se sentait écrasée par la différence de nos conditions sociales, mais avait consenti au moins à rêver, et ce rêve-là, me semblait-il, lui suffisait. J'avais beau lui montrer comment j'agirais, comment les choses se passeraient, elle demeurait distante, ne parvenait pas à s'imaginer dans ces projets d'avenir que je bâtissais pour nous deux.

– Ce serait trop beau, disait-elle, j'essaye d'y croire, mais je ne peux pas.

Ces quelques minutes que nous passions dans cet abri nous étaient devenues indispensables, si bien que nous nous y rendions quotidiennement en oubliant toute prudence. Le dernier jour d'août, à six heures du soir, nous entendîmes des pas dans le bas du pré où se trouvait la borie, mais nous n'eûmes pas le temps de tenter le moindre geste de fuite avant que la porte ne s'ouvrît, violemment poussée par Abel Vidalie. Lina s'était tournée vers le fond, en poussant un gémissement, tandis que je faisais face en me levant, me mesurant du regard avec le régisseur. Celui-ci ne prononça pas un mot, mais je compris que nous n'aurions à attendre aucune indulgence de sa part, qu'au contraire cette rencontre scellait notre condamnation. Je ne prononçai pas un mot non plus, je tentai au contraire par mon regard de défi de lui montrer que je n'avais pas peur de lui, que j'étais prêt au combat, que ma détermination était aussi forte que la sienne. Il fit demi-tour sans proférer la moindre menace et s'éloigna, rejoignant son cheval qu'il avait laissé dans le chemin au bas du pré, de manière à ne pas être entendu.

Quand je me retournai vers Lina, elle pleurait. Je tentai de la rassurer, de la consoler, mais elle ne m'entendait pas et se lamentait, certaine que sa famille allait devoir payer son inconduite.

– Mais non, lui dis-je, je suis là. Je te défendrai, je prendrai tous les torts sur moi.

Elle s'enfuit en courant, oubliant même son panier vide dans la borie que je quittai à mon tour, courant malgré moi vers le château, sans prêter la moindre attention à la beauté magique des prés, des champs, des collines dont le vert attendri par l'été s'adoucissait dans une paix qui venait de me devenir étrangère.

Le soir, je mangeai très vite et me réfugiai dans ma chambre où je ne pus trouver le sommeil. J'imaginai toutes sortes de moyens de défense, échafaudai toutes sortes de plans de manière à dédouaner Lina, mais je savais déjà, au fond de moi, que pour mon père j'étais indéfendable, et Lina encore plus.

Le lendemain matin, je me levai tôt, attendant la foudre qui pouvait tomber sur moi à tout instant, mais rien ne se passa avant midi. Pourtant Abel Vidalie était venu au rapport comme chaque matin, puis il était reparti comme si rien ne s'était passé la veille. Je commençais à reprendre espoir quand j'entendis mon père m'appeler un peu avant le repas. Tremblant sur mes jambes malgré mes efforts pour faire bonne contenance, je pénétrai dans ce bureau que je fréquentais si peu, si ce n'était dans les grandes occasions.

Mon père était assis dans son fauteuil et consultait un devis d'un air négligent, comme s'il n'avait pas encore arrêté ce qu'il allait me dire. Immobile devant le bureau, les mains dans le dos, j'attendais, le souffle court, conscient d'avoir à défendre l'indéfendable. Enfin ses yeux noirs se levèrent sur moi et il demanda :

– Est-ce que tu sais pourquoi tu es ici ?

Je n'eus pas la faiblesse de feindre l'ignorance et je répondis que je le savais. Mais je le regrettai aussitôt quand je compris qu'il avait douté des accusations d'Abel Vidalie et qu'il murmura, comme pour lui-même :

– Alors c'est donc vrai.

Puis il reprit, haussant la voix :

– Une fille qui vole du pain par-dessus le marché.

– Ses parents avaient faim, dis-je d'une faible voix.

– Tais-toi ! hurla-t-il. J'ai pris ces bordiers parce que justement ils crevaient de faim là où ils vivaient, je leur ai donné ma confiance, du travail, à la réserve comme à la forge, et je sais que le père a assisté au banquet pour la République à Saint-Martial.

A ces derniers mots, je sus que tout était consommé. Il aurait pu tout pardonner, mais pas des sympathies républicaines chez des gens qu'il avait sauvés de la misère. C'était là, plus qu'ailleurs, la faute fatale, le crime impardonnable que nous allions devoir expier, Lina et moi.

– Je les chasse, reprit-il, ils vont devoir partir avant quinze jours.

– Non, s'il vous plaît, ne faites pas ça, dis-je.

– Et pourquoi ne le ferais-je pas ? Est-ce que tu as une bonne raison à me donner ?

– Je ne la verrai plus, mais ne les chassez pas, s'il vous plaît. D'ailleurs, je dois partir à Saint-Étienne en octobre, vous le savez bien.

– Ils ont trahi ma confiance, mais de toute façon ils seraient partis : je ne peux pas tolérer que des républicains, des partageux, viennent gangrener mon domaine. Tu comprendras cela plus tard, quand tu reviendras de l'École des mines, et tu me remercieras.

J'eus envie de lui dire que je ne reviendrais jamais, mais j'eus la conviction que s'il restait encore une chance de le fléchir je ne devais pas lui lancer cet ultime défi, alors je me tus.

– Tu m'as déçu, petit, reprit-il, mais je ne doute pas qu'un éloignement d'une année à Saint-Étienne te remettra les idées en place.

Il ajouta, en me faisant signe de me retirer :

– C'est égal, je ne t'aurais jamais cru capable d'une telle forfaiture, alors que nos biens mêmes sont menacés, que tout ce que j'ai bâti risque de s'écrouler.

Cette dernière flèche m'enleva mes dernières forces et je disparus sans un mot, me découvrant coupable alors que j'avais toujours eu la certitude de ne l'être en rien. Dans l'escalier je trouvai Thibaut qui avait tout entendu. Il me raccompagna dans ma chambre et resta près de moi jusqu'à ce qu'on appelle pour le repas de midi.

– Je te l'avais bien dit que cela finirait mal, répétait-il, mais son bras sur mes épaules témoignait d'une affection qui m'était précieuse, en cette fin de matinée où il me semblait que le monde avait pris des couleurs que je ne lui connaissais pas.

Ce fut un automne bien triste que cet automne-là, même si le fol espoir de revoir Lina m'habita jusqu'aux vendanges. Je dus dès le premier jour me rendre à l'évidence : elle et ses parents avaient bien quitté le domaine et je ne savais pas pour quelle destination. J'avais tenté une démarche auprès de ma mère, mais elle n'était pas de taille à s'opposer à mon père, et d'ailleurs elle se déclara offusquée de ma conduite. Seul Thibaut m'était de quelque soutien. C'était notre dernier mois de septembre ensemble : lui aussi devait partir en janvier pour l'école militaire de La Flèche et nous ne savions pas quand nous nous reverrions.

DEUXIÈME PARTIE

Les braises

5

Je ne me souviens guère de mon départ, en cette année 1848, un peu comme si mon esprit avait décidé de l'effacer de ma mémoire. Je ne me souviens que de l'élection du prince Napoléon à la présidence de la République en décembre, des professeurs austères de l'École des mines, de ses murs gris au sein desquels il faisait si froid que certains d'entre nous dormaient tout habillés, de mon incapacité à travailler comme je l'aurais dû, tellement la ville, la région me paraissaient hostiles, étrangères, trop loin des seuls lieux où je savais pouvoir être heureux : la vallée de l'Auvézère. Et pourtant, je n'y revins que l'année suivante, fin juin, dans l'odeur des foins et la douceur des soirs, aussitôt persuadé que je n'accepterais plus de m'en éloigner à l'avenir.

Mon père m'accueillit comme si rien ne s'était passé un an auparavant. Il m'expliqua dans le détail comment s'était déroulée la campagne de fonte, se félicita que le Prince-Président – auquel s'étaient finalement ralliés les royalistes – eût remis de l'ordre dans le pays et relancé l'économie, sollicita mon avis sur les mélanges de castine et de minerai, me croyant au bout d'une année d'études capable de résoudre tous les problèmes qui se posaient à lui. Moi, je n'avais qu'une envie : courir le domaine, me coucher dans les foins, suivre les chemins que j'empruntais pour rejoindre Lina, me baigner dans l'eau douce de l'Auvézère, tenter de retrouver, ne serait-ce que quelques minutes, le bonheur qui avait été le mien et que j'avais perdu. Je l'avouai à mon père qui leva les bras au ciel, me reprocha de ne songer qu'à moi, de ne pas me soucier de la forge qui aurait bien besoin à l'avenir de quelqu'un capable de la faire évoluer. Son intransigeance, le souvenir de ce qu'il avait infligé à la famille de Lina, ses colères toujours aussi folles, la main de fer qu'il tenait posée sur le domaine me le rendirent insupportable.

Je repartis donc pour une année à Saint-Étienne mais en me jurant que c'était la dernière. J'aurais vingt ans l'été d'après, et il ne me resterait plus qu'un an avant d'être majeur : alors mon père ne pourrait plus grand-chose contre moi. Cette année-là me sembla interminable et je tombai malade pendant l'hiver, au point que je dépéris dangereusement. Je tins le coup pourtant, jusqu'en juin, mais ma résolution était prise : je ne passerais pas une troisième année à Saint-Étienne. Je ne le pouvais ni mentalement ni physiquement. Quand je l'annonçai à mon père, il entra comme à son habitude dans une colère folle, me menaça de me conduire lui-même à Saint-Étienne, me traita d'ingrat, de velléitaire, de bon à rien. Il m'ordonna enfin de repartir sur-le-champ, sans attendre le mois d'octobre. En une nuit, ma décision fut prise. J'avais appris qu'il s'était fâché avec la plupart des maîtres de forge, notamment avec M. Demongeot de Calvignac et ce fut là que j'allai me réfugier, en ce mois d'octobre de mes vingt ans, à quelques lieues seulement de Grandval, mais dans la même vallée arrosée par l'Auvézère, dont j'avais tant besoin.

La forge et le château étaient blottis dans un vallon étroit au milieu des grands chênes et des châtaigniers séculaires du Périgord. M. Demongeot, un homme énergique et froid, mais beaucoup plus ouvert que mon père, m'accueillit en me disant qu'on avait toujours besoin de gens compétents dans des entreprises aussi menacées que l'étaient les forges de ces années-là. Il m'engagea, me chargea de veiller au bon fonctionnement de la chaîne d'alimentation du haut-fourneau, mais aussi de participer à l'étude que menait l'ingénieur en vue de l'installation d'un four à puddler. J'avais à ma disposition une chambre au premier étage du château, un bureau à côté de celui de l'ingénieur – un homme dans la quarantaine originaire de Périgueux –, qui avait lui aussi étudié à l'école des mines de Saint-Étienne, ce qui nous rapprocha naturellement.

Il ne se passa pas plus d'un mois avant que mon père n'apprenne où je vivais et dans quelles conditions. Il surgit un jour de novembre, en fin de matinée, alors que la cheminée du haut-fourneau se perdait dans un brouillard qui ne laissait même pas apercevoir la cime des arbres. Pour éviter l'esclandre avec M. Demongeot, j'acceptai une entrevue dans la berline, dont je reconnus avec émotion l'odeur de vieux cuir, de cigare, que j'avais tellement aimée. Je m'assis en face de mon père qui me parut encore plus redoutable que je ne le pensais : son faux col semblait l'étouffer, et son visage avait pris une teinte vineuse tant il était congestionné.

– Tu n'as pas le droit d'être ici, me dit-il dès que je fus assis en face de lui, puisque tu n'es pas majeur : tu me dois l'obéissance et je t'ordonne de partir dès aujourd'hui à Saint-Étienne où j'ai payé ta scolarité.

J'eus l'impression de me revoir à douze ans dans son bureau, tremblant d'avance des reproches que j'allais entendre. Or je n'avais plus douze ans, mais vingt, et j'avais connu une autre forme d'autorité, d'autres hommes, d'autres affrontements qui m'avaient donné un peu plus d'assurance.

– Je ne reviendrai pas à Saint-Étienne, répondis-je en m'efforçant de rester calme.

– Alors je t'y ferai conduire par les gendarmes.

Cette sentence prononcée d'une voix froide, au lieu de m'anéantir tant elle était implacable, me donna la force de répondre sans élever la voix :

– Vous auriez tort, père, car s'il y a une chance que je revienne un jour à Grandval, ça ne peut être pour retrouver un homme qui m'aurait envoyé les gendarmes.

Et j'ajoutai, un ton plus haut :

– Ce serait couper définitivement les ponts entre nous, et d'autant plus ridicule que je serai majeur l'an prochain et libre de faire ce que j'ai envie de faire.

– Je saurai bien te faire entendre raison, menaça-t-il en dardant sur moi un regard lourd de fureur à peine contenue.

– Vous auriez tort, je vous le répète, et nous le regretterions tous les deux.

– Je n'ai pas pour habitude de payer pour rien. Or, ta scolarité m'a coûté cher. Si tu ne repars pas, il faudra que tu me rembourses dans les plus brefs délais.

– Je veux bien vous rembourser un peu chaque mois de ce que je vous dois.

Comprenant qu'il faisait fausse route, que je n'étais plus le même, qu'il ne pourrait pas me convaincre, cet homme que j'aimais autant que je le redoutais, au lieu de trouver un terrain d'entente, de se montrer patient, conclut d'un ton cinglant :

– Soit ! Tu l'auras voulu ! Il faudra donc qu'un de mes fils marche un jour entre deux gendarmes.

Je compris que rien ne servirait d'argumenter, que tout était dit et qu'un fossé définitif s'était creusé entre nous. Je murmurai simplement avant de descendre :

– Au revoir, père, j'ai pourtant tellement aimé Grandval.

Il me sembla deviner une lueur de détresse dans son regard quand je posai la main sur la poignée de la porte, mais il ne me retint pas et je m'éloignai sans me retourner vers la forge où retentissait la cloche des charges.

J'entendis partir la berline dans un claquement

de fouet qui résonna lugubrement à mes oreilles, et je passai la journée à me demander s'il oserait ou non mettre sa menace à exécution. Mais je ne fus pas vraiment surpris quand les gendarmes apparurent dans la cour du château, deux jours plus tard, en fin de matinée. Ce fut M. Demongeot qui les reçut et qui, étant donné sa position, parvint sans peine à leur expliquer la situation et à leur faire entendre raison. Quand je fus appelé dans le bureau du maître de forge – qui était aussi impressionnant que celui de mon père avec son lustre en vieux saxe, ses meubles en marqueterie inscrutée de cuivre et son énorme bibliothèque en acajou – je compris qu'ils étaient très ennuyés, car ils ne souhaitaient ni déplaire à mon père ni à M. Demongeot. Le brigadier, qui avait posé sur un fauteuil son bicorne dont les buffleteries de cuir jaune sur son bel uniforme noir témoignaient d'une autorité redoutable, me demanda pourquoi, n'étant pas majeur, je refusais d'obéir aux ordres au demeurant bien intentionnés de mon père. Je lui répondis que j'avais un grave différend avec lui mais que, de toute façon, je serais majeur avant neuf mois et que donc tout cela était ridicule car même s'il intentait une action en justice, elle ne rendrait pas son jugement avant la date de ma majorité. Il finit par en convenir, s'excusa auprès de M. Demongeot du dérangement et repartit avec son collègue, très ennuyé par cette affaire à laquelle il aurait souhaité demeurer étranger.

Ce geste inacceptable de mon père venait définitivement de couper les ponts entre lui et moi : envoyer des gendarmes à son propre fils était une attitude dont, malgré son caractère et sa violence naturelle, je ne l'aurais jamais cru capable. Passant outre le chagrin que cela m'occasionna, et persuadé que j'en souffrirais chaque jour, je me promis de ne jamais revenir à Grandval.

Deux années passèrent dans l'ombre verte de Calvignac jusqu'au coup d'État du 2 décembre 1851 qui vit le prince Napoléon se proclamer empereur sans que cela provoquât dans le pays beaucoup de protestations. Surtout pas des maîtres de forge qui préféraient un prince, fût-il empereur, à un président qui serait le représentant d'une République de partageux. Lors des élections, trois ans plus tôt, afin de rallier les royalistes derrière « le neveu », Thiers avait dit : « C'est un nigaud que l'on mènera. » Et pourtant les maîtres de forge s'en méfiaient à cause de ses théories économiques importées d'Angleterre, lesquelles étaient fondées sur le principe de libre concurrence et d'ouverture des frontières, qui, s'il était mis en vigueur, les exposerait sans la moindre protection à l'afflux des aciers des pays nordiques. M. Demongeot était persuadé qu'il n'oserait pas, mais, comme tous les autres maîtres de forge, il usait par précaution de toute son influence dans la région et à Paris, pour peser sur les décisions du nouvel empereur.

Pendant ces années-là, j'appris beaucoup de M. Demongeot, mais aussi de l'ingénieur, Pierre Fourcade, qui cherchait à inventer un système pour récupérer les gaz du haut-fourneau et les acheminer vers un four à puddler, c'est-à-dire pour transformer la fonte en fer sans l'intervention des hommes. Le problème essentiel à résoudre était qu'il fallait que le haut-fourneau marchât en permanence pour qu'on pût récupérer les gaz et alimenter les fours. Là se trouvait la limite du système, car la structure du haut-fourneau ne permettait pas de l'utiliser continuellement, mais seulement au moment de la combustion du minerai. Ensuite il fallait recharger, ce qui prenait deux heures.

A Calvignac, il fonctionnait dix mois sur douze car on devait faire face aux commandes de fonte non seulement de Ruelle mais de celles de la Société des houillères d'Aubin-Decazeville, et également des petites et nombreuses forges du Périgord qui ne possédaient pas de haut-fourneau mais pratiquaient l'affinage et la fabrication d'outils de toutes sortes. On produisait donc beaucoup plus de fonte que de fer, mais toute la politique de M. Demongeot et de son ingénieur était de produire plus de fer à l'avenir grâce à la récupération des gaz et les fours à puddler. Ils avaient en effet calculé que les fours permettraient de doubler la production de fer tout en diminuant de moitié la consommation de combustible, puisque les gaz ne coûtaient rien.

J'étais passionné par ces techniques, ces stratégies élaborées après bien des réflexions et j'étais persuadé qu'elles me serviraient un jour. Je quittais fréquemment mon bureau pour me rendre dans la halle de coulée où jaillissait la lave, ébloui que j'étais depuis toujours par le ruisseau de feu qui coulait de la dame, les gesticulations des hommes qui savaient si bien apprivoiser le métal en fusion. Je les sentais solidaires face au mystère de la fonte, unis dans une tâche qui les rendait fraternels.

A Calvignac, tous les ouvriers n'étaient pas paysans, du fait que le haut-fourneau ne s'arrêtait que deux mois. Beaucoup habitaient le village situé quelques kilomètres plus haut que la forge, ou la campagne des alentours. La contestation républicaine n'avait pas eu le temps de s'infiltrer dans leurs rangs, d'autant qu'elle avait été rapidement étouffée par le Prince-Président. De surcroît, la Constitution issue de la révolution n'avait pas repris en compte le droit au travail. Elle parlait seulement d'un droit à l'assistance. En revanche, elle réaffirmait la liberté du travail, ce qui permettait de condamner les coalitions ouvrières. Les lois de l'Empire qui limitaient la liberté de la presse et celle de réunion avaient donc concrétisé un retour à l'ordre qui était évident dans les villes, et a fortiori dans les campagnes où les ouvriers n'avaient jamais manifesté le même élan révolutionnaire.

Je voyageai beaucoup pendant cette période-là, accompagnant M. Demongeot à Ruelle et à Decazeville, mais je voyageais seul, surtout, pour organiser les approvisionnements en minerai, en castine et en charbon de bois. J'évitais soigneusement de m'approcher de Grandval pour ne pas provoquer mon père, mais surtout parce que je savais que j'en souffrirais. Un jour, pourtant, en me rendant à Hautefort pour y rencontrer un homme qui avait demandé une place de chargeur à la forge, au sommet de la longue côte qui succède au village de

Cherveix-Cubas, j'aperçus le toit de l'église de Saint-Martial puis, un peu au-delà, le haut-fourneau de Grandval, et je sentis une énorme vague de bonheur et de tristesse mêlés me submerger. Je poursuivis ma route, mais je savais déjà qu'au retour, contrairement à mes résolutions premières, je ne résisterais pas à l'envie de m'en approcher davantage.

Ce que je fis, après avoir rapidement réglé l'affaire avec le père du jeune homme, car nous avions vraiment besoin d'un chargeur, l'un d'entre eux étant mort récemment. Depuis les Broussilloux, je pris à gauche et descendis lentement vers Saint-Martial, apercevant de nouveau tout en bas le haut-fourneau et le toit du château où j'avais été si heureux. A Saint-Martial, j'entrai dans l'église, m'assis un instant à l'une des places que j'occupais lors des offices, fermai les yeux, et je crus entendre la voix de mon père près de moi. Je ressortis et, au lieu de regagner la grand-route, je me dirigeai vers l'Auvézère, entrant dans les terres du domaine d'où je m'étais enfui mais où, à chaque détour du chemin, surgissaient des souvenirs, tous plus bouleversants les uns que les autres. Il faisait beau et doux, en cette fin septembre, un petit vent agitait la cime des peupliers de l'Auvézère, des parfums de futaille erraient sur les champs moissonnés, la lumière du soleil jouait entre les feuilles des arbres qui s'étaient teintés de rouille et d'or, comme jadis, comme toujours.

Je m'arrêtai à moins d'un kilomètre du château, sur une petite éminence entre deux châtaigniers, pour observer cet univers qui était mien, je ne pouvais pas en douter, jusqu'au plus profond de mon cœur. Je compris là que je ne pourrais pas très longtemps en vivre éloigné. Je l'avais toujours su, sans doute, mais je ne me l'étais jamais avoué autant que ce matin-là, tandis que je voyais rouler une voiture entre la forge et le château : celle de mon père, je la reconnus sans peine à sa couleur plus verdâtre que noire et aux chevaux qui la tiraient. Je faillis descendre à sa rencontre, persuadé que là-bas était le seul endroit où je pouvais vivre heureux, dans cette vallée si douce aux hommes et à leur cœur, mais mon regard se porta au-delà, vers la Borderie d'où Lina avait été chassée, et je fis demi-tour, repris la route vers l'exil, avec en moi la sensation d'une perte qui, quoi que je fasse, me laisserait toujours inconsolable. Je rentrai lentement à Calvignac, échafaudant toutes sortes de plans pour retrouver le paradis perdu, mais découragé d'avance à la pensée d'avoir à affronter un homme qui avait chassé les parents de Lina, et qui m'avait envoyé les gendarmes.

Car je n'avais pas oublié Lina et je l'avais cherchée en vain depuis mon retour, tout en prenant soin de ne pas me découvrir auprès des gens du château. Je partais sur les routes le dimanche, me renseignais dans les métairies, dans les auberges où l'on ne me connaissait pas, mais jamais je n'avais pu trouver l'ombre d'une piste. D'après mes réflexions, son père avait dû chercher une autre métairie, ou une place dans une forge, puisqu'il avait appris le métier à Grandval. J'avais donc visité toutes les petites forges de la région, fort nombreuses, depuis Nontron jusqu'à Saint-Yrieix. Nul ne connaissait la famille de Jean Lestrade. Quant aux métairies, j'hésitais à y rentrer, préférant me renseigner auprès des gens de rencontre au bord des routes.

Toutes mes recherches avaient été vaines et j'avais presque renoncé à la retrouver. D'ailleurs, me disais-je, après un drame pareil, alors que je lui avais promis ma protection, est-ce qu'elle consentirait à me parler ? J'en doutais, c'est pourquoi j'avais essayé de me passionner pour les recherches entreprises avec l'ingénieur et M. Demongeot. Les plans du récupérateur de gaz et du four à puddler étaient quasiment au point, mais il fallait les faire breveter, et surtout trouver des banquiers qui accepteraient de financer les travaux. C'est à cet effet que M. Demongeot nous emmena, Pierre Fourcade et moi, à Périgueux, un matin du mois de mai.

Nous partîmes de très bonne heure dans le jour qui se levait, pour trois heures de route, ou presque, en direction de la grande ville où je ne m'étais rendu qu'une fois avec mon père. Dans la voiture aux sièges tendus de reps bleu et ornés de galons dorés, la conversation roula longtemps sur les espoirs que M. Demongeot plaçait dans cette journée et la mise au point des arguments propres à convaincre les gens de la banque, si bien que le voyage me parut durer à peine une heure.

Quand le silence retomba, nous entrions dans Périgueux, traversant le faubourg des Barris, puis le Pont Vieux, et, laissant Saint-Front sur la gauche, nous montâmes vers la vieille ville où se situait le rendez-vous, à l'auberge du Vieux-Logis. Je n'étais jamais entré dans un lieu aussi distingué, où les hommes conversaient à voix basse, d'un air très occupé. Les banquiers se trouvaient déjà là, l'un vêtu d'un pantalon gris perle et d'un gilet à rayures vertes, l'autre d'un veston long, très clair, et d'un gilet à palmes blanches. Ils portaient tous deux des cravates très hautes, que je n'avais vues nulle part et dont ils nous avouèrent, très fiers, qu'ils les avaient ramenées d'Angleterre.

J'étais très impressionné par ces deux hommes dont je savais la puissance sans jamais les avoir fréquentés. Heureusement, M. Demongeot, lui, ne semblait pas troublé le moins du monde, et il entreprit leur siège dès que nous fûmes assis à table, de part et d'autre d'une nappe couleur parme ou trônaient des chandeliers en cristal de Bohême. Un maître d'hôtel s'avança, accompagné d'un sommelier, mais la commande avait été passée d'avance et leur présence interrompit à peine la conversation engagée par M. Demongeot.

J'écoutais avec attention quand je sentis une présence à mes côtés, et levant la tête, aussitôt, entendis le bruit d'une soupière qui se brisait à mes pieds. Lina, vêtue d'une robe de velours noir, se tenait debout, les bras légèrement écartés du corps, très pâle comme je devais l'être aussi, incapable de bouger ni de prononcer le moindre mot. Un lourd silence mêlé de stupéfaction s'était fait autour de la table, tandis que le maître d'hôtel accourait, s'excusant auprès des banquiers et de M. Demongeot, interpellant Lina d'une voix sèche :

– Eh bien, qu'attendez-vous ?

Elle parut reprendre ses esprits, s'éloigna vers les cuisines, mais ne revint pas. Ce fut un aide-cuisinier qui vint réparer les dégâts au moyen d'une serpillière, tandis que le maître d'hôtel assurait ses hôtes que la direction prendrait évidemment à sa charge les frais de blanchisserie pour les taches qui souillaient leurs pantalons. Je m'aperçus alors que le regard de tous les convives était posé sur moi, et je bredouillai à mon tour quelques excuses à peine compréhensibles, avec un embarras dont M. Demongeot me tira en reprenant calmement la conversation où elle avait été interrompue. Je ne pus en suivre le fil, tant j'étais sous le coup de cette apparition et des questions qu'elle soulevait : comment Lina avait-elle pu devenir serveuse dans une auberge de Périgueux, fût-elle de grande réputation, alors qu'elle avait toujours vécu à la campagne et des travaux de la terre ? Je pris sur moi pour ne pas me lever au cours du repas, mais je ne pus résister au moment du café et des cigares, et je m'éloignai en disant :

– Veuillez m'excuser, je n'en ai pas pour longtemps.

Je quittai la grande salle qui bruissait des conversations attisées par les vins et la bonne chère et je passai dans le couloir en direction des cuisines où j'arrêtai le maître d'hôtel en lui demandant où se trouvait la personne qui avait laissé tomber la soupière au début du repas. Il me considéra d'un air hostile, mais il ne pouvait refuser de répondre à une question posée par l'invité de messieurs aussi importants que l'étaient M. Demongeot et les deux banquiers.

– Elle n'est plus en salle, comme vous avez pu le remarquer, me répondit-il d'un ton sec.

Et, après un silence soigneusement pesé :

– Elle est occupée dans l'arrière-cuisine à la vaisselle, ajouta-t-il en montrant du doigt l'extrémité du couloir.

Puis, comme je faisais un pas dans cette direction :

– Je ne vous le conseille pas, reprit-il, cette jeune personne est la femme du cuisinier.

Je dus m'appuyer au mur pour ne pas tomber. Le maître d'hôtel me considéra avec un mépris évident, puis il disparut, appelé par sa tâche. Au lieu de faire demi-tour, j'allai jusqu'à l'arrière-salle et poussai la porte : Lina travaillait à la vaisselle au côté d'une vieille femme qui devait être sourde car elle ne se retourna même pas à mon entrée. Lina, elle, s'était retournée et me dévisageait avec des yeux épouvantés, les mains en avant, comme pour m'interdire d'approcher.

– N'aie pas peur, dis-je, je vais m'en aller. Dis-moi simplement ce qui s'est passé.

– Partez, dit-elle.

Et elle ajouta, le regard tourné vers la porte, comme si elle avait très peur de la voir s'ouvrir :

– S'il vous plaît, partez vite.

– Oui, dis-je, mais explique-moi, s'il te plaît.

– Et vous partirez ?

– Oui, je te le promets.

– Nous n'avons pas trouvé de métairie. Nous sommes venus à Périgueux pour chercher du travail. Il n'y en avait pas à cause des événements. J'ai dû me marier avec un cuisinier. Au moins, nous mangeons à notre faim.

Il n'y avait nul reproche dans sa voix, simplement le constat d'une triste réalité. Elle tremblait, mais son regard, maintenant, ne me quittait pas et je nous revoyais dans la borie quand elle posait sa tête sur mes genoux.

– Je veux t'aider, dis-je.

– Si vous voulez m'aider, monsieur Fabien, reprit-elle avec la même voix affolée, partez tout de suite.

Tout en elle démentait ses propos, et je suis certain que si je l'avais prise par la main, ce jour-là, elle m'aurait suivi.

– Il faut garder l'espoir, dis-je encore. Un jour, peut-être.

– Je garde l'espoir, dit-elle, mais partez, s'il vous plaît.

J'eus envie de la prendre dans mes bras, et elle le comprit car elle recula d'un pas. Il y avait une telle prière dans son regard, que je fis demi-tour et regagnai la salle où je pus m'asseoir sans que mon retour attire l'attention de M. Demongeot et de ses invités, tant ils étaient absorbés par leur conversation.

Je n'y prêtai aucune attention car je ne le pouvais pas : devant moi brillaient les yeux épouvantés de Lina, et je me demandais de quoi elle avait si peur. Je le compris un peu plus tard quand le maître d'hôtel vint présenter le cuisinier aux convives : un colosse au regard noir, qui devait avoir la cinquantaine, et dont les épais sourcils soulignaient une calvitie précoce, des traits épais, des lèvres qui souriaient en dévoilant des dents gâtées.

J'étais atterré, plein de honte de cette situation dont je n'avais pas su protéger Lina. Elle, si belle, mariée à un homme pareil ! Et par ma faute ! Je ne pus prononcer le moindre mot tout le temps que dura le repas, et pas davantage dans la voiture qui nous ramenait à Calvignac, peu après quatre heures de l'après-midi.

– Vous ne nous avez pas été d'un grand secours, Fabien, observa M. Demongeot sans véritable reproche.

– Non, répondis-je, un peu confus, et je vous prie de bien vouloir m'en excuser.

– Ce n'est pas grave, je pense que nous avons convaincu ces messieurs. N'est-ce pas, Fourcade ?

– Je le pense aussi, fit l'ingénieur.

– Nous n'aurons que quelques jours à attendre leur décision. Ce ne sera pas long.

Sa satisfaction m'épargna des questions auxquelles j'aurais été bien empêché de répondre. Je crus pourtant nécessaire d'avancer un début d'explication en disant :

– La servante était une fille d'un de nos bordiers à Grandval. Elle a été fort surprise de me voir.

Les yeux de M. Demongeot se posèrent sur moi avec une indulgence amusée, et je compris que j'aurais pu faire l'économie de cette précision. Le silence s'installa dans la voiture, mes deux voisins songeant aux arguments qu'ils avaient développés tout en évaluant leurs chances de succès, moi-même songeant à Lina et au moyen de la revoir sans la compromettre. Quand nous arrivâmes à Calvignac, peu avant la nuit, j'avais échafaudé toutes sortes de stratagèmes, tous aussi fous les uns que les autres, mais j'étais bien décidé à sauver Lina d'une situation dans laquelle, j'en étais absolument sûr, elle était malheureuse.

En juillet, on arrêta le haut-fourneau, comme chaque année, pour les réparations nécessaires, et je fus un peu plus libre de mon temps. J'avais décidé de revoir Lina, coûte que coûte. Elle était trop présente en moi, malgré le temps passé et la distance qui nous séparait, pour que je l'oublie. Elle représentait le vrai bonheur de ma vie à Grandval, et je ne parvenais pas à envisager l'existence sans elle. Par ailleurs elle m'avait dit qu'elle gardait l'espoir, et j'étais persuadé qu'elle n'avait renoncé à moi que pour sauver ses parents de la misère dans laquelle ils étaient tombés par notre faute – par ma faute. Je ne lui en voulais pas : je savais qu'elle n'avait pu agir autrement, qu'elle avait été forcée de prendre une décision dont elle souffrait chaque jour.

A trois reprises, durant cet été-là, je partis pour Périgueux le dimanche matin et allai déjeuner à l'auberge où j'espérais qu'elle avait repris le service dans la salle à manger. C'était le cas. Quand elle me vit, la première fois, elle ne laissa pas tomber la soupière, et, au contraire, le moment de stupeur passé, elle s'approcha et je compris qu'elle était contente. Je m'étais promis d'être prudent, de ne pas la compromettre par des paroles ou des attitudes autres que celles d'un client ordinaire, mais les quelques mots que nous échangeâmes nous suffirent pour savoir que le lien tissé entre nous à Grandval n'était pas rompu.

A la fin du repas, quand elle desservit, je plaçai à portée de sa main un billet qu'elle prit naturellement et emporta, dissimulé sous une assiette. Je lui avais écrit que je lui promettais de ne pas l'oublier, sans même songer qu'elle ne savait pas lire. Qu'importe, elle l'avait pris, sans doute dans l'espoir de trouver quelqu'un qui pourrait le lui lire, du moins je l'espérais. Je repartis rassuré, certain d'avoir sauvé ce qui pouvait l'être, et surtout d'avoir préservé l'avenir.

Mes pensées étaient entièrement tournées vers elle, quand Thibaut arriva à Calvignac un après-midi de la fin du mois d'août. Ce fut à peine si je le reconnus, tant il était devenu sec, noir de peau, si différent de celui qui était parti, avec ses cheveux coupés très court, son uniforme bleu de sous-officier, sa manière de marcher vers moi et de m'étreindre alors que l'émotion me gagnait au souvenir de nos batailles d'adolescents, au contact de son torse et de ses épaules, au timbre de sa voix qui demandait :

– Tu vas bien, petit frère ?

Quatre ans que je ne l'avais pas vu. Dans ses yeux brûlait heureusement la même flamme qu'à l'époque où nous courions les chemins de Grandval, habités l'un et l'autre d'un bonheur dont je voulus savoir tout de suite, en l'entraînant vers mon bureau, s'il avait comme moi gardé le souvenir.

–Je n'ai rien oublié, me répondit-il, et pourtant je vis dans un pays de désert et de sable.

Il me parla alors de l'Algérie où, malgré la soumission d'Abd el-Kader, l'armée française luttait maintenant pour la pacification de la Kabylie qui s'était soulevée.

– Et tu te trouves en première ligne ?

– Non, pas toujours, rassure-toi. Ça va mieux, là-bas, depuis deux ou trois ans. Il ne faut pas t'inquiéter.

Il ajouta en riant :

– D'ailleurs c'est devenu un lieu de villégiature depuis que l'Empereur y envoie les opposants.

Et, comme nous étions assis face à face, il demanda :

– Et toi, raconte-moi.

Je ne me fis pas prier, car j'avais besoin, depuis longtemps, de me justifier des décisions que j'avais prises. Je lui parlai de Saint-Étienne, de la brouille avec notre père, des gendarmes, de ma vie à Calvignac, de Lina, enfin, qui était mariée. Thibaut était parti juste avant qu'elle et sa famille ne fussent chassés de Grandval et il ne connaissait pas les conséquences de la dénonciation de notre régisseur. Il n'en fut pas étonné, me rappela tout de même qu'il m'avait maintes fois mis en garde contre les risques que je courais, et Lina avec moi. Mais il ne voulut pas m'accabler, et, au contraire, chercha des raisons d'espérer :

– S'il est si âgé que ça, son mari, il ne fera pas de vieux os, me dit-il avec un sourire dont le cynisme ne me déplut pas.

Nous finîmes par en rire, comme il nous arrivait

de rire à Grandval après une confidence partagée dans le plus grand secret.

– Je t'emmène dîner à l'auberge de Calvignac, me dit-il enfin, nous aurons le temps de parler à notre guise.

Il était sept heures du soir, je n'avais pas vu le temps passer. Je me changeai rapidement, puis nous partîmes vers le village qui se situait au bout d'une longue côte entre des chênes et des charmes superbes. L'air était lourd du parfum des feuilles, des tas de fumier au bord de la route, de la chaleur emmagasinée par la terre depuis de longs mois. Dans le coupé que j'avais emprunté à M. Demongeot, je sentais le bras de Thibaut, assis à côté de moi, et je l'écoutais me parler de l'Algérie, des dunes du désert, des convois de chameaux, des oasis perdues, de la vie qu'il menait là-bas, mais, quand je fermais les yeux, c'était sur les chemins de Grandval que je me trouvais, et une main d'acier me serrait le cœur.

Peu après le début de notre repas à l'auberge, où nous étions presque seuls ce soir-là, je compris qu'il avait des choses plus graves à me dire quand il murmura :

– Tu ne me demandes pas des nouvelles de la forge ?

– Je suppose que les affaires sont difficiles, là-bas comme ailleurs.

– Plus que tu ne le penses.

Et il reprit d'une voix préoccupée :

– Il n'y a pas que la forge qui ne va pas. Eux aussi ils vont mal : notre mère parce que tu n'es plus là. Notre père parce qu'il est constamment en fureur. Il s'en prend à tout le monde et les ouvriers le quittent, fatigués qu'ils sont de subir ses reproches permanents, ses colères, sa violence. Il en veut au monde entier, se bat contre tout et rien, se désespère pour ce domaine qu'il nous a destiné et que, dit-il, nous avons déserté tous les deux.

Je laissai passer un instant de silence avant de demander :

– Pourquoi me dis-tu cela, Thibaut ?

– Tu sais très bien pourquoi.

– Il m'a envoyé les gendarmes, à moi, son propre fils.

– Je sais, il n'aurait pas dû.

Il y eut un nouveau silence entre nous, puis il reprit, me regardant droit dans les yeux :

– Tu ne peux pas rester ici, Fabien, il faut revenir à Grandval.

Je ne fus pas du tout étonné de ces propos auxquels je m'attendais depuis son arrivée.

– Je ne peux pas, dis-je, pas comme ça... pas si vite.

– Quand tu l'auras décidé, il sera trop tard, fit-il avec un sourire triste et d'une voix sans colère qui me bouleversa.

– C'est donc lui qui t'envoie ?

– Non, tu le connais, il ne ferait jamais une chose pareille, il préférerait se tuer à la tâche.

– Tu vois bien.

Thibaut me considéra un moment en silence, puis il demanda :

– Ce sont des excuses que tu veux ?

Et, comme je ne répondais pas :

– Je t'en fais à sa place.

– Non, dis-je, rassure-toi, je n'ai pas besoin d'excuses, mais je ne vois pas comment je pourrais travailler à ses côtés, après ce qui s'est passé.

– Pourtant il le faut, Fabien ; sinon tout ce que nous avons vécu sera perdu à tout jamais.

En prononçant ces mots, il savait qu'il me toucherait au plus profond de moi.

– Ce que nous avons vécu est en nous, personne ne peut nous le prendre, dis-je.

– Ne joue pas, Fabien, bientôt il sera trop tard.

Et, me prenant les mains :

– Promets-moi au moins d'y réfléchir.

– Je te le promets, dis-je.

Nous achevâmes notre repas sans plus parler, songeant tous les deux à notre conversation, heureux d'avoir retrouvé la complicité qui nous unissait jadis, sous l'ombre des grands arbres de l'Auvézère.

– Sais-tu ce que nous allons faire, maintenant ? me demanda Thibaut.

Je secouai la tête, intrigué par son air amusé :

– Nous allons dormir dans la même chambre, comme lorsque nous étions enfants, à Grandval, tu te souviens ?

– Je n'ai rien oublié, dis-je, tu le sais bien.

L'aubergiste nous la trouva sans peine, avec deux lits qui se faisaient face, deux paillasses sans le moindre confort, un broc d'eau, une cuvette et une table basse recouverte d'un faux marbre rose.

Nous parlâmes toute la nuit. Au matin, quand Thibaut repartit, il me serra dans ses bras, et j'eus un frisson à l'instant où il disparut au détour du chemin, chassant en moi la pensée funeste que je le voyais peut-être pour la dernière fois.

6

Je ne me souviens pas précisément de tout ce que nous nous sommes dit cette nuit-là. Notre mémoire sélectionne des événements, des mots, des paroles, sans que nous sachions vraiment à quelles lois elle obéit. Peut-être est-il nécessaire qu'elle oublie ce qui pourrait nous tuer et qu'elle conserve le meilleur pour nous aider à vivre. Je me rappelle seulement qu'à plusieurs reprises Thibaut avait évoqué le danger qu'il courait lors des opérations de pacification où l'armée française tombait dans des embuscades tendues par un ennemi redoutable. Sans doute avait-il voulu m'alerter sur ce qui pouvait lui arriver et me pousser davantage à me rapprocher de Grandval, afin de sauver ce qui pouvait l'être.

Je ne m'y résolus pas tout de suite : la pensée de côtoyer mon père tous les jours m'arrêtait, quand je me laissais aller à songer à un retour dont je ne savais, par ailleurs, s'il l'accepterait. Je passai encore deux années à Calvignac, deux années durant lesquelles j'appris beaucoup de Pierre Fourcade et de M. Demongeot dont les projets avaient vu le jour :

désormais fonctionnait le fameux four à puddler grâce auquel, à moindre coût, on avait doublé la production de fer. Je m'étais promis d'en faire installer un pareil si un jour le destin me permettait de revenir à Grandval, mais je n'imaginais pas que ce jour était proche, il s'en fallait de beaucoup.

C'est alors qu'un matin du mois de mai arriva à la forge un messager de ma mère, qui me remit un billet écrit de sa main : mon père avait été frappé par une hémorragie cérébrale et avait demandé à me voir. Je n'hésitai pas une seconde et partis dans la voiture venue de Grandval, conduite par le messager que je ne connaissais pas. Je me souviens très bien de chaque détour du chemin, ce matin-là, dans la lumière verte des prés et des arbres, sous un ciel qui me parut plus beau après chaque lieue qui me rapprochait du château. A Saint-Martial, une immense vague de bonheur m'envahit, et quand je franchis le pont sur l'Auvézère, il me sembla sentir sur ma peau la caresse de l'eau qui coulait en contrebas. Puis les battements de mon cœur s'accélérèrent à mesure que nous franchissions la centaine de mètres qui séparaient la forge du château dont les portes s'ouvrirent, manœuvrées par un homme que, lui non plus, je ne connaissais pas, Baptiste étant mort un an auparavant, comme je l'appris de ma mère quelques heures plus tard.

Ce fut elle qui m'accueillit sur le seuil, frêle silhouette que l'âge avait rendue plus fragile encore, avec des cheveux blancs, désormais, bien qu'elle eût à peine cinquante ans. Seuls étaient inchangés en elle cet air souffrant qui lui avait creusé très tôt des rides sur le front et le regard sans cesse apeuré de ses yeux gris qui semblaient vouloir deviner d'où allait tomber la colère de son époux. Quand elle m'embrassa, j'eus un frisson en sentant contre moi ce corps qui semblait seulement fait d'os et non de chair. Je compris qu'elle avait souffert autant que moi, sans doute plus que moi, d'une séparation qui l'avait laissée seule en face d'un homme dont la présence l'écrasait.

– Viens le voir, me dit-elle aussitôt, je lui ai aménagé une chambre à côté de son bureau.

Nous entrâmes dans une pièce qui servait jadis de fumoir, où se trouvaient un lit et une table de toilette, et, assis dans un fauteuil de reps grenat, un homme que j'eus du mal à reconnaître. Il avait grossi de plus de vingt kilos, avait perdu presque tous ses cheveux, et tout semblait mort en lui, sauf son regard dont la noirceur s'était ternie, comme soufflée par le vent de la maladie. Ce regard demeurait vif, pourtant, et si nul trait de son visage ne bougea, les yeux, très vite, se portèrent vers une feuille de papier, comme si toute l'urgence se trouvait là.

– Bonjour, père, dis-je, tandis que, frappé au cœur, je me penchais pour l'embrasser.

Il ne bougea pas d'un pouce, mais quand je me relevai, j'aperçus deux larmes au coin de ses paupières, deux larmes qui furent les premières mais non les dernières des jours qui suivirent.

– Il ne parle plus, souffla ma mère, mais il écrit un peu, de sa main gauche.

Et elle me montra la feuille de papier où quelques lettres avaient été tracées maladroitement, difficilement lisibles. Je parvins quand même à déchiffrer les quelques mots qu'il avait sans doute écrits après bien des efforts : « Reviens – Fabien – S'il te plaît. » Je restai de longues secondes immobile face à cet homme qui n'était plus que l'ombre de lui-même et dont le regard, maintenant fixé sur moi, était devenu implorant. Je murmurai en lui touchant l'épaule :

– Ne vous inquiétez pas, père, je suis là maintenant.

Alors il ferma les yeux et une nouvelle larme glissa sur sa joue droite, jusque dans son cou. Ma mère, rassurée, s'éloigna, et je restai seul avec mon père, dont le regard, de nouveau, s'était arrêté sur moi avec une intensité qui me fit mal et m'accabla de remords. Alors je me mis à lui parler, je lui dis combien Grandval m'avait manqué, et combien, également, j'étais désolé de le retrouver ainsi, mais je l'assurai qu'il pouvait compter sur moi, que je ne mesurerais pas ma peine pour faire vivre le domaine et la forge. Je lui parlai aussi de la récupération des gaz, des fours à puddler, de la qualité des fers ainsi obtenus, et il me sembla qu'un mince sourire s'était posé sur ses lèvres. De sa main gauche, il me désigna la feuille de papier, sur laquelle il essaya de tracer quelques lettres sans y parvenir.

– Je vais déjeuner, lui dis-je, prenez votre temps.

Je le laissai pour quelques minutes et rejoignis ma mère qui s'assit en face de moi tandis que la nouvelle Maria – l'ancienne était décédée pendant mon absence et avait été remplacée par cette femme de trente ans, comme si toutes les cuisinières du Périgord se prénommaient Maria – me servait un pigeon aux petits pois dont la saveur me renvoya brutalement vers ces années où la maladie et le malheur n'avaient pas pénétré à Grandval. Elle me donna des nouvelles du domaine et des gens qui y travaillaient, et elles n'étaient pas bonnes : une métairie se trouvait sans métayer, les autres n'étaient pas très vaillantes. Quant à la forge, elle manquait d'ouvriers, surtout de puddleurs et d'affineurs, du fait que mon père refusait de les payer à leur juste valeur. Elle n'en savait pas plus, car il ne la tenait pas au courant de la marche des affaires : le peu qu'elle connaissait, elle le tenait des uns et des autres, au détour de quelques confidences hâtivement murmurées.

– Et le médecin, que dit-il ?

– Il pense qu'il pourra peut-être récupérer quelque faculté de parole, mais que ce sera long.

Elle ajouta, dans un sanglot vite étouffé :

– Il croit que ton père ne marchera plus jamais.

Nous restâmes silencieux un moment, à méditer ces quelques mots dont la gravité ne m'étonnait pas, après ce que j'avais constaté chez cet homme aujourd'hui brisé.

– Tu vas rester ici, n'est-ce pas ? fit-elle avec le même regard implorant que mon père avait eu quelques minutes auparavant.

– Oui, je vais rester, ne t'inquiète pas.

Nous parlâmes aussi de Thibaut, des quelques jours qu'il avait passés à Grandval, de sa dernière lettre arrivée huit jours auparavant, de l'homme qui avait remplacé Baptiste, et qui s'appelait Martin Jarétie : c'était un ancien charbonnier célibataire que mon père avait fait transporter au château pour le soigner un hiver, ce même hiver où Baptiste était mort. Martin était donc resté pour le remplacer et il ouvrait les portes, comme Baptiste, tout en faisant fonction de palefrenier. Louisa, la chambrière, était toujours là, aidée seulement par la nouvelle Maria qui régnait sur les cuisines, mais personne d'autre n'officiait au service.

– Tu sais, ajouta ma mère, nous n'étions plus que deux, depuis que vous êtes partis, Thibaut et toi. Avec Baptiste, elles nous suffisaient amplement. Mais s'il le faut, enfin... je veux dire... si un jour tu te maries, tu feras ce que tu voudras.

Je compris que, comme moi, elle venait de penser à Lina et elle s'en voulait de ses paroles qui lui avaient échappé. Je ne les relevai pas, ne jugeant pas utile de lui reprocher quoi que ce soit le jour de mon retour, d'autant que je savais, même si elle n'avait pas approuvé ma conduite, que ce n'était pas elle qui avait pris la décision de chasser les Lestrade, mais l'homme qui venait d'être cruellement frappé par la maladie.

Quand je le retrouvai, une demi-heure plus tard, il avait écrit trois mots sur sa feuille de papier : « foins » et « haut-fourneau ».

– Je m'en occuperai dès demain, dis-je.

Il me sembla que les traits de son visage se détendaient, et il cligna les yeux pour me montrer qu'il avait bien compris. Je restai encore une heure avec lui, afin de le rassurer définitivement, puis je sortis pour aller enfin parcourir ces chemins, ces champs et ces collines qui m'avaient tant manqué. En fait, j'en avais envie depuis que j'étais arrivé. Une envie folle, un besoin éperdu, qui avaient fait monter en moi une impatience dont le feu me brûlait. Pendant que Martin attelait le coupé, je parcourus rapidement le parc un peu à l'abandon, et, comme une averse était tombée vers midi, je fus envahi par le parfum des buis qui éveilla en moi une sensation de bonheur si aiguë que je me retournai pour voir si Thibaut n'était pas derrière moi. Mais non, il était loin mon frère, dans un pays sans arbre, sans eau, réalisant un rêve qui n'avait jamais été le mien, me laissant inconsolable d'une complicité perdue.

J'étais seul avec des parents ébranlés par l'épreuve, déjà vieillissants, mais riche d'un domaine où chaque arbre, chaque prairie, chaque champ, chaque colline m'était d'une présence précieuse, sous une lumière à nulle autre pareille, dans le chuchotement joyeux des rivières de la vallée. J'avais pris sans même y réfléchir le chemin de la Borderie. Quand j'aperçus la borie sur ma droite, je m'arrêtai, attachai les rênes à un chêne et partis à pied vers elle à travers le pré. Il n'y avait plus de porte. Quelqu'un ou quelque chose l'avait arrachée, voulant peut-être me montrer que ce qui avait été possible ici ne le serait plus jamais. Une écharde plantée dans le cœur, je repartis, visitai toutes les métairies, y compris celle des Pélousières où il n'y avait pas de métayer. Elle ne me parut pas en trop mauvais état, cependant, et je me promis de trouver un couple capable de réveiller les terres à l'automne.

Les autres métayers me firent bon accueil, parurent même soulagés de me voir : après m'avoir demandé des nouvelles de mon père, ils se laissèrent aller à des confidences au terme desquelles je compris qu'un fossé infranchissable s'était creusé entre eux et lui. Ses exigences, ses colères, son autorité de despote ne leur avaient laissé qu'une seule idée en tête : partir. Je les rassurai de mon mieux, leur promis que nos relations se fonderaient sur des rapports de confiance et que, dès l'automne, la forge fonctionnerait au moins six mois sur douze.

Les foins étaient hauts, de chaque côté du chemin. Avant huit jours, il faudrait faner, ce qui me réjouit quand je songeai à la solidarité des gens du domaine, aux repas de midi pris à l'ombre des grands arbres, aux chars lourds de foin brinquebalant sur les chemins, aux longues soirées sous la ronde des hirondelles. Je m'arrêtai au bord de l'Auvézère et, me déchaussant, je descendis dans l'eau, retrouvant sa caresse fraîche, son parfum de sable et de mousse, l'ombre délicieuse où voletaient les libellules bleues.

Vers le soir, je montai au sommet de la colline qui domine la métairie de la Brande et je m'assis sur l'herbe, adossé à un chêne : de là j'apercevais presque le totalité du domaine, depuis Saint-Martial jusqu'à Tourtoirac. Une brume légère stagnait au-dessus de l'Auvézère, tandis que quelques chiens aboyaient dans les cours, faisant résonner l'air d'une sonorité d'église. Les prés, les champs et les bois s'étendaient dans une harmonie de couleurs qui ne parlait que de paix, de bonheur possible, et je me demandai comment j'avais pu vivre loin d'ici. Si je n'avais pas songé à mon père et ma mère, je crois que j'aurais dormi là, sur la mousse épaisse de la lisière qui sentait la feuille et l'écorce. Après un dernier regard sur la vallée qui s'endormait doucement, je repartis, avec en moi la certitude que, quoi qu'il arrivât à l'avenir, je ne quitterais plus jamais ces lieux qui m'avaient tant manqué.

Je n'avais pas bien mesuré l'immensité de la tâche qui m'attendait. Tout était à rebâtir, y compris le haut-fourneau qui n'avait pas été suffisamment entretenu. Je dus très vite faire établir des devis, trouver des maçons, mais je n'obtins pas d'eux l'assurance que les travaux seraient achevés en octobre. Je mis quinze jours à trouver des métayers pour les Pélousières : un couple un peu âgé qui accepta difficilement de venir travailler à la forge pendant l'hiver. Je dus également trouver des puddleurs, ce qui ne fut pas trop difficile car ceux de Calvignac avaient été remplacés par le four, et cherchaient du travail. Chaque soir, j'allais rendre compte à mon père avec qui j'avais appris à communiquer : il me répondait avec les yeux quand je lui posais des questions : un battement de cils pour dire oui, deux pour dire non. Il passait ses journées à tenter d'écrire des mots que je déchiffrais avec peine, mais qui m'orientaient quand même, lorsque je cherchais un élément de réponse aux nombreuses questions que je me posais.

Et d'abord l'état des finances du domaine, que je

trouvai pas du tout à jour, évidemment, dans les deux livres de comptes que mon père dissimulait dans le tiroir central de son bureau. Je découvris alors avec stupéfaction que les ventes des terres agricoles finançaient le haut-fourneau et la forge qui perdaient de l'argent. Les produits de la réserve, eux, suffisaient au train de vie du château, à la fois pour les denrées alimentaires et les produits de première nécessité. Je tentai d'en apprendre davantage, mais mon père eut du mal à me répondre. Je ne pus me renseigner auprès du régisseur, car Abel Vidalie avait quitté le domaine deux ans auparavant, après une violente dispute avec mon père, qui ne l'avait pas remplacé. Ma mère, elle, n'était au courant de rien.

Je passai des heures et des heures à examiner les livres de comptes, notamment ceux des ventes de fonte et de fer qui ne couvraient ni les salaires des ouvriers, ni ceux des charbonniers et des mineurs. Une longue réflexion m'amena à la conclusion que la seule solution était d'augmenter la production de fonte qui s'écoulait facilement, et de diminuer celle de fer puisqu'elle entrait en concurrence avec les productions de Lorraine et que, contrairement à Calvignac, je ne disposais pas d'argent pour construire un four d'affinage. Je ne renonçai certes pas à cette possibilité, puisque c'était la seule voie pour rentabiliser la production de fer, mais il me fallait du temps pour rétablir les finances et emprunter de l'argent pour construire ce four. Ce qui était vraiment urgent, c'était de réparer le haut-fourneau pour commencer la campagne de fonte le plus tôt possible.

Je dus m'employer pour convaincre deux maçons de Savignac-les-Églises à qui mon père devait de l'argent, mais ils finirent par promettre de venir au début de septembre. Je fis un voyage à Ruelle où l'on me donna des assurances quant à l'achat de ma fonte, et je visitai toutes les petites forges d'affinage de la vallée, où l'on confirma les commandes de l'année précédente tout en me faisant observer que les délais de livraison étaient rarement tenus par mon père. Je promis d'y remédier, et, fort des promesses qu'on m'avait consenties, je pus participer aux moissons l'esprit un peu plus libre.

Ces premières moissons de mon retour, comment auraient-elles pu s'effacer de mon souvenir ? Je partais dès le lever du jour dans les champs de la réserve qui était tenue par la famille Mestre, depuis le départ des Lestrade : un homme, sa femme, un fils de seize ans qui travaillait déjà à la forge l'hiver. Mestre, lui, était courageux, dur au mal, mais ombrageux, et les conflits avaient été fréquents avec mon père. Il comprit qu'il n'avait rien à redouter de moi quand je lui dis que j'allais lui confier la fonction de régisseur. Il était sec, noir, farouche, mais j'avais deviné qu'il me rendrait amplement la confiance que je lui témoignais. Et puis je tenais à ce que le responsable du domaine agricole soit installé sur la réserve, c'est-à-dire sur les terres les plus proches du château. Cette situation comme sa présence à la forge l'hiver garantissaient une communauté de vues et d'intérêts. Il organisa d'ailleurs très vite les moissons, avec une efficacité qui ne me surprit pas.

Je pus ainsi me laisser aller au plaisir des moissons qui furent les plus belles qu'on avait eues depuis de nombreuses années, et je repris la faucille moi aussi un matin, sous le regard médusé des métayers venus travailler à la réserve, comme c'était la coutume, en attendant leur tour de moissonner. J'aidai à rentrer les gerbes dans les granges et je participai au battage sur les aires où le parfum de la paille et des grains rendait l'air suffocant. Cette participation effective aux travaux me valut leur estime, raviva leur confiance, et pourtant elle ne me demanda aucun effort : j'en avais tellement rêvé de ces foins, de ces moissons, de ces gerbes dorées, de ces aires brûlantes, que j'aurais fait bien plus encore, si ma position de maître du domaine n'avait pas eu à en souffrir.

Avec les vendanges de septembre, les lourds parfums de futailles, de pressoir et de cuves en fermentation pesèrent sur le château et les métairies, ravivant délicieusement en moi des sensations enfouies. J'ouvris la fenêtre du bureau de mon père pour qu'il puisse en profiter aussi : je devinais que ces petits plaisirs l'aidaient à vivre, même si des larmes coulaient souvent sur ses joues, que j'essuyais maintenant avec une tendresse dont je ne me serais pas cru capable. Il m'émouvait, dans sa manière de se forcer à écrire pour m'aider, son regard où passait parfois le désespoir de n'être pas compris, le bonheur de m'écouter le soir, quand je lui rendais compte de la journée écoulée.

Plus les jours passaient plus il devenait évident que les maçons n'auraient pas fini avant la mi-octobre. J'en profitai pour visiter les charbonniers, les mineurs et les fardiers en compagnie d'un grand diable nommé Jocelyn Pélissier : un puddleur que j'avais connu à Calvignac et embauché comme maître fondeur en le logeant dans les communs de la forge, lui, sa femme et ses deux filles. Son autorité naturelle, sa faconde et son physique le désignaient comme le meneur d'hommes dont j'avais besoin. Il serait mon second à la forge, mon homme de confiance quand je serais absent, mais il ne devait en aucun cas empiéter sur le domaine du régisseur qui, lui, était responsable de toutes les terres agricoles.

Dès lors, je n'eus plus qu'une hâte : que retentisse la cloche des charges du haut-fourneau. Je dus attendre le 10 novembre, les réparations s'étant avérées plus importantes que je ne le pensais. Les maçons partis, le minerai et la castine acheminés, la cloche retentit enfin dès le lever du jour, et je fis transporter mon père sur son fauteuil dans la halle de coulée où j'avais organisé la même cérémonie que ce jour de mes douze ans, quand j'avais pour la première fois allumé le haut-fourneau avec mon brandon de paille. Tous les ouvriers se trouvaient là rassemblés, observant le brandon tenu par la fille aînée de Jocelyn Pélissier, qui devait avoir quatorze ans, à l'époque, et dépassait tous les autres enfants d'une tête. Une image de saint Éloi ayant été placée dans le foyer et le curé ayant béni le haut-fourneau, le brandon embrasa les « brasses » de genévrier, provoquant ce grondement que je connaissais bien, et qui me réveillait, autrefois, me rassurait et me laissait, confiant, voguer vers des songes paisibles.

A la fin de la matinée, le maître fondeur ouvrit la dame, laissant se déverser la fonte en fusion dont la lueur me réchauffa le cœur. Les ouvriers se démenèrent pour la canaliser, grandes silhouettes aux gestes sûrs, aux blouses rougeoyantes, qui semblaient des insectes monstrueux jaillis des enfers. J'étais heureux : j'avais réussi en quelques mois à remettre en ordre de marche le domaine et la forge et je ne doutais pas de ma réussite. Mon père, assis près de moi, m'avait pris le poignet de sa main gauche et le serrait si fort que je crus, ce jour-là, à une guérison possible.

Ce fut une belle campagne de fonte que celle-là, car j'avais redéfini les dosages de castine et de minerai, choisi un autre gisement en fonction des connaissances que j'avais acquises à Saint-Étienne et à Calvignac. J'obtins ainsi une fonte de qualité remarquable dont me félicitèrent les messieurs de Ruelle, et que je n'eus aucun mal à écouler. Demeurait cependant dans un coin de ma tête le rêve du fer obtenu par les fours à puddler, le seul qui pût résister à la concurrence des aciers de Lorraine. Je n'avais pas l'argent nécessaire pour financer le récupérateur de gaz et le four, mais je savais où trouver les moyens d'une telle réalisation.

J'attendis avec impatience le printemps suivant pour me rendre à Périgueux où j'avais sollicité un rendez-vous auprès du banquier Delmas, à qui m'avait recommandé M. Demongeot. L'entrevue ne fut pas facile et le banquier me demanda un délai d'un mois avant de me donner une réponse, mais il ne me cacha pas qu'en cas de décision favorable, il exigerait une garantie importante, sans doute une hypothèque sur une ou deux métairies. Ce n'était pas une clause de ce genre qui pouvait m'arrêter : j'avais confiance dans cette technique de production, car je savais qu'elle fonctionnait formidablement bien à Calvignac et qu'elle seule pouvait produire, à l'avenir, des aciers rentables. Ce fut donc plein d'espoir que je montai vers la ville haute où j'allai déjeuner au Vieux-Logis, aussi heureux à l'idée de revoir Lina qu'à celle d'avoir su convaincre celui qui allait m'aider à transformer la forge.

Quand j'arrivai, la salle était pleine car il était plus de midi, mais je n'aperçus pas Lina. Le maître d'hôtel me reconnut tout de suite et me trouva une place dans un coin d'où je pouvais apercevoir la cuisine quand la porte s'ouvrait. Deux jeunes femmes servaient, qui m'étaient totalement inconnues. Quelque chose, aussitôt, se ferma en moi, me coupa l'appétit en me faisant redouter une mauvaise nouvelle. A la fin, je n'y tins plus : mon repas expédié, je profitai du moment de payer pour demander au maître d'hôtel pourquoi la serveuse habituelle n'était pas là, et il me répondit, d'une voix dans laquelle je devinai une satisfaction :

– Elle et son mari sont partis à Paris. Il a prétendu avoir trouvé une meilleure place là-bas.

Ce fut comme si le toit de l'auberge s'écroulait

sur ma tête. Je demeurai assommé, incapable de prononcer le moindre mot, dévisageant sans le voir le maître d'hôtel qui s'impatientait, attendant son dû. Je payai, sortis, me demandant où je me trouvais, errai un moment dans les rues, désespéré. Comment Lina avait-elle pu rompre le lien ténu qui me reliait encore à elle ? Elle y avait été contrainte, bien sûr, mais elle avait dû laisser un mot quelque part, une trace, un signe, quelque chose qui pût me renseigner – il ne pouvait pas en être autrement.

Je revins à l'auberge où j'interrogeai les gens de la cuisine, mais ils ne savaient rien. Je pensai alors à la vieille femme que Lina avait aidée à faire la vaisselle, un jour, dans la pièce attenante aux cuisines, et qui s'y trouvait encore cet après-midi-là. Elle était bien sourde, mais non pas aveugle, heureusement, et elle me reconnut aussitôt, avec, me sembla-t-il, dans son regard une lueur de soulagement. Elle me donna avec un grand sourire une enveloppe qu'elle extirpa de la poche de son tablier noir. Je lui glissai une pièce, sortis et m'éloignai pour décacheter la lettre loin de l'auberge, à l'abri des regards. Les quelques mots qu'on avait écrits pour Lina de façon maladroite et presque illisible me foudroyèrent une deuxième fois : « Tout est fini, Fabien, oubliez-moi. »

Je rentrai à Grandval dans un état second, insensible à cette première douceur de l'air qui, chaque année, me faisait respirer plus vite en réveillant des promesses de vie nouvelle, d'herbe haute, de longs jours sous un ciel sans nuages. Il me fallut une semaine avant de me remettre à travailler aux nombreuses tâches que je m'étais assignées. Même mon père s'était rendu compte que je n'allais pas, mais il mit mon apathie sur le compte d'une déception provoquée par mon rendez-vous avec le banquier Delmas, car je le tenais au courant de mes projets. La réponse favorable de ce dernier, début mai, ne souleva en moi aucun enthousiasme, du moins pas celui que j'aurais connu si Lina ne s'était pas éloignée de moi pour toujours. Heureusement, la fin de la campagne de fonte me fit entrevoir des lendemains meilleurs, car, les comptes faits, je compris qu'elle dégagerait un bénéfice un peu supérieur à celui que j'escomptais. Et puis le début des foins, en me requérant au-dehors, en exigeant tous les jours ma présence, m'aida à passer ce cap si difficile, dont je garde encore le souvenir douloureux.

Tard le soir, ma mère faisait porter mon père sur la terrasse, s'asseyait auprès de lui et souvent, incapable de dormir, je les rejoignais sous les étoiles scintillantes, dans le parfum lourd des fenils pleins jusqu'au toit, dont la lucarne vomissait des surplus de foin qui le jour craquaient au soleil. Parfois un chien aboyait au loin, déchirant le silence, qui, en retombant brusquement, rendait la nuit plus épaisse et tout à coup plus sereine. Alors une grande paix s'étendait sur la vallée qui s'endormait avec de longs soupirs, adoucissant ma douleur et réveillant en moi l'espoir d'un bonheur encore possible en ces lieux si voisins du paradis.

La journée, je m'abrutissais de travail, occupé par les foins mais aussi par l'établissement des plans du récupérateur de gaz et du four, qui nécessitait de nombreux déplacements à Calvignac. Mon principal souci était que les travaux ne nuisent pas à la campagne de fonte qui devait commencer en octobre. Mais je compris rapidement qu'il serait impossible de les mener en même temps et que je devrais attendre le printemps d'après pour les entreprendre. Je m'y résignai, passai la fin de cette année-là à retenir les artisans pour le mois de mai, tout en produisant une fonte dont je parvenais lors de chaque campagne à accroître la qualité.

L'année suivante, les travaux durèrent six mois, provoquant une diminution de la production de fonte et des bénéfices que je comptais en tirer. Ce fut au début de l'automne, alors que je mettais en marche le four à puddler pour la première fois, que j'appris que l'Empereur, pressé par les économistes saint-simoniens, venait d'ouvrir les frontières aux produits sidérurgiques de Belgique, d'Angleterre et des pays scandinaves. Aussitôt, les protestations affluèrent à Paris depuis les usines de Lorraine, de Ruelle, du Creusot, du Périgord, mais je compris très vite qu'il n'y avait rien à faire : la décision de l'Empereur, réfléchie et retenue depuis longtemps, était irrévocable. Il voulait en finir avec un régime protectionniste qui maintenait les prix hauts, et souhaitait contraindre les industriels français à s'armer pour affronter la concurrence. L'admission des produits étrangers en franchise temporaire, en facilitant la liberté du commerce, allait pour lui dans le sens du progrès. Dans la plus grande indifférence et avec une méconnaissance totale des économies locales, il venait tout simplement de nous porter un coup mortel.

Pourtant, avec mon acier plus rentable grâce au récupérateur de gaz et au four à puddler, je me croyais mieux armé que les autres maîtres de forge du Périgord, et je passai l'hiver sans trop de crainte, assistant aux réunions visant à créer une association de défense des producteurs de fer, dont M. Demongeot prit naturellement la tête en sa qualité de plus gros producteur. Dès le printemps suivant, mon carnet de commandes se mit à fondre brutalement, au point que je dus arrêter la production plus tôt que prévu. Les fers étrangers arrivaient désormais par pleins navires dans les ports français, avec une qualité inférieure au nôtre, mais à des prix défiant toute concurrence.

Je parvins à payer les traites, mais beaucoup de forges fermèrent durant cette première crise de 1857. Elles avaient travaillé comme si le monde ne devait jamais changer autour d'elles, malgré l'avertissement donné par les grandes entreprises de Lorraine, qui, elles, avaient prévu la concurrence et s'étaient armées en conséquence. Les ouvriers licenciés partirent travailler à la construction des voies ferrées du Paris-Orléans, ou dans les fabriques des villes. Ce fut le début d'un exode qui nous plaça rapidement face au problème du manque de bras, un problème qui ne s'était jamais posé jusqu'à ce jour et que nous n'étions pas prêts à envisager.

Je réussis à garder mes ouvriers grâce à leur attachement à la terre pendant la belle saison, mais j'avais compris que le ver était dans le fruit et qu'un grand combat venait de commencer. Si j'avais su réagir à temps et me trouvais dans une situation plutôt privilégiée par rapport aux autres, les charges financières qui pesaient sur Grandval étaient lourdes, et, pour être couvertes, nécessiteraient à l'avenir toute l'énergie des gens du domaine. Mon père, que je tenais au courant des affaires et qui comprenait tout, écrivit un jour quatre mots qu'il me montra le soir, avec une grande tristesse dans le regard : « L'usurpateur va nous ruiner. » Je le rassurai, affirmant que l'Empereur ne pouvait pas aller plus loin que ce qu'il avait fait, mais je ne le convainquis pas : dans le mutisme et la paralysie qui le vouaient aux réflexions amères, il avait deviné que nous étions entrés dans l'irrémédiable et que la société patriarcale, close sur elle-même, était condamnée.

Il n'y résista pas et mourut dans son sommeil à la fin de cette année-là, le 6 décembre, exactement. Ma mère le trouva au matin, le visage calme et détendu pour la première fois. Nous le portâmes en terre à l'endroit qu'il avait désigné dans son testament, c'est-à-dire au cœur de la réserve, à mi-coteau, sous un bouquet de frênes, à trois cents mètres de la borie que nous connaissions si bien, Lina et moi. Ce fut par un après-midi qui charriait encore des douceurs de l'automne, entre des arbres qui n'avaient pas perdu leurs feuilles mais que les premières rafales de l'hiver, bientôt, viendraient brutalement dépouiller. Le chagrin ne m'envahit vraiment que le soir de ses funérailles : j'étais seul, désormais, mais je comprenais que la violence de cet homme près de qui j'avais souffert, parfois, lui avait été indispensable pour tenir à flot un navire qu'il savait menacé. Thibaut n'arriva que le lendemain à midi et me parut aussi ébranlé que moi. Seule notre mère semblait presque soulagée, même si ses larmes avaient coulé : s'occuper d'un homme aussi lourd à déplacer dépassait ses forces et elle en était complètement épuisée.

Pendant les huit jours que Thibaut resta à Grandval, nous parlâmes beaucoup de lui, nous remémorant ses colères folles, sa main de fer, cette force qui était en lui et dont je me demandai si je possédais la pareille. J'expliquai à Thibaut qu'il m'en faudrait beaucoup pour gagner la bataille engagée.

– Toi seul en es capable, me répondit-il. Moi, j'ai l'esprit trop voyageur. Il faut être ancré ici de tout son corps et de toute son âme pour la mener à bien.

Et, comme je ne répondais pas, il ajouta :

– Tu as toute ma confiance, Fabien, depuis toujours, tu le sais bien.

Il me demanda des nouvelles de Lina et je dus lui avouer qu'elle était partie loin de moi, à Paris, et que je l'avais sans doute perdue à jamais.

– Il faut songer à te marier, me dit-il alors avec une voix soudain impérieuse. Il faut que Grandval puisse nous survivre un jour.

Je le dévisageai, stupéfait :

– Me marier ?

– Oui, tu m'as bien entendu, te marier, sinon à quoi servira de gagner ce combat que tu mènes ? Que deviendra Grandval après nous ?

Je ne m'étais jamais posé cette question car mon

père m'avait toujours paru éternel et le domaine qu'il personnifiait si bien également.

– Tu as vingt-sept ans, Fabien, reprit Thibaut, il est temps de songer à fonder une famille.

– Et toi, répondis-je, pourquoi ne te maries-tu pas ?

– La vie que je mène est trop désordonnée et trop dangereuse. Le socle de notre famille se trouve ici, à Grandval, et c'est ici qu'elle doit survivre et prospérer.

Lina m'avait empêché de m'intéresser aux jeunes femmes qui m'avaient été présentées à Calvignac ou ailleurs. Les deux années passées à Saint-Étienne m'avaient appris ce qu'il convenait de savoir à ce sujet, tout en me révélant que pratiquer l'amour sans amour ne me serait jamais un vrai plaisir. C'était vers Lina qu'étaient allées toutes mes pensées des jours solitaires, vers son corps bruni par le soleil, ses épaules rondes, sa bouche couleur de groseille, ses mollets couleur de miel. Thibaut me révélait ce que je me cachais à moi-même depuis de longs mois, à savoir qu'il fallait l'oublier, tenter de vivre avec une autre. Il n'insista pas davantage, ce jour-là, il savait avoir dit l'essentiel, il fallait maintenant que les mots prononcés fissent leur chemin en moi.

Le lendemain matin, nous partîmes sur le chemin des métairies où le vent d'ouest traînait mélancoliquement les feuilles mortes. Sur un pont, il voulut s'arrêter et descendre dans l'Auvézère pour y tremper les pieds, bien que l'eau fût déjà froide.

– Je me régénère, me dit-il en riant, et de cette manière je repartirai tout neuf.

Nous visitâmes les métairies, y compris celle des Pélousières qui était restée longtemps sans métayer, mais que les vieux Cosnac avaient réussi à relever en deux années. Nous passâmes l'après-midi à la forge où je montrai à Thibaut le récupérateur de chaleur et le four à puddler qui fonctionnaient à plein régime. Il se montra admiratif, et durant toute la soirée qui suivit, près de notre mère qui nous écoutait en silence, il se déclara sûr du succès de notre entreprise.

– Personne ne produit un acier pareil, assura-t-il.

– Si ! M. Demongeot à Calvignac.

– Vous deux seuls, concéda-t-il, mais je suis certain qu'un tel acier se vendra toujours à bon prix, quoi qu'il arrive.

– Puisses-tu avoir raison.

Nous parlâmes tard dans la nuit, alors que notre mère était partie se coucher, faisant surgir en nous, par un mot, une phrase, les souvenirs dont il avait besoin pour pouvoir repartir. Ce qu'il fit le lendemain matin, conduit par Martin à Périgueux où il devait prendre une voiture pour Bordeaux. Dans le parc du château, avant de monter dans la berline, il me serra dans ses bras en murmurant :

– Veille bien sur Grandval, Fabien, et pense à ce que je t'ai dit.

Martin ouvrit les lourdes portes, revint vers la berline, fit claquer son fouet et Thibaut m'adressa un geste du bras avant de refermer la portière. Je restai un long moment immobile avec ma mère, sur la terrasse, puis la cloche des charges me rappela à la réalité. Je regagnai mon bureau où, vingt minutes plus tard, le grondement du haut-fourneau, en me rassurant, réveilla en moi la force et l'espoir qui venaient d'être ébranlés par la disparition de mon père.

7

Je rentre d'une brève promenade dans le parc dont les allées gravillonnées sont presque recouvertes par les herbes folles. L'été leur prête le parfum que j'attends, celui des chemins que je ne peux plus parcourir. Quelques pas sont le seul effort que je puis me permettre, mais ils me suffisent pour mettre en branle les souvenirs dont je fais désormais mon seul bonheur. Les grands chênes qui cernent le parc, eux, n'ont rien perdu de leur superbe. Voilà une leçon édifiante : les arbres sont plus forts que les hommes, et je ne peux que me féliciter de leur présence secourable.

Par la fenêtre entrebâillée, j'écoute un grondement qui s'est tu depuis longtemps et qui, pourtant, continue de résonner en moi, tandis que je tente de reprendre le fil d'une vie dont, malgré les épreuves, je n'ai jamais désespéré. Régler la succession à la suite du décès de mon père en fut une. Il me fallut presque une année, d'abord à cause de l'absence de Thibaut qui était reparti sans que nous ayons pris la précaution de lui faire signer une procuration, ensuite parce que j'eus beaucoup de difficultés à retrouver les actes dont le notaire de Hautefort avait besoin. D'où mes visites fréquentes à son étude située sous le château, au cœur de la vieille ville où les demeures aux murs de pierres polies par le temps, délimitent une place paisible, sauf les jours de marché. Maître Dujaric avait une fille, prénommée Florine, qui l'aidait dans sa tâche. Elle était grande et brune, réservée, timide, même si ses yeux verts cillaient rarement. Je ne sais si son père s'imagina que mes visites étaient intéressées, toujours est-il qu'il favorisa nos rencontres et qu'il se mit à m'inviter, le dimanche, pour le repas dominical que sa femme soignait plus qu'il n'était nécessaire. Florine me rappelait un peu Lina, même si elle était plus grande et plus fine. En effet, ses longs cheveux bruns, parfois retenus en chignon, soulignaient pareillement une peau mate, des pommettes hautes, des gestes mesurés. Elle avait étudié chez les visitandines à Périgueux, et tout en elle témoignait de la meilleure éducation.

Je n'eus pas à lui faire la cour. D'ailleurs, si cela avait été nécessaire je n'y aurais pas consenti. Son père le comprit, parla le premier, un dimanche après le repas, tandis que nous avions rejoint son bureau pour discuter de la succession de Grandval :

– Nous nous connaissons assez pour savoir l'un et l'autre que ma fille ne vous est pas indifférente et que, de son côté, elle n'est pas insensible à vos visites. J'ai tenu une discussion sérieuse avec elle. Une union entre nos familles est envisageable, si vous y consentez.

– Dois-je comprendre que l'idée de m'épouser et de venir vivre à Grandval lui conviendrait ?

– Elle vous le confirmera si vous lui demandez vous-même. Il me suffit de l'appeler.

Il se tut un instant, ajouta :

– Je vous laisserai seuls, bien entendu.

Les deux années passées depuis le décès de mon père et la dernière visite de Thibaut m'avaient convaincu de prendre la décision de me marier. Lina n'avait plus donné signe de vie, j'allais avoir bientôt trente ans, je devais penser à Grandval, à ce que deviendrait le domaine après moi. En outre, comme l'avait dit son père, Florine ne m'était pas indifférente : je trouvais en elle un peu de la douceur de Lina, sa pudeur aussi, une beauté farouche qui ne se livrait pas facilement.

– Vous voulez donc m'épouser, lui dis-je dès qu'elle fut assise face à moi, et que je lui eus pris les mains sans qu'elle esquisse le moindre geste de refus.

– Je voudrais surtout que vous-même le souhaitiez très fort, me répondit-elle, sans quoi soyez persuadé qu'une telle union n'aurait pour moi aucun sens.

Cette sincérité, et le ton d'humilité avec lequel sa phrase avait été prononcée me touchèrent. Je compris qu'elle ne cherchait pas à se marier à tout prix, qu'elle y mettait une exigence, et attendait de ma part aussi de la sincérité.

– J'ai beaucoup d'affection pour vous, Florine.

Son visage se ferma, elle murmura :

– J'espérais mieux.

– Cela viendra, dis-je, il faut seulement me laisser un peu de temps.

Ses yeux se levèrent vers les miens, tentèrent de lire en moi, et sans doute fut-elle convaincue de ce qu'elle y trouva, puisqu'elle reprit d'une voix égale :

– J'ai confiance en vous, Fabien. Nous pouvons donc appeler mon père.

Ainsi fut décidé mon mariage que l'on fixa à la fin du mois de septembre de l'année 1859, après les vendanges. Les cérémonies eurent lieu à Hautefort, mais les repas de midi et du soir furent pris au château, à Grandval. Maître Dujaric, qui n'avait qu'une fille, tenait à ce que la fête fût réussie, et elle le fut. Toutes portes ouvertes, le château accueillit plus de deux cents invités, gens de Hautefort, de Saint-Martial, de Tourtoirac, de Périgueux, même, tant nos familles étaient connues et respectées. Un orchestre de violonistes joua sur la terrasse autour de laquelle on avait disposé des lanternes vénitiennes, face aux allées du parc décorées de fleurs blanches, devant la façade illuminée du château où l'on dansa toute la nuit.

Pour les deux banquets de midi et du soir, on avait retenu trois cuisinières et une demi-douzaine de serveuses chargées de faire le va-et-vient entre les cuisines et deux salles à manger aménagées pour l'occasion. Thibaut se trouvait là, bien sûr, et il semblait heureux, comme je l'étais moi aussi, en m'éloignant avec Florine bien après minuit pour aller m'asseoir avec elle sur un banc entre les buis, au fond du parc. Les violons jouaient toujours, entrecoupés de rires et de cris, et Florine, qui avait posé sa joue contre mon épaule, demeurait muette comme moi, sans doute pour goûter ces instants de bonheur que la vie nous donne d'une main et nous reprend de l'autre, sans le moindre ménagement.

Si je lève la tête depuis le bureau sur lequel j'écris aujourd'hui, j'aperçois les buis tout là-bas, mais non le banc de pierre qui s'est écroulé et que l'on n'a pas remplacé. Je cherche à retrouver mes pensées de cette nuit-là, et l'essentiel m'en revient sans difficulté : je ne crois pas avoir pensé à Lina, car j'étais sincèrement persuadé de l'avoir perdue à jamais. Je ne pensais qu'à celle qui allait dormir près de moi et partager ma vie pendant de longues années, du moins l'espérais-je. Nous sommes restés longtemps sur le banc à éprouver ces minutes délicieuses qui nous vouaient l'un à l'autre, puis nous avons lentement regagné le château. Nous avons dormi dans une chambre du haut, sous les toits, et non à l'étage où se trouvait ma chambre, probablement par envie de nous éloigner de la fête qui continuait en bas, de nous isoler, de profiter vraiment d'une autre fête, autrement plus belle, autrement plus secrète, celle de nos corps. Rien ne me surprit en Florine : elle était bien telle que je l'avais imaginée jusque dans ses pudeurs et ses élans vers moi qui n'espérais ni une telle confiance, ni un tel don de soi.

Les jours qui suivirent, dans les langueurs touffues d'un automne sans pluie, me firent penser que j'avais eu raison, que j'allais pouvoir être heureux, et je le fus réellement. Je fis visiter à Florine les métairies, la forge, je lui en expliquai le fonctionnement, la fis entrer dans la halle de coulée au moment où jaillit la lave, je lui montrai le château et lui demandai de prendre en main le train de maison. Ma mère, avec qui j'avais évoqué le sujet, ne s'y opposait pas, bien au contraire : elle paraissait lasse, fatiguée, désireuse de s'en remettre à quelqu'un de confiance.

Ainsi commencèrent des années heureuses, celles dont on croit qu'elles dureront toujours. La campagne de fonte commença sous les meilleurs auspices, car les messieurs de Ruelle s'étaient rendu compte de la mauvaise qualité des aciers de Suède. Je n'eus donc pas le souci d'écouler le mien : il partait à Ruelle et m'était bien payé. Les maîtres de forge que nous étions, du moins ceux qui avaient survécu à la première crise, crurent qu'ils avaient franchi le cap le plus difficile. J'avais repris espoir, et la présence de Florine à mes côtés, dans un hiver très froid, n'y était pas étrangère. Le soir, nous restions tard à veiller devant la grande cheminée de mon bureau, et nous étions si bien, si paisibles, qu'il nous arrivait de nous y endormir.

Ce fut vers le milieu de l'année suivante qu'une deuxième terrible nouvelle nous frappa de plein fouet : l'Empereur avait signé un traité de libre-échange avec l'Angleterre. La déflagration du « décret le plus funeste pour la France depuis l'Édit de Nantes », comme nous disions alors, ne se fit pas sentir pour moi tout aussitôt, car les marchés étaient déjà signés avec mes acheteurs, mais dès le printemps suivant je constatai le fléchissement des ventes d'acier qui arrivait moins cher d'outre-Manche, du fait que l'Angleterre, plus en avance que nous du point de vue technique, avait des coûts de production moins élevés. Nous étions regroupés au sein de « l'Union des producteurs et consommateurs de fer » de manière à faire pression sur l'Empereur, et surtout sur nos clients afin qu'ils privilégient les maîtres de forge français, mais ce fut peine perdue : qui pouvait renoncer à acheter à l'étranger des fers inférieurs de vingt pour cent aux nôtres ?

Ce fut le début d'une période très difficile qu'amplifia la crise de la main-d'œuvre provoquée par le chemin de fer qui donnait du travail mieux payé et favorisait le déplacement des ouvriers vers les villes. Le vieux monde rural craquait de toutes parts. Je me mis à chercher des solutions sans trop m'inquiéter, du moins sans le montrer à Florine ou à ma mère. Au cours de la première année de crise, j'avais pu payer les échéances de l'emprunt que m'avait consenti la banque, mais je ne savais si je pourrais payer les prochaines. J'étais calme, pourtant : j'avais en moi-même résolu de me débarrasser de la métairie des Pélousières, que les vieux métayers ne pouvaient plus travailler comme il l'aurait fallu, et de rembourser ainsi mes dettes. Ensuite, si la crise durait, j'aviserais.

Tous ces problèmes ne m'empêchaient pas de participer – et toujours avec le même plaisir – aux travaux des champs à la belle saison, rassuré que j'étais par cette permanence que rien ne menaçait, heureux au milieu des foins comme dans les moissons, quand le soleil campait sur la vallée et que le soir, très tard, après une longue journée de travail, fourbu, criblé de piqûres d'herbe ou de paille, j'allais me baigner dans l'Auvézère, ébloui par la douceur de son eau, attendant la nuit qui tombait doucement, retrouvant la paix de toujours et la sensation de quelque chose d'invulnérable autour de moi.

Ce fut en août de l'année 1861 que Florine donna naissance à notre fils Pierre, juste après la fête de la gerbaude qui clôturait les battages. Que dire de la naissance d'un premier enfant, sinon qu'elle est un enchantement ? Thibaut, accouru à cette nouvelle, se montra aussi heureux que nous, empressé auprès de la mère aussi bien que de l'enfant.

– Tu vois que j'avais raison, me dit-il, grâce à toi Grandval nous survivra.

Il ne se décidait pas à repartir, reculait chaque jour la date de son départ, il voulait attendre les vendanges, mais il fut rappelé à l'ordre par une dépêche comminatoire. C'est à peine s'il écouta le bilan de la situation que je dressai devant lui, un matin que nous marchions vers les vignes de la réserve, à flanc de colline.

– Tu as toujours su trouver les solutions, me dit-il. Il y a eu et il y aura toujours des crises, mais elles passent et le haut-fourneau, lui, est toujours là.

Cette foi en l'avenir – qui était plutôt de l'insouciance déguisée – me fit du bien. Je passai les quinze derniers jours de septembre sur les chemins où rôdaient les lourds parfums des moûts et des futailles, à vérifier que les circuits d'approvisionnement en charbon de bois et minerai avaient été bien organisés par Pélissier, et je constatai que les charbonniers se faisaient rares. Eux aussi partaient travailler à la compagnie du Paris-Orléans, ou dans les fabriques qui leur donnaient l'illusion de vivre mieux.

– Si nous en perdons un de maladie pendant l'hiver, me dit Pélissier, nous aurons du mal à terminer la campagne.

L'étau se resserrait, mais je sentais une grande force en moi grâce à la présence de Florine, toujours attentive, et de mon fils pour qui j'avais décidé de me battre. Je passai l'hiver qui suivit à réfléchir pour sortir de l'impasse. Le problème était assez simple en somme : que faire du fer que je ne pouvais plus vendre ? Le travailler moi-même, tout simplement, c'est-à-dire revenir aux sources de ce qui avait été le vrai métier des maîtres de forge. Je pris d'autant plus facilement cette décision que les fers s'accumulaient dans la halle. Il fallait reconvertir rapidement – au moins pour la prochaine campagne – une dizaine d'ouvriers en forgerons capables de le transformer en socs de charrue, en versoirs, en pointes, en objets de toutes sortes que je comptais vendre moi-même dans la région. De la fonte je tirerais des « taques » de cheminée, des chaudrons, toutes sortes d'ustensiles que les petits maîtres de forge savaient, eux, fabriquer depuis toujours. Je redeviendrais l'un d'eux mais le plus efficace, je n'en doutais pas, à condition de réussir cette transformation dans les plus brefs délais.

Dès le printemps suivant, je chargeai Pélissier de trouver ces ouvriers, et il eut bien du mal : restaient seulement en Périgord les moins vigoureux, les moins vaillants aussi, ceux que les compagnies ne voulaient pas embaucher. En outre, comme les dettes s'étaient accumulées, je dus vendre la métairie des Pélousières, ainsi que je l'avais envisagé. Je n'en eus pas trop mal au cœur : elle était la plus éloignée du château. Je remboursai ainsi la totalité de mes dettes et je repartais sur les nouvelles bases que j'avais définies. Le père de Florine, maître Dujaric, s'en inquiéta :

– Ne vendez rien, Fabien, me dit-il, je peux vous aider, moi, le temps de rétablir la situation.

Mais je ne voulais pas qu'une main étrangère se posât sur Grandval, fût-ce par l'intermédiaire de Florine avec qui, ce printemps-là, je parcourus le domaine en compagnie de notre fils qui prononçait ses premiers mots. C'était un enfant sage, qui ouvrait sur le monde des grands yeux étonnés, souriait facilement et qui ressemblait à sa mère plus qu'à moi. Elle le couvrait de baisers, lui parlait comme on parle à une grande personne, n'acceptait de le confier qu'à Maria. Elle était rayonnante, très heureuse, j'en étais persuadé, et je me gardais bien de lui parler des difficultés de la forge.

Comme elle adorait les chevaux, qu'elle aimait à s'en occuper avec Martin, j'en avais remplacé deux, très âgés, par un hongre et une petite jument baie que Florine montait au cours de ses promenades du début d'après-midi, sur les chemins de la vallée. Je la suivais chaque fois que j'en avais le temps – c'est-à-dire pas assez souvent à mon gré – et nous faisions halte au sommet de la colline d'où je lui montrais le domaine, désignant du doigt le toit d'une métairie, un champ, un bois, un pont sur l'Auvézère. Malgré le temps passé depuis notre mariage, elle me vouvoyait toujours :

– Savez-vous, me disait-elle, que vous m'avez donné cette liberté, dont j'ai toujours rêvé, à Hautefort, puis chez les visitandines à Périgueux, de parcourir les chemins à ma guise ?

– J'espère t'avoir donné bien davantage encore.

– Oui, me dit-elle un soir, vous m'avez donné tout ce que je n'aurais jamais osé espérer.

Qu'eût-elle pu dire de plus ? Sans même le soupçonner, elle avait su me faire oublier celle dont le souvenir s'éloignait chaque jour un peu plus.

A l'automne suivant, la campagne de fonte débuta mal. Un chargeur tomba de la plate-forme de chargement du haut-fourneau et se brisa une jambe. Peu après, en décembre, un forgeron, du fait de son manque d'expérience, se fit écraser l'avant-bras par le marteau hydraulique. Prévenu par Pélissier, je le trouvai couché, perdant son sang, pâle comme un mort. Le Dr Mouly le sauva de justesse mais dut l'amputer de son bras droit. Il avait une femme et trois enfants et je pris la décision de les garder dans les communs, au moins jusqu'au printemps. C'était bien le moins que je pouvais faire, mais je savais aussi que je me trouvais face à un problème qui allait se poser de plus en plus : la pénurie d'ouvriers que je ne pouvais remplacer que par des hommes sans expérience. Je ne disposais plus que d'une seule solution : recourir le plus possible à des machines.

Cela impliquait un nouvel emprunt, une sorte de fuite en avant dont je ne savais si elle porterait ses fruits un jour. Heureusement, je vendais encore du fer grâce à sa qualité et au four qui m'avait coûté si cher. Je pouvais donc amorcer la transformation nécessaire sans trop me hâter.

Je décidai de lancer la construction d'un monte-charge hydraulique qui pourrait remplacer six hommes : ceux qui acheminaient le minerai et la castine vers le gueulard, en haut du four. Deux ouvriers suffiraient alors pour l'alimenter. J'envisageai également de faire construire un marteau à vapeur pour remplacer celui, très vieux, qui était hydraulique et fonctionnait très mal.

J'allais signer le contrat d'emprunt quand un accident plus grave encore se produisit dans la halle de coulée alors que j'étais absent, m'étant rendu sur une nouvelle mine qui venait d'être ouverte, afin d'exploiter un minerai qui, selon mes analyses, devait être de meilleure qualité. Un matin, quatre fondeurs se firent prendre par des éclats de lave quand la dame s'ouvrit. Ce qui se passa ensuite me fut raconté à la fois par Florine et par Pélissier, qui, ne sachant que faire en mon absence, était allé la prévenir. J'avais toujours su que je pouvais compter sur elle mais je n'avais jamais deviné à quel point. Non seulement, lors de ses promenades à cheval, elle s'évertuait à venir en aide aux familles du domaine qui en avaient le plus besoin, mais elle savait montrer en toutes circonstances beaucoup de sang-froid.

Pélissier, lui, me fit un rapport accablé de l'accident : il était incapable de trouver des remplaçants aux quatre hommes, et prétendit aussi avoir senti une révolte chez les ouvriers. Il me demanda de venir leur parler, ce que je fis volontiers, sans constater, vis-à-vis de moi, la moindre défiance, car je leur promis de payer les blessés jusqu'à ce qu'ils puissent reprendre le travail.

Je leur appris également que j'allais mettre en construction un monte-charge hydraulique et un marteau-pilon à vapeur dès le printemps prochain, et ils semblèrent rassurés. Les liens que j'avais tissés avec eux m'avaient toujours paru assez forts pour que nous puissions surmonter ensemble les accidents ou les maladies. Je venais de le vérifier une fois de plus et je me sentais d'autant plus affermi dans cette certitude que je savais pouvoir désormais compter sur Florine en mon absence.

Cette certitude me fut précieuse dès le printemps suivant, quand j'entrepris de trouver des acheteurs pour les produits que j'allais fabriquer avec le fer que je ne pouvais vendre, principalement des socs et des versoirs de charrue, des lames de faux et des cercles de barriques. Ce printemps-là, je ne fus pas souvent présent à Grandval, car je parcourus la région de Limoges à Périgueux, et de Brive à Bordeaux au moins quatre jours par semaine. Je dois dire que je le fis sans déplaisir, tant la saison fut douce dès le mois d'avril, et l'accueil que je reçus souvent favorable. Comme ils me manquaient beaucoup, j'emmenai Florine et notre fils à trois reprises, dont une fois à Bordeaux, où nous restâmes huit jours, à la grande joie de Florine qui aimait la ville depuis ses études à Périgueux.

Ce fut là que, un soir de mai, alors que je ne m'y attendais pas du tout, la foudre me tomba dessus. Je venais de passer deux jours à démarcher des négociants, prenant pension au Vieux-Logis, comme j'en avais l'habitude chaque fois que je venais dans la ville. Je me souviens de ce soir-là comme s'il ne datait que de quelques semaines. Je rentrais, à pied, par les allées Tourny vers la vieille ville, satisfait des contacts établis, goûtant la douceur de l'air sous les marronniers en fleur, songeant à mon retour à Grandval dès le lendemain, quand j'aperçus une silhouette appuyée contre un arbre, à vingt mètres devant moi. Des cheveux noirs tombaient sur une robe longue de mousseline claire tachetée de pois bleus qui laissait apparaître, sous le volant du bas, des bottines de cuir. Elle avait des rubans rouges dans les cheveux et des yeux que j'aurais reconnus n'importe où dans le monde, à mille lieues d'ici. Elle ne bougeait pas, tandis que j'approchais, le cœur devenu fou, me demandant si je rêvais où si c'était bien Lina qui m'attendait, un pâle sourire sur son visage dont le hâle avait disparu, mais non cette expression familière qui lui tenait la tête légèrement inclinée sur le côté.

Je m'arrêtai à deux pas d'elle, incapable de prononcer le moindre mot, et ce fut elle qui combla la distance, posant sa tête sur ma poitrine et entourant mon torse de ses bras. Nous demeurâmes ainsi enlacés pendant de longues minutes, seuls au monde, sans même apercevoir les rares passants qui traversaient les allées, détournant leurs regards.

– Il est mort, murmura-t-elle. Je suis seule, sans enfant.

– Où habites-tu ?

– Là-haut, près de la cathédrale, dans la rue de la Miséricorde.

– Emmène-moi.

Il ne nous fallut pas plus de dix minutes pour monter vers la vieille ville où la rue ressemblait à toutes celles des quartiers hauts : étroite, sans lumière, et où la rigole centrale charriait des immondices. Lina poussa la porte d'un vieil immeuble et pénétra dans une cour intérieure pavée où, au fond, sur la droite, se trouvait son petit logement, à vrai dire deux pièces vétustes, mal éclairées, qu'elle avait arrangées de son mieux mais qui avouaient combien elle y vivait difficilement. Quand elle s'assit sur son lit, alors que je demeurais debout, à regarder autour de moi, je compris qu'elle pleurait. Je finis par m'asseoir sur la seule chaise qu'elle possédait, et je lui demandai :

– Cela fait longtemps que tu es revenue ?

– Deux mois.

Quelque chose avait changé en elle : Paris, sans doute, l'avait transformée, l'avait blessée, et il était visible qu'elle avait beaucoup souffert.

– J'ai cru que tu ne reviendrais jamais, dis-je, c'est pour cette rasion que je me suis marié.

– Je sais, souffla-t-elle, je suis allée jusqu'à Grandval mais je n'ai pas approché du château.

Elle ajouta, tout bas :

–Je l'ai vue, sur le chemin de la Borderie. Elle est jolie, Fabien.

Je restai un moment silencieux, ne sachant que répondre à cela, puis je demandai :

– De quoi vis-tu, ici ?

– De ménages, de couture.

Un long silence nous sépara, elle essuya ses yeux, puis elle murmura, si bas que je l'entendis à peine :

– S'il te plaît, Fabien, une fois, une seule fois.

J'avais très bien compris ce qu'elle voulait dire, mais je ne bougeai pas.

–Je t'en prie, Fabien, répéta-t-elle, après je disparaîtrai de nouveau, et je ne te dérangerai pas.

Même sans cette prière dans sa voix, j'avais su, dès que j'étais entré dans sa chambre, qu'il allait se passer ce que nous avions attendu si longtemps. J'allai m'asseoir à côté d'elle sur le lit, elle s'appuya contre moi, puis bascula sur le côté, m'attira vers elle, et pendant des heures et des heures nous oubliâmes tout ce qui nous avait trop longtemps séparés.

Je garde de cette nuit la sensation d'une plénitude, d'un plaisir d'au-delà de la vie, d'un événement hors du quotidien, une parenthèse de laquelle ne pouvait naître aucune honte, aucun remords. C'est du moins avec cette impression que je me réveillai au matin, encore chaud des caresses de Lina, de sa bouche, de ses mains, de ses cheveux épars autour de ses épaules nues, de sa peau dont j'avais tant rêvé.

–Je vais repartir loin, dit-elle, alors que je me rhabillais en silence.

– Non, lui dis-je, j'aurais trop peur qu'il t'arrive malheur et de ne pas pouvoir t'aider.

Et j'ajoutai, en mesurant aussitôt les risques que je prenais :

– Tu vas rester ici, mais nous ne nous verrons plus. Je t'aiderai, je te donnerai de l'argent. Si tu as besoin de quelque chose, il te suffira de m'écrire au Vieux-Logis.

– Nous ne pourrons pas vivre ainsi, Fabien, dit-elle. Il faut que je reparte.

Je me tournai vers elle, la pris par les épaules :

– Je ne veux pas lui faire de mal, dis-je, c'est une honnête femme, je ne reviendrai pas. Tu me comprends, Lina ?

Elle hésita, répondit faiblement :

– Oui, Fabien, je te comprends.

Mais je lus dans ses yeux qu'elle savait que nous ne pourrions nous passer l'un de l'autre. De fait, au moment de partir, je la repris dans mes bras et j'eus beaucoup de mal à me détacher d'elle. Dans la cour pavée, je m'efforçai de ne pas me retourner, et lorsque je fus dans la rue, je dus lutter contre moi-même pour ne pas faire demi-tour.

Je rentrai lentement à Grandval, ce matin-là, bourrelé de remords, à présent, mais sans mesurer vraiment les tourments qui m'attendaient. Quand je descendis de voiture, du fond du parc j'aperçus Florine immobile sur la terrasse, dans la belle robe bleue à volants qu'elle savait que j'aimais. Elle marcha vers moi, ou plutôt se précipita vers moi, m'enserra de ses bras, et tandis que je refermais les miens autour de ses épaules, elle me dit d'une voix dont j'entends encore la confiance bouleversante :

–Je voulais être sûre avant de te le dire, mais aujourd'hui j'en suis certaine : Fabien, j'attends notre deuxième enfant.

8

QUE dire des mois qui suivirent, sinon qu'ils furent des mois douloureux, chargés de peine et de remords. Je revins à Périgueux, décidé à couper définitivement le lien qui m'attachait à Lina, et je lui appris que Florine allait me donner un deuxième enfant. Elle leva la tête vers moi, les yeux pleins de larmes, le visage dévasté par une douleur qui m'ébranla profondément. Je la pris dans mes bras, et, en sentant sa peau contre la mienne, je faillis tout oublier de mes résolutions. Ce fut elle qui m'arrêta, qui s'écarta et me dit d'une voix qui tremblait :

– Je vais partir, Fabien. Il le faut. Nous ne nous reverrons plus jamais.

Et, comme je tentais de protester, ne pouvant me résoudre à cette blessure qui s'ouvrait de nouveau :

– Je n'irai pas loin, mais je ne te dirai pas où. Si un jour tout redevient possible, je saurai te retrouver. Je te le promets.

J'eus une nouvelle fois beaucoup de mal à la quitter, et je crois que passèrent dans cette chambre sombre les minutes les plus cruelles de ma vie. Je revois sa tête obstinément baissée tandis que je gagnais la porte, je m'entends la supplier de me regarder une dernière fois, elle pleurait mais elle secouait la tête en répétant d'une voix brisée :

– Va-t'en, Fabien ! Va-t'en, mon amour, va-t'en !

Je ne sais comment j'ai trouvé la force de partir, ce jour-là. Je me souviens qu'une fois dans la rue, j'ai couru longtemps et que je me suis retrouvé sur les rives de l'Isle, en bas de la ville, tandis que résonnaient comme une plainte à mes oreilles les mots de Lina : « Va-t'en, mon amour, va-t'en, je t'en supplie. » Et je revoyais sa tête inclinée qui faisait « non », ses longs cheveux qui glissaient sur ses épaules, et l'eau de la rivière coulait devant moi, inexorable comme la séparation qui venait de se produire, froide et grise comme elle, et comme elle mortelle.

A mon retour à Grandval, malgré tous mes efforts, Florine se rendit compte que je n'étais pas dans un état normal, mais elle le mit sur le compte des difficultés que j'avais à vendre l'acier qui me restait de la campagne de fonte. Heureusement, les beaux jours annonçaient les foins, et la vie au-dehors me permit d'oublier un peu ce qui s'était passé à Périgueux. Sauf quand je me rendais à la Borderie et que j'apercevais sur la droite la borie où, pour la première fois, j'avais senti contre moi la peau de Lina, que je suivais le chemin qu'elle empruntait pour venir à Grandval, ou que je pénétrais dans la vigne où nos doigts s'étaient noués si souvent. Alors la douleur s'avivait brusquement, et je devais faire un effort sur moi-même pour ne pas me trahir.

Il m'arriva au moins deux fois de prendre la route de Périgueux au cours de ces semaines-là, mais chaque fois je trouvai la force de faire demi-tour, le plus souvent parce que l'image de Florine inquiète surgissait en moi, mais aussi parce que je savais qu'aller au terme de cette route ne me ferait que souffrir davantage. Il y avait surtout, présent en moi, cet enfant que Florine attendait, mais également celui qui grandissait, et que, pas plus que sa mère, je ne pouvais abandonner.

La période des foins me fut d'un grand secours, d'abord dans les prés de la réserve, puis de métairie en métairie où je voyais avec plaisir s'emplir les fenils, les gens du domaine s'entraider comme ils en avaient l'habitude depuis des années. Je me disais que rien n'avait changé dans les terres de Grandval et que rien ne changerait jamais, qu'il y avait dans ces gestes séculaires, ces pratiques ancestrales, une permanence dans laquelle il faisait bon se réfugier, et qui me protégeait, en quelque sorte, du monde extérieur et de ses tourments. Elle m'aidait en tout cas à fuir l'image de Lina en pleurs, à oublier les derniers mots qu'elle avait prononcés, et qui, parfois, revenaient en moi au moment où je m'y attendais le moins : « Va-t'en, Fabien, je t'en supplie ! »

Les moissons furent belles, les vendanges plus abondantes que je ne l'espérais. Florine, enceinte de quatre mois, y participa, un chapeau de paille sur la tête, un panier au bras, le regard illuminé par les rayons d'un soleil encore chaud, épais des dernières touffeurs de l'automne. Dès qu'elles furent achevées, je parcourus le domaine avec Mestre pour réorganiser le circuit d'approvisionnement en charbon de bois et en minerai. Nous eûmes beaucoup de mal à trouver des charbonniers, car de plus en plus nombreux étaient ceux qui quittaient la forêt pour aller travailler en ville. Et cependant, malgré toutes ces difficultés, la cloche des charges retentit dès le début d'octobre, faisant résonner la vallée d'une allégresse nouvelle, malgré la pluie de cet automne-là, une pluie qui nous faisait entrer dans un hiver précoce, la vallée battue par le vent d'ouest et ses rafales furieuses.

Ce fut un hiver terrible car je ne vendais presque plus d'acier, et, à cause du très mauvais état des routes, j'avais du mal à écouler les socs et les versoirs. Seule veillait dans la nuit la lueur rouge du haut-fourneau qui donnait un peu d'éclat à la grisaille cendrée des collines. Cloîtré dans mon bureau, je rêvais à Périgueux, à la petite chambre de l'arrière-cour que Lina avait certainement quittée. J'eus envie de m'y rendre pour en avoir le cœur net, mais je réussis à me l'interdire, m'efforçant de penser à Noël et à ses réjouissances.

Un peu de neige tomba le matin du 23 décembre, et le gel de la nuit suivante la fit tenir jusqu'à la messe de minuit, à Saint-Martial, à laquelle Florine, malgré ses difficultés à se mouvoir, tint à assister. A l'occasion du réveillon qui suivit, j'invitai non pas les personnalités locales comme mon père le faisait pendant mon enfance, mais simplement les familles de Mestre et de Pélissier, plus celles qui habitaient les communs pendant la campagne de fonte. Une quarantaine de personnes, en fait, que Maria, aidée par deux cuisinières du village, nourrit de chapons, de bécasses, de cèpes, de truffes et de sauces dont ils se régalèrent jusqu'au matin.

Puis vint janvier avec ses froidures, son vent du nord, son gel au revers des talus, ses longues nuits que les cheminées réchauffaient à peine. Florine ressentit les premières douleurs de l'enfantement le 16 vers midi. J'allai moi-même chercher le Dr Larribe à Saint-Martial, celui qui avait succédé deux ans auparavant au Dr Mouly qui ne pouvait plus officier en raison de son âge et s'était retiré à Périgueux. Le nouveau médecin était son cousin, et Mouly avait eu le temps de le présenter aux familles, si bien qu'il avait été aussitôt accepté malgré son jeune âge – à peine la trentaine – et un comportement plus froid, des manières de s'adresser à ses malades beaucoup moins chaleureuses que celles du vieux médecin. Pour ma part, j'appréciais la franchise et la sûreté de son diagnostic que j'avais pu vérifier à plusieurs reprises auprès des ouvriers ou des métayers pour lesquels j'avais fait appel à lui. Je savais aussi que Mouly ne lui aurait jamais confié sa succession s'il n'avait pas eu une totale confiance dans ce jeune cousin.

Je revins avec lui et entrai dans la chambre pour encourager Florine qui souffrait beaucoup. Puis j'allai dans mon bureau alors que le Dr Larribe était assisté par Maria qui avait l'habitude de ce genre d'événement.

Une heure plus tard, je tentais de faire des comptes quand on frappa à ma porte. Le médecin m'apparut très soucieux et me dit sans atermoiement :

– L'enfant se présente très mal : c'est un siège. Je vais devoir employer les fers.

Il ajouta, d'une voix sombre :

– Elle souffre beaucoup.

– Vous avez toute ma confiance, docteur, dis-je, je sais que vous ferez tout ce qui est en votre pouvoir.

Il ressortit et je demeurai seul, très inquiet à présent, tandis que passaient les minutes, et que, malgré moi, je dois l'avouer avec la détresse que cela réveille en moi si longtemps plus tard, je pensais à Florine mais ausi à Lina. L'une criait, l'autre était loin, si loin, trop loin, et je ne savais plus laquelle avait besoin de moi, laquelle m'appelait à son secours.

Le médecin revint au bout d'une heure, la mine défaite, le regard accablé :

– Vous allez devoir choisir, monsieur, me dit-il. Je ne peux en sauver qu'un : l'enfant ou la mère.

Je pensais avoir vécu les instants les plus douloureux de ma vie à Périgueux, dans la chambre sombre d'une arrière-cour, mais j'étais loin d'imaginer ce qui m'attendait cette nuit de janvier, face à un homme dont le regard restait posé sur moi dans l'attente d'une réponse immédiate. J'aurais pu faillir, cette nuit-là, je le sais, parce que je souffrais trop de l'absence de Lina, mais quelque chose de sacré, au fond de moi, vint à mon secours.

– Sauvez la mère, dis-je.

Je me suis souvent demandé, depuis, ce qui m'avait soufflé ces mots, les seuls qui devaient être dits. Je n'ai jamais trouvé d'où ils étaient venus vraiment, mais je suis heureux, aujourd'hui, d'avoir pu les prononcer. Cette force-là, je l'ai eue. Je n'en ai attendu aucune récompense : c'était sans doute la moindre des choses, mais je ne souhaite à personne de se trouver un jour devant une telle épreuve. Au demeurant, je ne l'ai jamais regretté : si j'avais pris une autre décision, je suis persuadé que j'en aurais souffert toute mon existence.

L'enfant était une fille, que je voulus voir, avant qu'on ne l'ensevelisse. Je n'ai pas oublié son visage malgré les années passées, ce petit visage étrangement fragile, absent, comme étranger, les yeux clos qui semblaient pourtant m'interroger.

Florine, folle de douleur, mit tout l'hiver à se remettre, le Dr Larribe lui ayant appris, de surcroît, qu'elle ne pourrait plus avoir d'enfants. Heureusement, la présence de Pierre qui, à cinq ans, trottinait dans les couloirs, de sa chambre à celle de sa mère, de la cuisine où Maria le gavait de confitures et de douceurs au parc où Martin apprivoisait sa peur des chevaux, nous était précieuse. C'était un enfant brun aux yeux noirs, plein de vie, de gaieté, que je commençai à emmener sur les chemins du domaine, assis près de moi, dans le coupé, dès que les beaux jours revinrent.

Je m'aperçus alors que Lina s'était éloignée de moi, et j'en fus soulagé. Florine goûtait les premiers rayons du soleil sur la terrasse, reprenait des couleurs, recommençait à parler, et j'apercevais dans ses yeux verts la lueur chaude qui les faisait si bien briller avant l'hiver. L'herbe levait dans les prés, et les arbres se couvraient de feuilles avec des reflets d'argent. La vie jaillissait de partout, dans des éclaboussements de lumière et des caprices de vent déjà chargé de parfums. Il m'arriva alors de me dire que nous allions pouvoir de nouveau être heureux.

Et pourtant la campagne de fonte avait été mauvaise. Face à la concurrence de l'Angleterre, je ne pouvais presque plus vendre d'acier. J'avais dû en limiter la production afin de ne pas augmenter les stocks, n'ayant pas assez de bras pour le transformer. Le lourd investissement du four ne me servait pas à grand-chose, sinon à me passer de puddleurs. Le marteau-pilon à vapeur et le monte-charge hydraulique remplaçaient maintenant une dizaine d'hommes, mais j'avais été obligé de gager la métairie de la Dorie pour obtenir le crédit nécessaire aux travaux.

En juin, alors que j'organisais avec Mestre les foins dans les métairies, il me dit d'une voix accablée :

– Mon fils va partir. Il ne veut plus rester ici.

– Où veut-il aller ?

– Il a trouvé de l'embauche à Périgueux, dans les chantiers du chemin de fer.

Mestre ajouta, un ton plus bas, comme s'il se sentait coupable de n'avoir pu le retenir :

– Il sera mieux payé.

Puis, très vite, comme pour me rassurer :

– Ne vous inquiétez pas, nous sommes bien, à la Borderie, ma femme et moi.

Si je n'avais pas eu auprès de moi Mestre et Pélissier, je ne sais pas si j'aurais eu la force de continuer.

Le premier : rond et noir, énergique et efficace ; le second : un grand diable aux bras immenses qui savait se faire obéir des hommes dans la halle de coulée ; tous deux m'étaient dévoués au point de se faire du souci autant que moi, sans doute même plus, car leur sort était lié au mien et ils n'avaient rien d'autre que la Borderie ou la forge pour vivre. Sans eux, j'aurais perdu des ouvriers et des métayers. Je le savais, et je tâchais de récompenser de mon mieux leur fidélité et leur travail sans reproche.

A sa manière, Martin Jarétie, quoique plus fermé sur lui-même, n'aimant pas parler, était aussi un homme sur lequel je pouvais compter. Si un jour il y avait un malade ou un blessé, il acceptait de le remplacer provisoirement, et sans jamais rien me demander en retour. Il aimait la compagnie des chevaux, leur parlait plus volontiers qu'aux hommes. Il s'était pris d'affection pour Pierre qui ne le quittait pas. Maria et Louisa veillaient elles aussi sur Grandval à leur manière, donnant sans compter leur temps et leurs efforts, dispensant sur les miens la chaleur humaine de ces femmes de la campagne si généreuses et si pleines de vie.

Après de belles moissons, à la fin de cet été-là, Mestre vint m'annoncer un soir une très mauvaise nouvelle :

– Je n'ai pas pu retenir les deux derniers charbonniers, me dit-il, ils ont quitté la forêt.

Comment chauffer le haut-fourneau sans ce charbon de bois que nous utilisions depuis toujours ? Je parcourus les forêts des alentours, allai rendre visite aux maîtres de forge, qui, pensais-je, devaient rencontrer les mêmes difficultés que moi, principalement M. Demongeot à Calvignac.

– Mon pauvre ! me dit-il, je ne sais plus comment les retenir. Je ne vois qu'une solution pour l'avenir : chauffer au coke.

J'y avais pensé, bien sûr, mais faire venir du coke allait augmenter les coûts de production, alors que le charbon de bois ne me coûtait presque rien. Je me débattis pendant un mois, cherchant partout des charbonniers, en pure perte. Pendant cette période si difficile, Florine ne cessa de m'apporter son soutien, me suivant, parfois, sur les chemins de l'automne finissant, Pierre sur ses genoux, répétant qu'elle croyait à l'avenir de la forge, me faisant partager une force que je croyais éteinte chez elle. A les voir près de moi dans le coupé, je retrouvais de l'énergie et je m'en voulais des moments de découragement par lesquels je passais, fatigué de trouver sans cesse des obstacles sur ma route. J'achetai donc du coke à Decazeville, et quand la cloche des charges retentit à la mi-octobre, je me dis que j'avais remporté une nouvelle victoire, peut-être décisive pour l'avenir de Grandval.

Thibaut arriva à la mi-décembre, mais pas seul : il était accompagné d'une grande femme blonde, aux yeux très bleus, qui me rappelèrent douloureusement ceux de Lina. Il nous la présenta comme sa fiancée, et nous apprit qu'ils allaient se marier au printemps prochain. Elle se prénommait Louise, était fille d'officier, plus jeune que lui de dix ans, et habitait Paris, comme lui, désormais, qui venait d'être affecté à l'état-major. Je crus comprendre qu'il y avait un lien de cause à effet entre cette affectation et ce projet de mariage, mais Thibaut me parut heureux, très heureux, et quand je lui fis timidement observer que la vie à Paris n'était peut-être pas celle dont il avait rêvé, il me répondit sans perdre son sourire :

– Ce n'est que pour deux ou trois ans, ensuite nous repartirons. L'Empereur a décidé de se tourner vers l'Égypte ou la Cochinchine pour effacer l'échec de l'expédition au Mexique.

– J'entends dire partout que « l'Empire c'est la guerre ».

– Depuis qu'il a laissé la Prusse battre l'Autriche à Sadowa sans intervenir et qu'elle est devenue une véritable menace à nos frontières, il se sent obligé de se lancer dans des conquêtes pour montrer la puissance de la France.

– Qui existe vraiment ?

Thibaut soupira, répondit :

– En tant qu'officier je ne devrais pas en douter, mais à toi je peux bien le dire : je n'en suis pas persuadé.

Nous ne nous attardâmes pas sur le sujet, et je me réjouis d'apprendre que Thibaut et Louise resteraient à Grandval jusqu'à Noël, sachant que Florine, comme moi, avait besoin de leur compagnie en cette fin d'année si difficile. Les deux jeunes femmes, tout de suite, s'entendirent bien, au point que Florine accepta de se rendre à Paris pour le mariage fixé au mois de mai. Au cours de leur conversation, j'entendis souvent rire Florine, ce qui me rassurait définitivement sur sa capacité d'oubli, son amour de la vie.

Thibaut et moi eûmes aussi de longues conversations durant lesquelles je lui racontai tout ce qui s'était passé depuis sa dernière visite, sans lui dissimuler le drame de janvier, ni les difficultés de plus en plus croissantes rencontrées à la forge.

– Écoute, Fabien, me dit-il, il n'y a qu'une seule manière de survivre : c'est aller de l'avant.

– C'est-à-dire ?

– D'investir dans du matériel et des installations capables de remplacer la main-d'œuvre qui s'en va, ce qui permettra du même coup de produire du fer de meilleure qualité, et peut-être, un jour, moins cher que celui qui vient de l'étranger.

– On pourrait aussi réduire la production de fer et ne vendre que de la fonte.

– Non, Fabien, nous avons toujours été des maîtres de forge. Nous avons toujours produit du fer avec nos puddleurs et nos affineurs. (Il ajouta, comme je restais silencieux :) Il faut que cela continue, Fabien. Même si je vis loin, j'en ai besoin, comme tu en as besoin, quoi que tu dises.

– Mais comment investir ?

– L'argent n'est pas cher, emprunte tout ce qu'il faut et, au besoin, gage les métairies.

– J'ai déjà commencé.

– Je sais, mais tu ne peux pas t'arrêter en chemin, sinon cela ne servira à rien.

Je lui fis observer que c'était dangereux.

– Il n'y a pas d'autre moyen de gagner ce combat, tu le sais aussi bien que moi.

– En tout cas, je ne gagerai jamais la réserve ni le château.

– Nous sommes bien d'accord, Fabien : ni la réserve, ni le château.

Et comme je réfléchissais, plongé dans des pensées mesurant les risques qu'impliquait une telle décision, il ajouta :

– N'oublie pas que tu as un fils.

– Je ne l'oublie pas.

– Alors tout va bien.

Cet optimisme de Thibaut me fut d'un grand secours. Tout au long de son séjour, il s'employa à me communiquer sa confiance, à démontrer qu'il avait raison, que le monde des affaires était en ébullition et qu'il n'était pas possible de rester à l'écart sous peine de disparaître. Contrairement à ce que j'avais redouté, ce Noël-là fut un Noël heureux, sans neige sur les chemins, mais avec une messe de minuit et un réveillon pleins de chaleur et de lumière.

Quand Thibaut repartit, trois jours plus tard, un pâle soleil éclairait le haut-fourneau près duquel résonnait la cloche des charges. Thibaut me serra dans ses bras et me dit :

– Je compte sur toi, Fabien, pour qu'elle ne s'arrête jamais.

– Je te le promets, dis-je.

Il s'éloigna, se retourna, monta dans la berline que je regardai disparaître derrière les portes ouvertes par Martin, espérant en moi-même qu'il reviendrait vite, ce frère près duquel je me sentais invulnérable.

Les trois années qui passèrent furent des années de démarches et de travaux, afin de mener à bien la modernisation que nous avions jugée, Thibaut et moi, indispensable. Je pris quand même le temps de me rendre à son mariage, à Paris, où je logeai rue Saint-Dominique, tout près des Invalides. Je n'étais jamais allé dans la capitale, Florine non plus, et nous y passâmes dix jours, trop loin de notre fils qui nous manquait beaucoup, car nous l'avions laissé aux bons soins de Maria, de Louisa et Martin. Thibaut et Louise nous emmenèrent partout, dans ce Paris qui, sous la férule du baron Haussmann, était un immense chantier : on y bâtissait le théâtre de l'Opéra, on dégageait les monuments anciens à l'exemple de Notre-Dame, on construisait les abords du Trocadéro, l'on ouvrait les grands axes de la gare de l'Est à l'Observatoire, et de la Nation à l'Étoile. Nous revînmes épuisés mais éblouis à Grandval, après des repas mondains où nous avions côtoyé, sans trop nous en soucier, des ducs et des duchesses auxquels était liée la famille de Louise.

La campagne de fonte s'acheva, avec toujours les mêmes difficultés pour vendre le fer et trouver des ouvriers capables de transformer celui qui était affiné. Heureusement la fonte, elle, se vendait toujours bien. J'allai voir M. Demongeot, afin de trouver des solutions techniques pour remplacer la main-d'œuvre manquante. Il en était à l'étude d'un four qui permettrait de réduire au minimum le phosphore du fer, mais, malgré les efforts de Pierre Fourcade, il rencontrait de grandes difficultés pour le mettre au point. En revanche il préconisait la construction d'une halle pour le coke, auquel il s'était rallié pour les mêmes raisons que moi. Rien de très nouveau, donc, sinon un perfectionnement de la soufflerie à vapeur et du marteau-pilon hydraulique qui fonctionnaient déjà, à Grandval comme à Calvignac.

Comme j'achetais désormais du coke, j'avais de mon côté étudié la possibilité de construire un gazogène qui fournirait le gaz au four à puddler à la place du récupérateur de chaleur dont le souffle se révélait souvent insuffisant. J'en escomptais une meilleure combustion et donc un fer de meilleure qualité. M. Demongeot, lui, hésitait devant une telle solution, en raison de l'importance de l'investissement et des risques de ne pouvoir écouler le fer malgré sa qualité. Mais Thibaut, en plus de sa confiance, m'avait insufflé une grande part de sa force et j'étais bien décidé à relever le défi de la concurrence étrangère.

J'obtins les prêts sans difficulté, puisque telle était la politique économique du gouvernement, mais je dus apporter en garantie la métairie des Janissoux, ce que j'acceptai sans hésiter, malgré les mises en garde du père de Florine qui s'inquiétait de toutes ces hypothèques. Je lançai les travaux sans tarder, heureux de cette initiative qui laissait envisager un avenir meilleur.

Florine, comme Thibaut, m'approuvait. Elle ne

doutait pas de ma réussite – de notre réussite – et je la tenais au courant de toutes mes démarches, car je ne voulais surtout pas qu'elle mène la vie de ma mère, qui était demeurée à l'écart de tout ce qui concernait le domaine et qui aurait été bien incapable de faire face si je n'étais pas revenu à Grandval. Florine avait repris ses promenades habituelles, sur sa jument grise, dont elle rentrait essoufflée mais heureuse. Elle ne parlait jamais de l'enfant que nous avions perdu, elle s'était tournée vers l'avenir, au contraire, et veillait sur Pierre qui grandissait en partageant sa passion pour les chevaux, et bien des secrets auxquels je n'avais pas accès, tant leur complicité était grande.

Souvent, quand je partais de Grandval, je pensais à Lina et j'imaginais que j'allais la rencontrer, comme cet après-midi de printemps à Périgueux, sous les marronniers des allées Tourny. Non pas pour faillir à notre résolution, mais simplement pour savoir ce qu'elle devenait et si elle n'était pas dans le besoin. Aussi, à Périgueux, malgré moi, je montais toujours vers la vieille ville, errais dans la rue où elle avait vécu, sursautais devant telle ou telle silhouette aperçue au loin, des cheveux bruns tombant sur des épaules, une démarche qui me paraissait semblable à celle que, décidément, je ne pouvais oublier.

J'étais persuadé qu'elle n'était pas loin, qu'elle savait ce qui se passait à Grandval, mais j'étais certain aussi qu'elle ne se manifesterait plus, sauf si elle ne pouvait agir autrement : c'est-à-dire pour des raisons vitales, en cas de grave maladie ou de détresse. Je redoutais donc, finalement, de recevoir un jour un message de sa part, car il ne pourrait m'annoncer qu'un malheur. Je le redoutais et cependant je l'espérais, car certains jours la conscience aiguë de cette perte, de la vie sans elle, venait me frapper au cœur. J'en souffrais mentalement autant que physiquement, et cette souffrance était exaspérée par la présence de Florine qui m'était toujours aussi chère et aussi précieuse.

Pourquoi écrire cela ? Et comment faire comprendre l'incompréhensible ? On ne fait pas si facilement ce genre de confidences. Et d'ailleurs est-ce bien nécessaire ? Je l'ignore. Si je m'y résous, à la réflexion, c'est que j'ai besoin de me justifier aux yeux de ceux qui me sont chers. Et aussi parce que, à l'époque, j'ignorais que la vie nous réserve autant de douleurs que de surprises, et que du pire elle sait parfois faire surgir le meilleur.

Malheureusement, des tourments de ce temps-là émergea bientôt la perspective d'une guerre que souhaitaient la France aussi bien que la Prusse. Je la redoutais pour Thibaut, je m'y refusais de toutes mes forces, mais elle était inévitable car l'impératrice avait jadis reproché à l'Empereur de n'avoir pas aidé l'Autriche catholique contre la Prusse, et Bismarck, de son côté, comptait mener à terme l'unité de l'Allemagne aux dépens de la France en allumant un incendie nationaliste.

Sous le magnifique soleil de l'été, ce 17 juillet, à la tombée de la nuit, alors que je venais de prendre dans l'Auvézère un bain aussi délicieux que ceux que je partageais avec Thibaut, Florine m'attendait sur la terrasse pour m'apprendre que le maire était venu à Grandval nous prévenir : le corps législatif venait d'approuver la déclaration de guerre à la Prusse.

TROISIÈME PARTIE

Les cendres

9

Je me suis arrêté d'écrire pendant une huitaine de jours, sans doute parce que j'ai beaucoup de mal à évoquer – à justifier – ce qui me liait à Lina, mais surtout parce que je vis aujourd'hui un été aussi chaud, aussi beau que celui de la guerre, quand, entre foins et moissons, les armes se préparaient et les troupes couraient aux frontières. Et je sais trop ce que cela signifiait : beaucoup d'hommes allaient mourir, rien ne serait plus jamais comme avant. Je le pressentais au mois de juillet 1870, sous le ciel d'un bleu si profond qu'il me serrait le cœur, tandis que je me demandais si Thibaut voyait le même, là-haut, en Alsace ou en Lorraine, sur les frontières où je pouvais le perdre, lui aussi, à tout jamais.

La cloche des charges s'était tue, on préparait les moissons sans les hommes les plus jeunes qui avaient été mobilisés. Mestre se démenait comme il pouvait, aiguisait lui-même les faucilles, définissait l'ordre de priorité des métairies, réquisitionnait les femmes, évitait de penser à son fils qui était parti. Les moissons s'annonçaient belles mais je n'étais préoccupé que du sort de Thibaut, et j'attendais les nouvelles avec impatience. En raison de la censure, elles arrivaient déformées par les journaux, et les rumeurs les plus folles couraient les campagnes. Certaines prétendaient que l'armée française n'avait fait qu'une bouchée des troupes prussiennes sur le Rhin, d'autres que les Prussiens, au contraire, étaient entrés en Lorraine. La vérité, nous l'apprîmes plus tard, était beaucoup plus tragique : Mac-Mahon, battu à Wissembourg et à Reichshoffen, faisait retraite vers Paris en abandonnant l'Alsace à l'ennemi, et Bazaine, en Lorraine, s'était laissé enfermer dans Metz. Nous gardions espoir tout de même, car l'armée s'était regroupée pour porter secours à Bazaine et nous pensions qu'elle allait pouvoir desserrer l'étau qui s'était impitoyablement refermé sur elle. C'est pourquoi la nouvelle de la capitulation de l'Empereur à Sedan, que nous apprîmes le lendemain, 3 septembre, nous emplit de stupeur.

Moi, je n'avais qu'une obsession en tête : le sort de Thibaut. Ni la République proclamée le 4 septembre, ni la résistance à l'ennemi qui se poursuivait sur la Loire et dans le Nord malgré la capitulation de l'Empereur ne me détournèrent de mes pensées pour ce frère que j'aimais tant. Fin septembre, vers midi, alors que je rentrais de la Borderie où j'étais allé avec Mestre mesurer le degré d'alcool du vin qui bouillait dans les cuves, Florine m'attendait dans le parc, une lettre à la main. Elle n'avait pas ouvert cette lettre qui venait de Paris, mais elle me la tendit en tremblant, comme si elle avait deviné ce qu'elle contenait.

C'était effectivement une lettre de Louise, la femme de Thibaut, que je lus à l'écart, sur le petit banc entre les buis, incapable sur l'instant de croire aux mots qui dansaient devant mes yeux : Thibaut avait été tué à Sedan, sous les canons prussiens qui bombardaient l'armée de secours conduite par l'Empereur. Louise avait pu récupérer son corps qu'elle se proposait de faire ensevelir à Paris et m'en demandait l'autorisation.

Je tendis la lettre à Florine et, sans un mot, je repartis avec le coupé sur les chemins du domaine que nous avions tant parcourus, mon frère et moi, au temps où la vie ne nous menaçait pas, ni lui ni moi. Je montai vers les collines, attachai le cheval à un petit chêne, et je m'assis pour contempler la vallée que Thibaut ne verrait plus jamais. Mes yeux ne distinguaient plus rien, cet après-midi-là, trop de larmes les embuaient à l'idée que j'étais seul, désormais, malgré Florine, malgré mon fils, malgré ma mère, pour veiller sur le domaine que Thibaut avait déserté pour toujours. Je ne m'inquiétais pas de ma mère, car je savais que Florine trouverait les mots et veillerait sur elle en attendant mon retour, j'étais tout entier absorbé par le souvenir de ce frère qui avait tellement embelli ma vie, partageant mes secrets sans jamais me trahir, silhouette précieuse qu'il me semblait apercevoir en bas, dans les prés, de temps en temps, mais qui s'évanouissait dès que mes yeux s'éclaircissaient, avec, chaque fois, la sensation d'un coup de couteau dans le cœur.

Il me fallut rentrer, car on devait s'inquiéter pour moi. Pourtant je m'arrêtai en cours de route et je fis une chose bizarre, dont le souvenir me hante encore : la chaleur pesait sur la vallée, en cette fin septembre, et j'eus l'envie de me baigner dans l'Auvézère en apercevant l'eau depuis un pont. Il y avait dans le remous, un peu en amont, un trou de plus de deux mètres où nous avions l'habitude de nager, Thibaut et moi, malgré l'interdiction de notre père, qui y voyait un grand danger. Je me déshabillai et descendis dans l'eau qui était encore chaude de la chaleur de la terre emmagasinée pendant l'été. Je me laissai couler, et, les yeux grands ouverts, cherchai Thibaut comme cette fois où il avait tardé à remonter et où j'avais plongé à son secours. Avais-je envie, ou besoin, de le rejoindre là où il était, ou voulais-je l'aider, simplement, comme cette fois-là ? Je ne le sais toujours pas, malgré le temps passé et le fait que j'aie repensé souvent à cette baignade. Ce que je sais, c'est que j'ai mis très longtemps à remonter, et qu'au moment où j'ai émergé, je me trouvais à l'extrême limite de l'évanouissement. Pourtant quelque chose – une idée, une sensation, une nécessité ? – m'avait fait pencher du côté de la vie. Qu'importe ! Le souvenir de ces instants-là, de ce chemin si périlleux vers lui, m'a toujours été très précieux, et je l'ai soigneusement entretenu dans ma mémoire.

A mon retour, je ne pus prononcer un mot : c'était comme si j'avais perdu la parole en perdant Thibaut. J'embrassai ma mère, Florine et mon fils, puis j'allai m'enfermer dans mon bureau pour une nuit qui fut évidemment une nuit sans sommeil, mais au cours de laquelle m'apparut une évidence : Thibaut ne pouvait être enseveli à Paris. Il devait l'être ici, près de notre père, dans le domaine de Grandval, au cœur des terres de la Borderie, sous le bouquet de frênes d'où l'on apercevait toute la réserve mais aussi la forge et le toit du château. Pour être sûr de fléchir Louise, plutôt que d'écrire, je décidai d'aller à Paris sans tarder.

Je partis le surlendemain, après une journée de préparatifs qui, heureusement, occupèrent assez mes pensées pour me faire par moments oublier ma douleur.

A Paris, je trouvai Louise anéantie mais soutenue par son père et sa mère, que je n'eus pas de mal à convaincre, car depuis la première lettre, ils avaient retrouvé le testament de Thibaut, lequel demandait : « En cas de malheur » de reposer à Grandval. Il fallait agir vite : à cause de la chaleur de cette fin septembre, le corps, récupéré tardivement, se décomposait rapidement. Nous le fîmes transporter dans un fourgon spécialement aménagé, et Thibaut – que je n'avais pas voulu revoir, souhaitant garder en mémoire le visage de mon frère vivant et souriant – fut porté en terre à côté de son père, au cœur du domaine qu'il avait parcouru si souvent. Il faisait toujours aussi beau, cet après-midi-là, tandis que le curé de Saint-Martial bénissait la tombe toute simple, après une messe à l'église à laquelle avaient assisté plus de deux cents personnes. Un rayon de soleil, glissant entre les feuilles des frênes, se posa sur le cercueil avant que la terre ne tombe. J'y vis le présage d'une paix chaude et heureuse, et dès lors, rasséréné par le fait d'avoir réuni mon père et mon frère au sein de Grandval, je pus reprendre le fil de la vie, ma souffrance bercée par la pensée de ces deux hommes qui, tout près, malgré leur sommeil éternel, continuaient de veiller sur moi.

Les trois années qui passèrent furent des années difficiles, pour le pays comme pour Grandval. La Commune de Paris, symbole de la résistance ouvrière à la République des notables élus en février 1871, fut réprimée dans le sang. Pour quitter le territoire, les Prussiens réclamaient cinq milliards de francs, plus l'Alsace et la Lorraine. Thiers, qui personnifiait le parti de l'ordre, finit par trahir les monarchistes en se ralliant à la cause républicaine qu'il jugeait tout compte fait assez rassurante. Je l'avais soutenu, comme les notables du Périgord que les électeurs, écœurés par la défaite honteuse de l'Empire, avaient envoyés en nombre à l'Assemblée aux élections de 1871. Pour moi, à cette époque-là, la République représentait encore le parti des socialistes et de l'insurrection ouvrière. Et pourtant aucune agitation ne se manifestait à la forge, car les ouvriers, contrairement à ceux des villes, étaient attachés à la terre et vivaient mieux que les urbains. En outre, la plupart des familles avaient vu mourir un enfant au cours de la guerre, et elles en souffraient en silence, cherchant dans le travail du fer comme dans celui des champs une raison d'espérer.

Heureusement, dans cette période si agitée, ayant mené à bien la construction du gazogène, j'avais constaté que je pouvais affiner la fonte comme j'affinais le fer, et je la vendais beaucoup plus cher que lorsqu'elle était brute. J'avais donc amorcé un repli vers cette qualité de fonte, diminuant la fabrication du fer qui se vendait toujours aussi mal. Par ailleurs, les produits dérivés du fer, que j'écoulais en Périgord et en Limousin, se vendaient de mieux en mieux aux artisans et aux paysans, du fait qu'ils remplaçaient un matériel ancien et devaient faire face, eux aussi, au manque de bras, aggravé encore par la guerre. Si bien que ces années-là semblèrent donner raison à Thibaut, et que je m'employai de toutes mes forces à rentabiliser les installations qu'il m'avait poussé à réaliser.

Il me manquait autant qu'il manquait à ma mère, qui d'ailleurs ne lui survécut pas plus de deux ans. A bout de forces, elle s'éteignit un soir de décembre, silhouette fragile et tellement amaigrie qu'elle n'avait plus que la peau sur les os. J'étais seul, désormais, avec Florine et Pierre qui allait sur ses treize ans, et qui, nous l'avions décidé, rentrerait en septembre prochain au collège, à Périgueux. En effet, il ne s'intéressait guère aux leçons que lui dispensait sa mère, ne pensait qu'à courir le domaine, à pêcher dans l'Auvézère, à côtoyer les paysans à la belle saison, les ouvriers à la forge où, à douze ans, je lui avais demandé d'allumer le foyer comme je l'avais fait à son âge, en ce jour lointain où j'avais vu Lina pour la première fois.

C'était un enfant d'une intelligence remarquable, à qui il suffisait de lire un texte une seule fois pour se le rappeler définitivement. Je ne doutais pas qu'il ferait de brillantes études d'ingénieur, et qu'il reviendrait à Grandval pour prendre ma suite et assurer la perennité de la forge et du domaine. Cette idée-là me poussait à relever tous les défis, maintenant que Thibaut était mort, et que la lassitude m'envahissait parfois, les soirs de grande difficulté, quand je ne trouvais pas d'acheteur pour le peu d'acier qui sortait du four à puddler, au point que je dus en limiter la production à ce qui était nécessaire aux produits dérivés.

Cette année-là, Florine et moi n'avions pas mesuré à quel point la séparation d'avec Pierre serait douloureuse. L'automne était beau, craquant de feuilles sèches, de vents tièdes, parcouru de parfums lourds. Le matin où nous partîmes pour Périgueux, Pierre était assis face à nous, la mine sombre, après m'avoir supplié, chaque jour qui avait précédé le départ, de ne pas l'éloigner de Grandval. Je m'étais souvenu de cette période de souffrance que j'avais si mal vécue à Saint-Étienne, et j'avais failli céder, mais Florine était venue à mon secours : elle avait deviné chez son fils de grandes capacités à apprendre et elle rêvait pour lui d'un destin brillant, plus tard, peut-être dans ce Paris qui l'avait tant éblouie lors de notre séjour, à l'occasion du mariage de Thibaut.

Il faisait un beau soleil, en ce milieu de matinée de la fin septembre, tandis que dans les champs les paysans ramassaient les noix ou procédaient aux premiers labours d'automne. Nous étions partis avant le jour, de manière à arriver vers midi, et malgré moi, dans le silence de la voiture, je pensais à Lina. Je n'avais pas du tout l'intention d'emmener Florine et mon fils à l'auberge du Vieux Logis ni de m'approcher de la vieille ville. Je connaissais une autre auberge, en bas, près des allées Tourny, d'où le collège n'était pas très éloigné.

– Tu reviendras à Grandval chaque mois, répétait Florine à Pierre. Ce n'est pas long, un mois. Tu verras, tu t'habitueras très vite.

Buté, la tête baissée, il ne répondait pas et je m'imaginais à treize ans contraint de quitter le domaine. Quelle douleur avait été la mienne ! Je m'en voulais, et je suis certain que si Florine n'avait pas été là, j'aurais fait demi-tour. Qui sait si le destin de mon fils, alors, n'eût pas été totalement différent ? A quoi tiennent nos vies ? A un geste, une parole que l'on prononce ou pas ; à un regard, celui qu'aurait pu lever sur moi mon fils, au lieu de garder la tête baissée, muré dans son chagrin.

Une fois à Périgueux, la roue du destin avait tourné. A midi nous mangions à l'auberge des Allées, à deux heures, nous installions Pierre dans le grand dortoir du collège qui sentait la cire, à trois heures nous repartions. Je n'ai jamais pu oublier son visage froid, lourd de reproche, derrière les grilles, alors que je sentais Florine, à l'instant de la séparation, prête à capituler. Ce n'est qu'une fois dans la voiture qu'elle laissa couler quelques larmes et que je la serrai dans mes bras en disant :

– Il le faut, c'est toi-même qui me l'as dit. Tu verras, il reviendra plus fort à Grandval.

Elle devait avoir l'intuition d'une séparation définitive, car elle tremblait dans mes bras, mais elle avait jugé une fois pour toutes que son fils était apte à de brillantes études et souhaitait pour son avenir les meilleurs professeurs. Nous ne parlâmes guère plus qu'au matin, sur ce chemin du retour que doraient les derniers rayons du soleil, attentifs seulement à ne pas aviver la souffrance provoquée par l'absence d'un fils qui ne nous avait jamais quittés depuis sa naissance.

Trois autres années passèrent, qui furent des années difficiles pour elle et pour moi, en raison du vide créé par cette absence. Heureusement, les qualités dont Pierre faisait preuve à Périgueux lui valaient les félicitations de ses professeurs et nous démontraient que nous ne l'avions pas engagé dans une voie sans issue, bien au contraire : tous lui prédisaient un avenir brillant. S'il souffrit la première année, il finit par s'habituer, et, quand les vacances finissaient, il repartait avec de moins en moins de chagrin. J'eus alors le soupçon qu'il pourrait nous échapper entièrement un jour, mais je n'eus pas le cœur d'en parler à Florine, alors que nous étions très proches, maintenant, et qu'elle m'aidait de plus en plus, dans les affaires de la forge et la gestion du domaine.

Curieusement, malgré les incertitudes politiques, l'activité économique était en plein essor. Mac-Mahon, le président de la République, avait nommé le duc De Broglie chef du gouvernement, mais c'était en réalité une république de ducs qui avait été instaurée, avec notamment l'appui de l'Église, et non une république qui aurait favorisé les émeutes ouvrières et les « erreurs civiles ». Dans les campagnes, on multipliait les processions, on plantait solennellement des croix dans les villages et on lançait des missions pour développer le culte de la Vierge Marie, auquel le Vatican avait donné une vive impulsion depuis 1870. Cet « ordre moral » favorisait un renouveau de l'influence des notables – dont je faisais partie, mais, malgré les pressions, sans jamais m'engager en politique. J'avais bien assez de sujets de préoccupation dans le domaine où certains jeunes n'étaient pas revenus de la guerre, et où le manque de bras se faisait toujours cruellement sentir.

Cependant, la cloche des charges et le grondement du haut-fourneau continuaient d'habiter la vallée, où l'Auvézère coulait paisiblement entre les peupliers. Cette permanence des lieux et des choses m'aidait beaucoup, elle me semblait devoir durer toujours puisqu'elle existait depuis toujours. Les mêmes collines vertes veillaient sur le domaine, les mêmes gens, ou presque, se penchaient sur la terre, les mêmes ouvriers canalisaient la lave brûlante qui jaillissait du four dans des éclats violents, pleins de vie et de fureur. Je n'étais jamais si heureux que lorsque je pénétrais dans la halle de coulée ou lorsque je parcourais le domaine, entre des champs et des prés dont chaque parcelle, chaque borne m'était familière.

Et ce fut un soir d'octobre, où, précisément, je revenais de la métairie de la Fondial, qu'un homme se mit en travers du chemin, arrêtant le cheval qui tirait le cabriolet. C'était une sorte de vagabond plutôt âgé, vêtu de hardes, barbu, qui ne m'apparut pas du tout menaçant mais incontestablement déterminé à me parler. Il me demanda si j'étais bien Fabien Grandval et me dit qu'il avait un pli à me remettre de la part d'une femme. Comme je lui confirmais que j'étais bien celui qu'il cherchait, il sortit de ses frusques une enveloppe qu'il me tendit en disant :

– Voilà pour vous.

Et comme je lui demandais s'il avait besoin de quelque chose, il me répondit qu'il avait été payé, puis il fit volte-face et s'éloigna sans que je songe à le rattraper. Car déjà je savais qui m'envoyait cette lettre, et je déchirai l'enveloppe avec des doigts tremblants. Elle était brève, cette missive aux mots tracés malhabilement, et elle était grave, je le compris tout de suite, sans quoi Lina ne me l'aurait pas envoyée.

Elle disait seulement : « S'il te plaît, Fabien, viens vite. »

Et il y avait une adresse, sous cette seule phrase qui m'avait empli d'un froid glacial : « Place du Foirail, Terrasson-Lavilledieu ».

Je rentrai fort préoccupé et annonçai à Florine que je devais me rendre dès le lendemain à Terrasson pour y visiter un grossiste en socs et versoirs. Elle comprit évidemment que quelque chose n'allait pas, mais c'était une femme naturellement indulgente, et respectueuse de ma liberté d'aller et venir. Au reste, il m'arrivait régulièrement de démarcher les grossistes en matériel, et ce voyage à Terrasson-Lavilledieu n'était pas du tout anormal.

Je dormis très mal, me levai à cinq heures du matin, et partis avec le coupé vers Hautefort, par cette route que je connaissais si bien et que j'aimais, pour l'avoir parcourue souvent lors de mes fréquentes visites chez le père de Florine, au moment de la succession de mon père. A Saint-Agnan, je tournai à droite et pris la route de Saint-Rabier, qui montait d'abord puis descendait en pente douce entre des bois de chênes et de sapins, vers la grand-route de Lyon à Bordeaux, plus précisément de Brive à Périgueux. C'était un mois d'octobre déjà froid, parcouru de précoces rafales de vent qui avaient dépouillé le faîte des trembles jaunissant au bord des ruisseaux. Il y avait beaucoup de voitures sur la route à cause du marché qui se tenait ce jour-là à Terrasson où j'arrivai vers onze heures du matin, et je ne pus franchir le vieux pont sur la Vézère à cause des encombrements.

Je partis donc à pied vers la ville haute, où se tenaient précisément le foirail et le logement de Lina. La place était encombrée d'étals divers, de volailles, de charrettes, de chevaux, d'une foule noire au sein de laquelle il était difficile de se frayer un chemin. Une fois là-haut, j'entrai dans une mercerie pour demander si on connaissait Lina Lestrade, qui ne pouvait pas être loin. La mercière, une femme joufflue et qui portait deux petites griffes de moustache au coin de la lèvre supérieure, me renseigna sans difficulté et me dit d'un air affligé :

– Mon pauvre monsieur, si vous êtes de sa famille, vous arrivez sans doute trop tard.

Glacé par ces paroles, je gagnai l'endroit indiqué, qui se situait tout en haut du foirail – une grande maison à trois étages, dont Lina occupait le rez-de-chaussée. Quand je frappai à la porte, personne ne répondit. Je frappai plus fort, plusieurs fois, mais en vain. Enfin une voisine apparut et me dit qu'il fallait entrer, que Mme Lestrade n'avait pas la force de se lever.

– La pauvre femme, me dit-elle, elle n'a personne pour s'occuper d'elle.

Je poussai la porte qui s'ouvrit d'elle-même, et, face à ce qui apparut devant mes yeux, une grande culpabilité me saisit : ce n'était pas un vrai logement, mais un taudis qu'habitait Lina, avec un plancher crevé, des murs lépreux, un châlit où une forme humaine dormait et ne réagit même pas quand je m'approchai. Le souffle court, bouleversé, je m'assis au bord du matelas, murmurai :

– Lina, c'est moi.

Elle me tournait le dos, parut ne pas entendre.

– Lina, c'est moi, je suis venu.

J'entendis un gémissement, elle parvint alors à se tourner vers moi et ce que je découvris d'elle me transit : un pauvre visage émacié d'où émergeaient seulement ses yeux bleus, mais sans aucun éclat, comme si la vie les avait quittés.

– Fabien, fit-elle avec un mince filet de voix.

Je lui pris les mains, les serrai dans les miennes, elles étaient glacées.

– Fabien, je vais mourir, fit-elle d'une voix à peine audible.

– Mais non, lui dis-je, je suis là, je vais m'occuper de toi, tu vas guérir.

Je me penchai vers elle, posai ma joue entre son cou et son épaule brûlants de fièvre, écrasé par ce que je venais de découvrir de cette femme qui vivait dans la misère et la maladie pour respecter notre serment.

– Depuis combien de temps es-tu comme ça ? demandai-je.

– Je ne sais plus.

– Pourquoi ne m'as-tu pas prévenu avant ?

– Tu le sais bien, Fabien.

– Je serais venu.

– Mais oui, je sais que tu serais venu. Je n'ai pas voulu te déranger, simplement te voir une dernière fois.

– N'aie pas peur, je suis là maintenant. Je vais chercher un médecin.

– Non, ne t'en va pas. Reste auprès de moi.

Je me redressai en disant :

– Je n'en ai pas pour longtemps : quelques minutes seulement.

– Non, Fabien, non, s'il te plaît.

– Juste quelques minutes. Je reviens tout de suite.

Elle eut un gémissement quand je m'arrachai à elle, mais je sortis cependant et me rendis chez la voisine pour lui demander d'aller chercher un médecin.

– Il est déjà venu, me dit-elle, mais il ne sait plus quoi faire, vous savez, c'est comme si le mal la rongeait de l'intérieur.

– Allez-y, je vous en prie.

Je repartis chez Lina, m'assis de nouveau sur le lit, épongeai son front brûlant de fièvre, lui reprochai encore de ne m'avoir pas prévenu plus tôt, mais elle n'avait même plus la force de parler. De longues minutes passèrent, ses mains dans les miennes, dans une attente qui n'était pas vraiment angoissée, du moins en ce qui me concernait, car je l'avais retrouvée et il me semblait que rien de grave ne pouvait plus advenir.

Quand le médecin entra dans la chambre, une heure plus tard, j'avais posé ma tête sur sa poitrine, et il me le reprocha en disant :

– Et si elle est contagieuse, vous serez bien avancé !

C'était un homme épais, au regard lourd, aux bras énormes, mais qui me parut plein d'humanité.

– Vous êtes un parent ? me demanda-t-il.

– Oui.

– Vous auriez pu vous manifester plus tôt.

– Je ne savais pas qu'elle était malade. Qu'est-ce qu'elle a, au juste ?

– Qu'est-ce qu'elle a ? Qu'est-ce qu'elle a ? répéta-t-il. Vous tenez vraiment à le savoir ?

– Je suis venu pour ça et pour la faire soigner.

– La faire soigner, vous croyez que c'est facile !

Il ajouta, de la colère dans la voix :

– Une pneumonie chaque hiver, un travail qui l'épuise aux tanneries dans le froid et l'humidité, jamais de viande à manger, et un logement sans chauffage. Voilà ce qu'elle a. Elle est épuisée, cette pauvre femme, il faudrait la faire hospitaliser.

– Je vais m'en occuper dès aujourd'hui, dis-je.

Ses yeux couleur de châtaigne se posèrent sur moi comme s'il me voyait pour la première fois.

– Il faudrait la conduire à Périgueux, en espérant qu'elle supportera le voyage.

– Je peux l'emmener.

– Quand ?

– Tout de suite.

– Vous avez une voiture ?

– Oui, en bas, de l'autre côté du pont.

– Eh bien allez-y ! Je vous écris un mot pour le médecin-chef et je vous envoie mon cocher.

Et comme je le dévisageais sans comprendre :

– Il faudra que vous la teniez au chaud pendant le voyage.

Voilà comment, une demi-heure plus tard, je me retrouvai sur la route de Périgueux dans mon coupé, avec Lina appuyée contre moi et que j'avais entourée de mes bras. Ma tête sur ses longs cheveux noirs, je la serrais très fort en écoutant battre son cœur, retrouvant des sensations oubliées, lui disant combien je regrettais de l'avoir tenue loin de moi, de l'avoir abandonnée. De temps en temps, elle me disait dans un murmure :

– Je me sens mieux, Fabien.

Puis elle retombait dans sa torpeur en respirant faiblement. De ce voyage au cœur d'un automne flamboyant je garde aujourd'hui la sensation précieuse d'un monde où nous étions seuls pour toujours, avec l'espoir un peu fou que nous n'arriverions jamais.

Nous arrivâmes, cependant, peu avant la nuit, et grâce à la lettre de recommandation du médecin de Terrasson, je pus faire admettre Lina dans le service de celui qu'il connaissait et qui s'appelait M. Ladurantie. Il l'examina rapidement puis la fit conduire dans une salle commune où une infirmière, aussitôt, s'occupa d'elle. J'eus du mal à la quitter, car elle ne voulait pas lâcher mes mains, et je dus lui promettre de revenir très vite. Ce que je fis, après une très mauvaise nuit que je passai à songer à elle mais aussi à Florine qui devait s'inquiéter.

Le lendemain, le médecin-chef me confia qu'il craignait que Lina ne soit atteinte de phtisie, car elle toussait beaucoup.

– Dans quelques jours, si elle passe le cap, je vous dirai vraiment ce qu'il en est et si nous pouvons agir. En attendant, rentrez chez vous, vous avez fait tout ce que vous deviez faire.

Il ne me fut pas facile de quitter Lina, car elle me suppliait de rester :

– Ne t'en va pas, Fabien. Si je reste seule, je vais mourir.

Mais je partis vers Grandval, où une autre épreuve m'attendait : confier à Florine les raisons de mon absence. En réalité, ce ne fut pas si difficile : quand je lui avouai que j'avais conduit à Périgueux une femme très malade que j'avais connue au domaine il y avait longtemps, elle me répondit sans la moindre arrière-pensée :

– Tu as eu raison. Il faudra prendre de ses nouvelles.

Je la reconnus bien là, dans sa générosité et sa confiance, mais je n'en fus pas troublé, car nous avions tenu notre serment, Lina et moi, et j'étais persuadé qu'il en serait ainsi à l'avenir. Aussi, après avoir réglé les problèmes d'approvisionnement en coke de la campagne de fonte qui devait commencer la semaine suivante, je repartis trois jours plus tard à Périgueux, où le médecin-chef me confia qu'il pensait la tirer d'affaire, mais qu'il ne fallait plus qu'elle travaille dans le froid et l'humidité de la tannerie.

– Je vais la garder deux semaines, conclut-il. Ensuite, s'il n'y a pas de complications, vous pourrez l'emmener.

Quand j'allai voir Lina, dans la chambre commune, elle me parut moins souffrante et elle me dit, d'une voix d'enfant :

– Tu vois, Fabien, je mourais seulement de ne plus te voir.

Et elle ajouta, avec un faible sourire :

– Maintenant je vais mieux.

Je lui expliquai qu'elle ne pouvait plus rester aux tanneries, qu'elle devait quitter Terrasson, et elle me répondit calmement :

– Mais je dois travailler, Fabien.

Elle était appuyée contre un oreiller, à moitié redressée, et ses cheveux noirs, défaits, soulignaient la pâleur de son visage. Ses grands yeux couleur de glycine avaient retrouvé un peu d'éclat, mais ils semblaient effrayés, comme si perdre son travail était plus grave que perdre la vie.

– Je te trouverai un autre travail, dis-je, et aussi un autre logement.

– Ainsi tu sauras où j'habite, Fabien, et il ne le faut pas : nous ne serons pas assez forts.

– Il le faut. Je ne supporterai plus de te savoir malade et dans le besoin.

– Je ne sais pas où aller.

– Je trouverai, ne t'inquiète pas.

Elle me dévisagea un long moment en silence, puis :

– Ce n'est pas du travail, du froid et de l'humidité dont je mourais, Fabien, c'était de ton absence. Et ce sera pareil ailleurs.

– Je passerai te voir.

Et comme elle secouait la tête, sachant ce qu'impliquaient ces quelques mots :

– En ami, ajoutai-je.

Elle sourit, murmura :

– Je n'ai jamais eu d'ami, Fabien, je n'ai eu que toi : tu as pris toute la place dans ma tête et dans ma vie.

– Il faut un début à tout, dis-je, mais ma voix ne portait pas assez de conviction pour la convaincre.

Elle voulut pourtant feindre de l'admettre. Elle soupira, murmura avec un sourire de dérision :

– Fabien, mon ami.

L'un comme l'autre, nous savions très bien dans quelle voie dangereuse nous nous engagions, mais il n'y avait pas d'autre remède à une séparation devenue mortelle pour elle. Je la quittai, ce jour-là, à la fois rassuré et très inquiet d'un avenir qui s'annonçait terriblement difficile.

Quand Florine me demanda des nouvelles de « cette femme malade à Périgueux », je lui répondis qu'elle allait mieux mais qu'elle devait trouver un autre travail que celui des tanneries.

– Prenons-la ici, me dit-elle. Elle aidera Louisa et Maria.

– Non, répondis-je très vite, elle n'acceptera jamais de revenir ici, car sa famille a eu trop de problèmes avec mon père.

– Il y a longtemps, je suppose, et ton père n'est plus là.

– Elle n'acceptera pas.

– Même si c'est moi qui le lui propose ?

– Même si c'est toi.

– Tu la connais donc si bien ?

– Oui, je l'ai bien connue.

Ses yeux croisèrent les miens, semblant les interroger, mais Florine était claire comme une eau de source et elle reprit d'un ton égal :

– Je vais demander à mon père de lui trouver une place à Hautefort.

Je ne pouvais pas refuser sans éveiller en elle de réels soupçons. En même temps, je savais que si Florine intervenait en faveur de Lina, sans le vouloir elle coupait définitivement le lien qui me rattachait à elle, car je ne pourrais trahir cette belle confiance dont elle faisait preuve.

– La campagne de fonte commence demain, dit-elle, tu n'auras pas le temps de t'en occuper.

– Merci, lui dis-je.

Et je m'éloignai aussitôt en me demandant si j'allais devoir avouer à Lina à qui elle devait un travail et un logement.

Je ne le fis pas, car j'étais certain qu'elle aurait refusé et qu'elle aurait continué de se consumer, loin de moi, dans la misère et la solitude. Au cours des quinze jours qui passèrent, je m'efforçai seulement d'éviter que Florine ne s'intéresse trop à elle et n'aille la voir à Périgueux. Je dus faire un voyage à Ruelle pour vérifier que la fonte affinée me serait payée le même prix que l'année précédente, et tenter d'écouler un peu plus de fer. Après quoi, le grondement du haut-fourneau me fit retrouver un peu de sérénité. Le coke était arrivé à temps et j'avais réussi à conserver les ouvriers que je m'efforçais d'attacher davantage à la terre pendant la saison creuse. Je pus donc, l'esprit plus libre, emmener Lina à Hautefort, après avoir fait déménager ses quelques meubles dans une petite maison située sur la route qui montait droit depuis l'hospice vers le château. J'avais payé six mois de loyer d'avance, il y avait un jardin en terrasse derrière, et mes beaux-parents lui avaient trouvé une place aux cuisines de l'hospice, ce qui l'assurait au moins de manger à sa faim. Quand je l'eus installée, nous nous retrouvâmes seuls dans sa cuisine repeinte à neuf, près de sa chambre dont nous apercevions le lit par la porte ouverte.

– Merci, Fabien, me dit-elle.

– Tu iras mieux, maintenant, n'est-ce pas ?

Elle me dévisagea avec une grande tristesse dans le regard.

– Je sais où tu es. Si tu m'appelles, je viendrai.

– Tu sais bien que tu ne peux pas revenir.

– Mais si, comme aujourd'hui, regarde ! Nous sommes tous les deux.

– Mais tu vas t'en aller.

– Oui, dis-je, je vais m'en aller.

Il y eut un long silence entre nous, puis elle murmura :

– Tu ne comprends donc pas de quoi je suis malade ?

– Si, Lina, je le comprends, mais je ne peux pas rester.

– Je sais, dit-elle. Mais est-ce que tu peux au moins me prendre dans tes bras ?

Je me levai, et je lui dis :

– Viens !

Elle s'approcha, enserra mon torse de ses bras, appuya sa tête contre ma poitrine, et je la serrai contre moi. Nous restâmes ainsi un long moment sans esquisser le moindre geste, puis elle leva la tête et, les yeux pleins de larmes, elle murmura :

– Va-t'en vite.

Ces quelques mots me foudroyèrent et je ne pus me résoudre à dénouer mes bras. Ce fut elle qui se détacha de moi, et elle se réfugia dans sa chambre où, quand elle eut refermé la porte derrière elle, je l'entendis crier, comme elle l'avait déjà fait à Périgueux :

– Va-t'en, Fabien, va-t'en !

Je partis, descendis la rue le plus vite possible, montai dans le coupé que j'avais garé sur la place, et pris rapidement la route de Grandval, étranger à tout ce qui m'entourait, entendant seulement la voix de Lina qui ne cessait de résonner douloureusement à mes oreilles.

10

DEPUIS, j'ai parcouru souvent cette route de Grandval à Hautefort, et chaque fois j'ai pensé à ce jour où j'ai cru l'avoir perdue définitivement. Les semaines et les mois qui suivirent ce déménagement furent heureusement exempts de soucis et de tracas. Je vendais bien la fonte affinée, l'hiver n'était pas trop froid, sans gel ni crues, et, au fond de moi, je savais Lina hors de danger, puisque je pouvais veiller sur elle de très près. Il y eut un Noël joyeux avec Pierre et Florine, un réveillon qui se prolongea jusqu'au petit matin, de longs jours rêveurs près de la cheminée. Un peu de neige tomba en février, grâce à laquelle je pus admirer une fois de plus le rouge éclat du fourneau sur le blanc immaculé, comme un grand manteau de feu gesticulant sur la neige assoupie. Puis un début de printemps précoce alluma sur les coteaux des crépitements de lumière et de verdure dont l'onde douce se répandit en quelques jours sur les branches agitées par le vent du sud.

Les affaires du pays, aussi, s'amélioraient, même si les républicains majoritaires aux dernières élections, avec 600 000 voix de plus que les monarchistes, avaient instauré un régime parlementaire qui avait vidé de son contenu la fonction présidentielle. La stabilité, rétablie au prix de l'élimination des fonctionnaires monarchistes ou de l'Empire, favorisait au moins les affaires et le commerce. On continuait à construire des voies ferrées, des routes et des canaux. Les bonnes récoltes alimentaient le marché intérieur et assuraient la survie des campagnes. Seul, pour moi, l'acier demeurait un problème : le minerai lorrain, désormais traité par le procédé Thomas, donnait un fer d'une qualité incomparable, face auquel ni moi ni personne, en Périgord, ne pouvions lutter.

Cependant, bon an mal an, les ventes de fonte et de produits dérivés couvraient les traites, mais ne me faisaient pas gagner beaucoup d'argent. Nous vivions sur les métairies et la réserve dans une certaine aisance mais pas dans la facilité. Heureux surtout grâce à Pierre qui, à dix-huit ans, réussit le baccalauréat en obtenant la meilleure note du département en latin dans l'épreuve de thème. Nous fêtâmes ce succès à sa juste mesure, c'est-à-dire à la hauteur des sacrifices que nous avions consentis, lui comme nous. Mais cette victoire lui avait donné le goût de l'effort et fait naître en lui d'autres ambitions. Aussi, durant le mois de juillet qui suivit, Florine l'accompagna à Paris où il s'était inscrit pour passer le concours d'entrée à l'École polytechnique. Ils logèrent chez Louise, la femme de Thibaut, y restèrent huit jours, puis revinrent à Grandval pour y attendre les résultats. Pierre m'accompagna alors sur le chemin des métairies au moment des moissons et il y participa, comme moi, avec un plaisir qui me surprit autant qu'il me réjouit.

Quelques années plus tôt, j'avais emmené un enfant au collège à Périgueux et je retrouvais aujourd'hui un homme sûr de lui, qui savait ce qu'il voulait. Il ressemblait beaucoup à Florine, laquelle manifestait une véritable adoration pour lui. Je regrettais, comme elle, de ne pas l'avoir vu grandir, au cours de la séparation nécessaire qui en avait fait un homme mais nous avait privés trop tôt de sa présence. Certes, ses succès justifiaient notre décision lors de ses treize ans, mais le prix que nous avions payé n'était-il pas excessif ? Aujourd'hui, il allait sans doute s'éloigner davantage de Grandval, et peut-être n'y reviendrait-il jamais. Un soir, alors que nous quittions la Borderie, je ne pus m'empêcher de lui faire part de mes interrogations et de mes craintes de l'avenir, pour le domaine, car nous avions appris le matin même qu'il était admis à Polytechnique. Nous nous étions assis à flanc de colline, côte à côte, et jamais, sans doute, je ne m'étais senti plus proche de lui que ce jour-là, dans l'odeur lourde des épis battus sur les aires, sous un ciel d'une grande paix, d'un bleu laiteux, sans le moindre nuage.

– Que deviendra Grandval après moi, dis-je, puisque tu vas vivre ailleurs ?

– Tu n'as que quarante-neuf ans, me répondit-il, et moi, à la fin de mes études, je ne dois que quinze ans à l'armée. Quand j'aurai parcouru le monde, vu tout ce qu'il y a à voir, appris tout ce que j'ai à apprendre, qui sait si mon seul souhait ne sera pas de revenir ici ?

Je crus qu'il prononçait ces mots pour me faire plaisir, mais, me tournant vers lui, je compris qu'il était sincère.

– Je sais toutes les difficultés que tu rencontres, reprit-il, mais nous devons nous persuader que tout ce que je vais vivre me servira plus tard.

Je pensai à mon père, à la manière dont il s'était conduit vis-à-vis de moi, et je ne me sentis le droit ni d'influer davantage sur la vie de mon fils ni de lui arracher une promesse formelle. Aurais-je dû ? Je ne crois pas. La vie m'a montré depuis qu'elle ne fait pas grand cas de nos projets ou de nos rêves. Je pris donc le parti de me satisfaire de ces quelques mots et d'espérer qu'il ne les oublierait pas. La seule chose que je regrette vraiment, c'est de n'avoir pas partagé plus souvent des instants comme celui-là avec mon fils, au cœur de Grandval, dans la seule complicité qui conduise vraiment au bonheur : celle d'un père avec son enfant. Oui, je l'ai regretté souvent, mais on ne peut pas vivre de regrets, et ce fils qui partait, puisqu'il le désirait, s'il avait fallu, je l'y aurais poussé.

Il partit donc, fin septembre, avec Florine qui se chargeait de l'installer à Paris, aidée par Louise, qui avait gardé avec elle – plus qu'avec moi – des relations étroites. J'étais trop pris par la proximité de la campagne de fonte pour pouvoir les accompagner. Deux de mes forgerons venaient de me quitter pour aller travailler au Paris-Orléans. Je ne trouvais pas à les remplacer. J'allais devoir diminuer la fabrication de socs et de versoirs. J'hésitai un moment à arrêter complètement la production de fer, mais la vue du four à puddler et du gazogène qui m'avaient coûté si cher m'en dissuada très vite. Au contraire, le fil de mes réflexions m'amena à reconsidérer l'ensemble du problème : au lieu de subir la loi du chemin de fer qui me volait mes ouvriers, pourquoi ne m'en servirais-je pas pour écouler le fer ? Je pris contact avec les responsables de la compagnie du Paris-Orléans, à Limoges, qui m'expliquèrent qu'ils n'utilisaient plus de rails en fer mais des rails en acier. Ils étaient disposés à m'en acheter à condition qu'ils soient de la qualité de ceux, par exemple, de M. Demongeot. Je devais pour cela transformer mon four à puddler en four Martin destiné à produire de l'acier fondu, comme on l'avait fait à Calvignac. Ce qui signifiait encore emprunter.

Ce fut une période difficile, au cours de laquelle j'hésitai à me lancer une nouvelle fois dans des transformations et des emprunts. Je pensai à Pierre, me demandant s'il tirerait un jour profit de tous ces investissements, ou si ceux-ci demeureraient vains. Je me rappelai aussi la promesse faite à Thibaut d'aller toujours de l'avant, de ne jamais renoncer. Alors, en son nom, je fis le pari de l'avenir, car ne pas transformer les installations eût signifié renoncer, accepter la défaite, amorcer un déclin irréversible. Le banquier me démontra qu'il s'agissait là de la limite extrême de mon endettement, mais je n'avais pas besoin de lui pour le savoir. Une fois son accord obtenu, il ne me restait plus qu'à passer commande des travaux pour l'année suivante, de juin à septembre, mais j'étais soulagé d'avoir pris cette décision qui seule, pensai-je, pouvait préserver l'avenir de Grandval.

Les années qui suivirent furent des années pleines d'agitation, de démarches, de satisfaction devant la qualité de l'acier produit, mais des années de soucis, également, pour rembourser les traites. Heureusement, la compagnie du Paris-Orléans tint ses promesses et le four Martin fut rentabilisé en trois campagnes de fonte, ce qui me conforta dans mon initiative. A chacune de ses visites à Grandval, pendant l'été, Pierre se montrait enthousiaste, à la fois pour ses études qui le passionnaient et pour l'œuvre que j'avais entreprise au domaine. Il me semblait que nous étions liés par un ciment que rien, jamais, ne fissurerait, et je lui faisais partager l'essentiel de mes satisfactions et de mes espoirs.

Je veillais de loin sur Lina, que je rencontrai deux ou trois fois à l'hospice de Hautefort, mais jamais chez elle. Elle n'allait pas très bien, mais elle n'était plus en péril comme à Terrasson, même si je comprenais qu'elle souffrait toujours d'une séparation si injuste pour elle et si douloureuse. Je lisais désormais sur son visage une sorte de résignation triste qui me faisait mal, mais nous savions tous deux que la vie, depuis toujours, avait voulu nous séparer. Il fallait l'accepter, comme il fallait accepter la souffrance qu'impliquait cette situation, surtout pour elle.

– J'attends, Fabien, me disait-elle, je vis du peu

d'espoir qui me reste en m'efforçant de ne souhaiter le malheur pour personne.

Elle ajoutait, comme je restais silencieux devant la pensée d'une possible disparition de Florine :

– Je te jure, Fabien, que jamais je ne pense à elle en lui souhaitant du mal. Tu me crois, n'est-ce pas ?

Je la croyais, bien sûr, elle était bien trop sincère pour ça, bien trop fragile, et bien trop affaiblie par les épreuves. Je la quittais rassuré, ou à peu près, l'oubliant vite car je n'étais pas seul, moi, et la vie m'emportait dans un tourbillon de travail et de voyages, me donnant la sensation de n'être pas aussi éloigné du bonheur que je le croyais parfois, quand je pensais à elle.

Du moins jusqu'à l'automne 1882, et ce terrible jour de septembre. Passé les vendanges, je revenais de Limoges où j'étais aller signer les commandes pour les rails de la campagne de fonte qui approchait. Je trouvai les portes du château grandes ouvertes, ce soir-là, quand j'arrivai vers six heures, alors qu'elles étaient d'ordinaire fermées, et du monde s'agitait dans le parc : des ouvriers, des métayers, des gens de Saint-Martial, qui n'auraient pas dû se trouver là. Ils jetèrent un étrange regard vers moi puis se détournèrent, gênés, après m'avoir salué d'un signe de tête. Je demandai à Martin, qui s'approchait pour dételer le cheval, ce qui se passait, mais il ne me répondit pas. Quand je me retournai, Maria se tenait devant moi, en larmes, triturant des deux mains son tablier noir. Comme je la prenais aux épaules pour l'interroger, elle murmura :

– Elle est morte, monsieur.

– Qui est morte ?

– Votre épouse, elle a eu un accident.

– Où est-elle ? demandai-je, incapable d'imaginer que Maria disait vrai.

– Dans la chambre, au château.

Je me mis à courir vers la terrasse, entrai, aperçus le docteur, qui se tourna vers moi et me prit les mains :

– Mon pauvre ami, me dit-il, quel malheur !

Mais je n'avais pas encore réalisé qu'il s'agissait de Florine. Ce fut seulement à l'instant où je regardai vers le lit que je la vis, étendue, très pâle, et que, en m'approchant, je compris qu'elle ne respirait plus. Pourtant, aucune trace de blessure n'était apparente, ni sur son visage, ni sur son corps. Les jambes coupées, je m'assis sur une chaise, tout près de lit, ne pouvant croire à ce que je voyais ni à ce que j'entendais. Je trouvai simplement la force de demander tout bas :

– Que s'est-il passé ?

Le médecin fit un pas vers moi, murmura :

– Une chute de cheval. La jument a trébuché sur un obstacle et elle est retombée sur sa cavalière en lui brisant les vertèbres cervicales.

Il ajouta, tandis que je le dévisageais comme si je ne comprenais pas ce qu'il me disait :

– C'est Mestre qui l'a trouvée, en milieu d'après-midi, sur le chemin au-dessus de la Dorie. Il n'y avait plus rien à faire.

Et posant une main sur mon épaule, comme je demeurais stupéfait, abasourdi :

– Elle n'a pas souffert, elle est morte sur le coup.

Je me tournai alors vers Florine dont le visage, plus que de la douleur, exprimait une sorte de surprise glacée. Je me penchai vers elle, appuyai ma joue droite sur sa poitrine et me redressai aussitôt : il n'y avait plus aucune chaleur en elle, elle était froide, de ce froid qui figeait à jamais les morts dans une rigidité sans recours. Mais je n'eus pas le temps d'éprouver vraiment la douleur, car les parents de Florine, qu'on avait fait prévenir à Hautefort, entrèrent dans la chambre. Son père se montra digne et fort mais sa mère s'écroula et l'on dut la porter dans la chambre voisine, où Louisa et Maria s'occupèrent d'elle.

Je restai en compagnie du notaire qui, comme je l'avais fait, interrogeait le Dr Larribe. Ce dernier répéta ce qu'il m'avait appris : la chute du cheval, les vertèbres rompues, la mort instantanée. Alors, sans la moindre consolation sinon celle du silence, le regard perdu dans les motifs changeants de la tapisserie éclairée par la lueur chiche d'une bougie, nous nous assîmes près du lit, et ce fut le début d'une veillée qui devait se prolonger tard dans la nuit.

J'avais fait en sorte de prévenir Pierre, et j'avais mal de cette douleur qui, j'en étais sûr, allait terrasser mon fils.

Je jure que pas un seul instant, cette nuit-là, je ne pensai à Lina. Je revoyais sans cesse Florine souriante, bien vivante, venant vers moi, je songeai à sa passion pour les chevaux, une passion que j'avais satisfaite et qui était aujourd'hui devenue mortelle. Je sentais encore sa chaude présence, sa force de persuasion quand elle me poussait à développer la forge, son énergie à soigner les gens du domaine, veillant à ce qu'ils ne manquent de rien, les aidant dans les moments les plus difficiles, toujours fidèle et secourable. Je ne parvenais pas encore à imaginer que dans quelques jours je ne la verrais plus. Et quand, vers quatre heures du matin, Maria me conseilla d'aller dormir un peu, j'étais tellement épuisé, m'étant levé à cinq heures la veille, tellement accablé de n'avoir pas su la protéger du malheur, que je sombrai dans un sommeil peuplé de rêves hideux.

Le lendemain, comme c'était la coutume, ce furent nos proches qui vinrent s'incliner devant le corps : les ouvriers, les métayers, les gens de Saint-Martial, des connaissances de toute la région, et je fis face en compagnie du père de Florine qui, plus que sa femme complètement anéantie, montrait un grand courage. Il n'avait que cette fille-là, et il lui avait donné tout ce qu'il avait pu, mais c'était un homme qui, au cours des nombreuses successions qu'il avait réglées, connaissait la douleur des deuils et s'y était préparé. Du moins comme on peut se préparer à ce genre de disparition subite, c'est-à-dire le moins mal possible.

Quand nous fûmes enfin seuls, il me demanda la permission d'ensevelir sa fille dans leur caveau de famille à Hautefort et non à Grandval. Je lui répondis que nous devions attendre l'avis de Pierre qui arriverait dans la soirée. Je redoutais beaucoup le chagrin de ce garçon qui avait été choyé par la vie, n'avait jamais connu le vrai malheur. Par avance, je cherchais les mots capables d'apaiser sa douleur, je me reprochais de l'avoir éloigné trop tôt de cette mère qu'il chérissait et qu'il venait de perdre si brutalement. Heureusement, la formation militaire qu'il avait subie l'avait un peu endurci, et il se montra plus fort que je ne l'avais pensé, même si la souffrance creusa dans ses traits juvéniles des sillons d'une infinie tristesse.

La nuit d'avant les obsèques, nous demeurâmes seuls pendant une heure ou deux dans la chambre où reposait sa mère. Il avait donné son accord pour qu'elle soit enterrée à Hautefort, là où elle était née. Nous ne pouvions pas parler d'elle, ni même regarder ce corps qu'elle venait de quitter pour partir vers le lieu d'où personne n'est jamais revenu. Nous parlâmes de la vie de Pierre à Paris, de ses projets, de la marche du domaine. Comme il était épuisé, je lui dis qu'il pouvait aller dormir, mais il hésita, et demeura encore quelques instants avec moi. Enfin, n'y tenant plus, il me demanda :

– Nous ne savons rien de la mort, n'est-ce pas, père ?

Je fus bouleversé de la manière dont il se confiait à moi, me faisant partager ses interrogations intimes. Comme j'hésitais à répondre, il reprit, gravement :

– Je vous en prie, père, si vous savez quelque chose, dites-le-moi.

Je savais surtout qu'il n'y avait aucune consolation à ce que nous vivions, mais la détresse de mon fils me fit trop de peine pour le laisser ainsi démuni face au malheur.

– Je crois à des retrouvailles heureuses quelque part, dis-je. (J'ajoutai, comme il me dévisageait avec des larmes dans les yeux :) Je crois qu'il existe quelque part un monde bien plus beau que tout ce que nous pouvons imaginer.

Pierre demeura un long moment silencieux puis il se leva, m'embrassa et murmura :

– Merci, père.

Je restai seul, jusqu'à ce que Louisa et Maria viennent me remplacer, mais j'étais apaisé par les mots que j'avais su trouver pour mon enfant devenu grand trop vite. Et je compris le lendemain que ces mots dérisoires lui avaient fait du bien, tandis que nous marchions côte à côte sur le chemin du cimetière, à Hautefort. Une foule immense nous suivait, mais nous ne la voyions pas. Pierre avait pris mon bras, mais ce n'était pas pour s'appuyer sur moi : c'était, au contraire, pour me montrer que je pouvais compter sur lui. Quand tout fut consommé, nous reçûmes côte à côte les condoléances à la porte du cimetière, et, impeccable dans son beau costume à casoar de polytechnicien, pas un instant mon fils ne montra de la faiblesse. Un vent chaud agitait les feuilles des peupliers derrière le mur. Je le sentis courir avec plaisir sur mon visage quand nous regagnâmes la voiture, où, face à Pierre de nouveau, je sentis monter vers lui un immense élan de compassion. Ce jour-là, je le sais, j'aurais pu donner ma vie pour qu'il ne souffre plus, car voir souffrir ses enfants est le pire des châtiments que nous inflige l'existence.

Je le vérifiai cruellement pendant les trois jours que mon fils passa à Grandval avant de repartir. Il s'efforçait de se montrer fort, y parvenait, puis la foudre s'abattait sur lui à la pensée de sa mère disparue et il s'enfermait dans un silence au fond duquel j'avais beaucoup de difficulté à l'atteindre. Quand je le conduisis à la gare de Périgueux, trois jours plus tard, je le sentis soulagé de s'éloigner du lieu du malheur et j'en fus rassuré : il allait vivre loin et il oublierait, car l'oubli est l'un des privilèges de la jeunesse et l'une des conditions indispensables au bonheur. Nous nous embrassâmes dans la cour encombrée de la gare, et il me dit :

– Je reviendrai vite vous voir.

– Pas trop vite, lui dis-je. Pense à ta vie.

– Mais vous serez seul désormais.

– J'ai beaucoup à faire, comme tu le sais.

Il parut soulagé, fit demi-tour et emboîta le pas à Martin qui portait son bagage sur le quai. Je ne les suivis pas : j'ai toujours détesté les quais de gare, ces séparations qui peuvent se révéler définitives alors qu'on les croit provisoires si l'on feint d'ignorer que la vie est fragile, qu'elle peut s'arrêter subitement, par la faute d'un cheval ou d'une maladie, et que rien, jamais, ne sera plus comme avant.

Une heure plus tard, sur le chemin du retour, je compris vraiment que ma femme avait disparu, que mon fils était parti, et, en observant les grands arbres qui escortaient la route en laissant apparaître les éclats vifs de la rivière dont les rives ne m'étaient pas familières – c'était l'Isle et non pas l'Auvézère –, je me sentis très seul pour la première fois de ma vie.

Pourquoi, pendant ces quelques jours, n'avais-je pas une seule fois pensé à Lina ? Sans doute parce que mon esprit s'était fermé de lui-même à tout ce qui était étranger au choc d'une mort si brutale. Je me rendis compte que je ne l'avais pas vue à Hautefort, lors des obsèques, et je lui en sus gré. Pendant plusieurs jours, je m'efforçai de la chasser de mon esprit, car je ne me sentais pas le droit – ni d'ailleurs le besoin – de songer à elle. Probablement par une honnêteté morale qui, seule, pouvait préserver l'avenir. Et Lina, pendant ces jours, ces semaines, sans doute pour les mêmes raisons que moi, ne se manifesta pas une seule fois.

Je fus au demeurant très occupé par un accident qui frappa trois fondeurs, le matin où la porte du four Martin s'ouvrit sans raison apparente, déversant de l'acier en fusion sur trois hommes qui préparaient les creusets destinés à le recevoir. Je me trouvais au château, dans mon bureau, quand Pélissier accourut pour me prévenir. Je me précipitai vers la forge, devant laquelle des femmes cherchaient à entrer, ne sachant quels étaient les hommes qui avaient été blessés. Des gardeurs de feu et des forgerons les en empêchaient, heureusement, car le spectacle à l'intérieur était atroce : les trois hommes, gravement brûlés au torse et aux jambes, hurlaient devant les ouvriers impuissants qui se tournèrent vers moi avec, dans le regard, comme lors de chaque accident, une ombre de colère. Il est vrai que j'avais eu beaucoup de mal à leur imposer ce four dont l'exploitation était bien trop récente pour être parfaitement maîtrisée. D'ailleurs, par une sorte de réflexe routinier, ils se méfiaient toujours de ce qui était nouveau et remettait en cause un savoir patiemment acquis qui était leur fierté et, pensaient-ils, sans doute, les rendait invulnérables.

J'avais envoyé Martin chercher le Dr Larribe mais je savais qu'il ne serait pas là avant une heure, et encore à condition qu'on le trouvât chez lui. Il fallait agir, pourtant : je ne pouvais rester là en montrant une impuissance coupable devant ces hommes qui souffraient tant. Je pris la seule décision possible, c'est-à-dire les faire transporter au château, et je constatai que les ouvriers en étaient soulagés. J'avais en effet déjà remarqué que le château, pour eux, était un lieu mystérieux mais protecteur, une sorte de refuge inexpugnable, où le maître de forge leur donnait le secours auquel ils avaient droit. Ils nous suivirent dans le parc mais, comme je le pensais, ne demandèrent pas à entrer. Au contraire, rassurés, ils retournèrent vers la forge tandis que je faisais installer les blessés dans une chambre du bas, appelant Louisa et Maria qui se précipitèrent avec des linges humides et des compresses.

Le médecin arriva plus vite que je ne le pensais, mais il fit la grimace après avoir examiné les blessés.

– Il faut les transporter à Périgueux, dit-il, leurs brûlures sont très graves.

Il ajouta, comme j'avais pâli :

– Faites atteler la berline, Martin nous conduira.

– Je viens avec vous, dis-je.

– Il n'y a pas assez de place, répondit-il.

Il ajouta, n'ignorant rien de l'état d'esprit des ouvriers qu'il soignait régulièrement :

– Il vaut mieux que vous restiez ici pour les rassurer.

Ainsi fut fait : j'allai parler aux hommes dans la halle de coulée, leur expliquai que nous avions fait tout ce qu'il était possible de faire, et que le mieux, en attendant des nouvelles, était de reprendre le travail. Ce qu'ils firent, mais de mauvaise grâce, si bien que Pélissier s'en montra inquiet et me dit :

– Ils n'aiment pas ce four. Il ne faudrait pas qu'il arrive malheur aux blessés, sinon, ils refuseront d'y travailler.

J'attendis le retour du Dr Larribe avec impatience mais aussi en le redoutant. J'avais bien raison : il revint à la nuit avec une très mauvaise nouvelle : l'un des trois hommes, le plus âgé, était mort pendant le voyage, mais on pourrait heureusement sauver les deux autres. J'attendis le lendemain matin pour aller l'annoncer aux familles, en présence du médecin qui sut trouver les mots mieux que je ne l'aurais fait. Pour la première fois durant une campagne de fonte, j'arrêtai la forge pendant cinq jours, le temps des obsèques et de faire conduire à Périgueux les proches des blessés – le temps, aussi, de convaincre les forgerons de remplacer les fondeurs hospitalisés. Je dus expliquer que j'avais signé des marchés avec la compagnie du Paris-Orléans, et que si je ne livrais pas l'acier en temps voulu, je devrais payer des pénalités qui mettraient en péril la forge et me contraindraient peut-être à fermer.

Je parvins à les convaincre, aidé par Pélissier qui jouissait auprès d'eux d'une grande considération en raison de la fiabilité de sa parole et de son ardeur au travail. Dès lors, je n'eus plus qu'une envie, que se termine cette année maudite, au terme de laquelle, au demeurant, je passai Noël seul, Pierre ayant été retenu à Paris. Le réveillon lui-même, auquel j'avais convié comme d'habitude toutes les familles du domaine, ne fut pas aussi joyeux que les précédents, car les blessés n'étaient pas encore rentrés de Périgueux et le souvenir de l'ouvrier mort pesait encore dans l'esprit de tous. C'est pourquoi j'accueillis le premier de l'an avec soulagement : une année nouvelle s'annonçait et elle ne pourrait être plus éprouvante que celle qui venait de se terminer.

Je connaissais la coutume et savais parfaitement que le deuil d'une épouse devait durer un an. Je savais aussi que Lina ne pouvait pas l'ignorer. Elle n'aurait d'ailleurs jamais osé se manifester la première, de cela j'étais certain en me rappelant l'humilité dont elle avait toujours fait preuve, de même que la réserve résignée dont elle ne s'était départie qu'une seule fois, quand la maladie l'avait brisée. C'est le souvenir de cette maladie, l'impression que, peut-être, elle n'avait pas longtemps à vivre, qui me poussa à ne pas respecter totalement la coutume. Au fur et à mesure que les jours passaient, j'acquis la conviction que j'étais en train de perdre ce dont j'avais rêvé, que sans doute jamais je ne retrouverais la chance de vivre un bonheur après lequel j'avais vainement couru si longtemps. Et je fis ce que je n'aurais pas dû faire, ce que personne ne me pardonna, dont le prix me fut compté sans la moindre indulgence.

Je me décidai à la fin du mois de juin, après les foins dont les parfums lourds campaient sur le domaine, réveillant en moi cette idée d'un bonheur total, à portée de la main. Je partis pour Hautefort un matin à l'aube, tout à fait conscient de ce que j'allais faire, et rien ni personne, ce matin-là, dans la beauté d'un bleu de premier jour du monde, n'aurait pu m'en empêcher. Mon cœur se mit à battre quand j'aperçus les dômes du château de Hautefort, et il battit plus fort encore quand j'approchai de la place où se trouvait le magnifique bâtiment de l'hospice. J'y laissai le coupé, pénétrai dans la grande salle de visite où je fis appeler Lina. J'attendis quelques minutes qui me parurent durer une éternité, puis elle apparut, pâlit en m'apercevant, s'arrêtant à distance, comme si ses jambes ne pouvaient la porter vers moi. Je dus couvrir les quelques mètres qui me séparaient d'elle, et je lui dis en lui prenant le bras :

– Viens !

– Non, Fabien, fit-elle, il ne faut pas.

Je compris qu'elle allait tomber et je la soutins jusqu'à la voiture où, enfin, à l'abri des regards, des larmes plein les yeux, elle se laissa aller contre moi, ses cheveux noirs sur ma poitrine, muette, submergée comme moi, sans doute, par la réalisation d'un rêve auquel elle ne croyait plus. Nous ne prononçâmes pas un mot jusqu'à Grandval où je la présentai à Louisa et à Maria comme ma future épouse. Elles en demeurèrent muettes de stupeur et je lus dans leur regard une réprobation attristée à laquelle je ne m'arrêtai pas. Elles avaient besoin d'un peu de temps, comme tout le monde, pour se faire à cette idée, à l'image de Lina qui me parut désemparée.

– Je ne sais pas si je pourrai m'habituer, Fabien, me dit-elle. C'est trop grand, ici, c'est trop beau.

Elle ajouta, comme je la conduisais vers une chambre que j'avais aménagée pour elle, pensant qu'il n'était pas raisonnable de faire chambre commune si vite :

– Ce n'est pas pour moi.

– Ça le deviendra, dis-je, tu t'habitueras.

Les premiers jours ne furent pas faciles, ni pour elle ni pour moi. Elle avait connu Louisa et Maria quand elle était chambrière, et elle ne pouvait pas se laisser servir par elles : elle allait donc elle-même chercher les plats à la cuisine, les aidait malgré les réticences et l'hostilité des deux femmes que je dus convaincre de se comporter différemment, leur montrant que Lina, elle, ne se conduisait pas en maîtresse de maison mais en égale, ce qui était tout à son honneur. Je compris, en fait, que ce n'était pas Lina elle-même qui était en cause, mais moi : Maria et Louisa étaient toutes deux très religieuses, et je n'avais pas respecté la coutume prônée par l'Église, ce qui me valut d'ailleurs une visite du curé de Saint-Martial, qui se montra tout de suite très contrarié par ma conduite.

– Croyez-vous, lui dis-je, que le Bon Dieu tienne ce genre de comptabilité ? Qu'est-ce que deux mois, pour lui, qui règne sur l'éternité ?

Le vieux curé était mort depuis longtemps et celui-ci le remplaçait avec zèle, ayant été installé au temps où, après la Commune de Paris, l'Église avait repris en main les campagnes grâce à des envoyés triés sur le volet. Il était grand, sec, avec un tic nerveux qui faisait cligner ses yeux, et parlait d'une voix haut perchée que je n'avais jamais aimée.

– Croyez-vous, me rétorqua-t-il, que l'exemple que vous montrez ne soit pas dangereux pour nos fidèles ?

– Nous nous marierons à la fin de l'année.

– Si vite ?

– Nous nous connaissons depuis longtemps.

– Cette femme n'est pas digne de vous, elle n'est pas de votre rang. C'est dangereux pour la société de donner un pareil exemple.

– En quoi cela est-il dangereux ?

– Cela encourage les partageux à revendiquer la possession de ce qui ne leur appartient pas. Il faut au contraire leur montrer qu'il existe des frontières entre eux et nous : des frontières qui ne seront jamais franchies, quoi qu'ils en pensent.

Je me tus : je venais de comprendre que j'avais transgressé deux lois non écrites, m'excluant moi-même de cette société rurale si attachée aux valeurs de l'Église.

– Je m'en remets au jugement de Dieu, lui dis-je pour conclure. (Et j'ajoutai, comme il semblait encore vouloir argumenter :) Lui seul me connaît vraiment, et Il sait que j'ai bien agi.

Je lui tournai le dos, un peu ébranlé, certes, mais satisfait d'avoir fait face à ce gardien de l'autorité morale qui était venu me démontrer chez moi que j'étais coupable devant les hommes autant que devant Dieu.

Pendant les jours qui suivirent, je sentis quelque animosité de la part des ouvriers, y compris Mestre et Pélissier. Ou plutôt une sorte de surprise méfiante, comme s'ils me découvraient soudain capable de réaliser l'inimaginable, et en cela imprévisible. Cette constatation heurtait leur besoin de sécurité et de confiance, sans doute aussi le besoin de respect qu'ils nourrissaient vis-à-vis de moi. Je cachai ces désagréments à Lina et pariai sur le temps pour faire rentrer les choses dans l'ordre.

Un mois passa, puis Pierre arriva à Grandval pour ses vacances d'été. J'avais pris soin de le prévenir par lettre de ce qui avait changé au château, en lui expliquant seulement ce qui pouvait être dit, à savoir que Lina était arrivée à Grandval à l'âge de douze ans, qu'elle y avait été très dévouée, que ce n'était donc pas une étrangère, enfin que nous l'avions aidée, Florine et moi, quand elle avait été malade à Terrasson.

Dès son arrivée, Pierre ne manifesta vis-à-vis d'elle aucune hostilité, ni d'ailleurs auprès de moi. Ce fut pis : je le sentis très malheureux de ce qu'il découvrait et pourtant je ne pouvais rien lui dire de plus que ce que je lui avais appris par lettre. Il ne me fit aucun reproche, mais je sentis avec désespoir que quelque chose se brisait entre mon fils et moi. Il aimait trop sa mère et ne pouvait pas admettre que je l'eusse remplacée si vite. Il ne resta que quinze jours à Grandval et repartit un matin en me disant :

– Je vous souhaite d'être heureux, père, je vous le souhaite sincèrement, mais je vous en prie, acceptez que ce le soit sans moi. Du moins pour quelque temps.

Il partit et me laissa seul avec une écrasante culpabilité sur les épaules et la terrible impression de l'avoir perdu. Je fis en sorte, une fois encore, de n'en rien laisser paraître à Lina, et le bel été m'y aida. La chaleur des aires où l'on battait le blé m'apporta le réconfort qui m'était nécessaire, mais j'avais deviné que j'allais payer au prix fort une décision que personne ne pouvait comprendre. Je devrais m'en accommoder, et surtout faire en sorte que la réprobation générale ne vienne pas assombrir la vie que Lina et moi n'avions cessé d'espérer.

11

IL me fallut du temps pour y parvenir. Je protégeais Lina de mon mieux, évitais de sortir du domaine où les gens finirent par s'habituer, d'autant que nous nous étions mariés, comme prévu, à la fin de cette année-là. Le temps coula sur ces événements et fit son œuvre d'apaisement. Alors nous pûmes enfin être heureux comme nous avions rêvé de l'être. J'avais cinquante-sept ans, Lina également, quand s'établit enfin la paix entre nous et le monde. L'âge avait creusé des rides au coin de ses paupières, mais l'éclat de ses yeux avait retrouvé toute sa force dans leur bleu de glycine. Elle avait légèrement grossi, ce qui ne diminuait en rien le saillant de ses pommettes que rehaussaient toujours ses cheveux d'un noir de jais, tandis que des boucles d'oreilles étincelaient pour la première fois de sa vie de part et d'autre de son visage.

Elle demeurait stupéfaite et éblouie de ce qui s'était passé si soudainement.

–Je n'y croyais plus, me disait-elle souvent. Et

même aujourd'hui, vois-tu, Fabien, je ne suis pas sûre de ne pas rêver tout éveillée.

– N'aie pas peur, lui disais-je, tu ne rêves pas.

Elle avait trouvé la bonne distance entre elle et les femmes de la maison et, toutes les trois, maintenant, s'entendaient bien. Nous nous étions découverts lentement, habitués l'un à l'autre avec une grande douceur, et de la trouver le matin près de moi, toujours humble et fragile, me procurait le bonheur auquel je croyais avoir droit. Elle ne redoutait plus le château comme elle le redoutait quand elle était lingère et que les cris de mon père la faisaient trembler de terreur. Elle s'y était apprivoisée peu à peu, s'appropriant les pièces l'une après l'autre, y déposant un objet ou un vêtement, déplaçant un meuble ou changeant les rideaux, ainsi que je lui avais recommandé. Elle ne s'approchait guère de la forge, à cause de cette violence de fer et de feu qui l'avait effrayée tout enfant, mais elle avait plaisir à fréquenter la Borderie où elle avait passé, me disait-elle, les plus beaux jours de sa vie.

Comme moi, elle n'hésitait pas à participer aux foins et aux moissons pendant la belle saison, quand les hirondelles commençaient leur ronde folle dans un ciel d'un bleu de dragée, que les jours n'en finissaient pas de laisser couler des flots de lumière sur la vallée assoupie dans la chaleur épaisse. Alors, assis côte à côte à midi dans l'ombre douce des haies, nous retrouvions l'émotion de nos rencontres d'avant, tandis qu'autour de nous les métayers et les domestiques de la réserve devisaient sans la moindre gêne, comme si tous avaient accepté sa présence auprès de moi, et même, parfois, me semblait-il maintenant, en étaient heureux.

Ce que Lina préférait par-dessus tout, c'était parcourir le domaine en ma compagnie, évoquant là un souvenir, là une pensée qui l'avait rapprochée de moi, ailleurs une peur irraisonnée à l'approche de son père ou du régisseur.

Un jour d'été, au bord de l'Auvézère, je lui rappelai ce jour où je l'avais observée de la rive d'en face, alors qu'elle faisait la lessive en compagnie de sa mère, et je lui demandai si elle m'avait aperçu entre les frondaisons.

– Je ne voyais que toi, Fabien, me répondit-elle. (Et elle ajouta tout bas :) Même quand tu n'étais pas là.

Un soir, alors que nous revenions de la Borderie vers le château, elle me demanda à revoir la borie ou nous avions été surpris par le régisseur.

– Tu es bien sûre de vouloir aller là-bas ?

– Oui, Fabien, il le faut.

Je la pris par le bras pour monter vers le petit édifice qui était toujours debout entre les genévriers, dominé par son toit de lauzes sur lequel le temps n'avait laissé nulle trace. Il n'y avait plus de porte, mais l'intérieur de terre battue, recouvert d'une mince couche de paille, avait toujours la même odeur de pierre froide, de terre et de suint. Comme elle hésitait, je la pris par le bras pour y entrer et je lui dis :

– Ne pense pas au régisseur, pense au jour de l'orage.

Et je me plaçai au fond, à côté d'elle, passant mon

bras autour de ses épaules comme je l'avais fait il y avait, me semblait-il, mille ans. Elle ne dit rien, mais elle frissonna et murmura :

– Si tu savais combien de fois j'ai pensé à cet après-midi-là.

– Le soir de l'orage ?

– Oui.

– Nous avions seize ans, dis-je.

– Près de toi, Fabien, j'ai toujours seize ans, me dit-elle d'une voix qui me parut exactement semblable à celle de ce temps-là.

Je la fis se tourner vers moi et l'adossai contre le mur. Ce qui se passa ensuite n'appartient qu'à nous mais demeure toujours vivant dans ma mémoire, si vivant que, si je ferme les yeux, je tremble en sentant sa peau contre la mienne, aussi délicieusement que ce jour-là, alors qu'elle n'est plus là pour nouer ses bras autour de mon cou.

Quand nous repartîmes, elle paraissait calme, en paix avec elle-même :

– Je n'aurai plus jamais peur, me dit-elle. Plus jamais. (Et elle ajouta, comme s'il s'agissait là d'une nécessité essentielle pour elle :) Est-ce que tu me crois, Fabien ?

– Bien sûr que je te crois.

C'était comme si nous venions de conjurer définitivement le malheur qui nous avait frappés un après-midi dans cette borie, avec l'arrivée du régisseur qui allait nous dénoncer à mon père. Aussi les jours et les mois qui suivirent furent-ils parmi les plus beaux que nous vécûmes. La fonte et l'acier se vendaient bien, les récoltes donnaient aux métayers et à moi-même tout ce que nous en espérions, des printemps fastueux de verdure succédaient à des hivers sans crues, et les étés flamboyaient dans le parfum des foins et des épis, ramenant la paix des après-midi accablés de soleil, des soirées prolongées très tard sous les étoiles.

Les seuls moments où nous étions séparés, Lina et moi, étaient ceux des repas, quand je recevais les gens de Ruelle ou du Paris-Orléans venus traiter des affaires, ou simplement de passage. Son humilité et sa timidité l'empêchaient d'être présente, car elle portait toujours en elle le poids d'un sentiment d'infériorité contre lequel elle ne pouvait lutter :

– S'il te plaît, Fabien, me disait-elle, ne me demande pas ça : je ne peux pas.

Alors elle se réfugiait aux cuisines, en compagnie de Maria et de Louisa, qui, seules, apparaissaient pour le service, sans que jamais mes hôtes m'interrogent sur mon épouse dont ils n'ignoraient pourtant pas l'existence.

De même se refusa-t-elle à assister au mariage de Pierre, à Paris, où je me rendis seul et un peu inquiet de retrouver mon fils qui ne venait plus au château pendant l'été, à mon grand désespoir. Comme Thibaut, il épousa une fille d'officier rencontrée au bal de fin d'année, dont la famille proche avait quelques intérêts dans les aciers de Lorraine, ce qui ne pouvait pas nous rapprocher. D'ailleurs, pas plus que Pierre je ne le souhaitais. Je ne restai donc pas longtemps à Paris, car je compris que mon fils s'était encore éloigné de Grandval, malgré ses mots aimables et le soin qu'il prit de moi pendant ces trois jours. Je revins préoccupé de ce voyage, aussi bien par la vie que menait désormais mon fils que par le souvenir de Thibaut, officier comme lui, et mort trop jeune, me laissant seul à Grandval pour faire face aux difficultés d'un domaine qui m'apparaissait parfois trop grand pour moi.

Heureusement, Lina m'aida à adoucir l'ombre de cet enfant lointain devenu aujourd'hui presque un étranger. Elle ne cessait de reparcourir le passé, comme pour supprimer des souvenirs douloureux et construire un présent plus heureux. Elle s'était liée d'amitié avec la femme de Mestre, passait de longs moments à la Borderie où elle avait vécu, adolescente, au temps où nous n'étions pas encore séparés, et je comprenais que revenir le soir au château sans appréhension représentait pour elle une sorte de revanche qui augmentait son bonheur.

A la belle saison, elle parcourait ce chemin plusieurs fois par jour, mettait ses pas dans ses pas de l'époque où elle marchait en sabots, mesurait ainsi le chemin parcouru, s'en rassurait, comme si elle avait encore du mal à croire à ce qu'elle avait trop longtemps espéré. Elle tenait enfin à s'occuper elle-même des chambres qu'elle entretenait lorsqu'elle était lingère, aidait Louisa à faire la lessive dans l'Auvézère, où j'allais les chercher pour ramener le linge, heureux moi aussi de m'attarder dans l'ombre des frondaisons où je la guettais jadis en secret.

Pendant ces années heureuses, elle s'occupa aussi du parc avec Martin, nettoyant les allées, plantant des fleurs connues d'elle seule, taillant les arbustes, dessinant de nouveaux massifs, faisant apporter par les fardiers des graviers aux teintes rosées, qu'elle avait trouvés dans une carrière située à la limite du Lot et de la Dordogne. Elle aimait également à me suivre à Périgueux où, pendant que je m'occupais des affaires du domaine, elle allait se recueillir sur la tombe de ses parents, mais nous ne montions jamais vers la vieille ville, où rôdaient trop de mauvais souvenirs. Ainsi passaient ces temps heureux dont je connaissais le prix et que j'appréciais d'autant plus, persuadé que les menaces qui avaient pesé sur la forge ne manqueraient pas de réapparaître un jour.

Bien que préparé à devoir les affronter, je ne les sentis pas arriver, en cette année 1890. A l'automne, peu après la mise en marche du haut-fourneau, les messieurs de Ruelle m'informèrent qu'ils allaient désormais acheter la fonte de Lorraine qui valait beaucoup moins cher que la mienne. Même avec le transport, elle leur reviendrait à bien meilleur prix que celle que je leur vendais depuis toujours. Par ailleurs, les petites forges du Périgord, qui m'achetaient de la fonte non affinée, s'étaient éteintes une à une, sans que je prenne garde au fait que Ruelle était devenu mon seul débouché. Que pouvais-je faire ? Je pris la seule décision qui s'imposait : réduire la production de fonte et augmenter celle de l'acier, dont les marchés avec les compagnies de chemin de fer avaient été reconduits pendant l'été. Cependant, comme je ne pouvais pas arrêter complètement la production de fonte, je décidai de développer la fabrication des plaques de cheminée, des marmites, de toutes sortes d'objets utilitaires qu'on pouvait écouler chez les grossistes de la région. Je reconvertis rapidement deux forgerons en fondeurs, et je me mis, de nouveau, à parcourir le Périgord pour trouver des acheteurs.

Lina me suivait dans ces pérégrinations difficiles, même au cœur de l'hiver, sur les mauvaises routes et dans le froid. Comme je la savais de santé fragile, je m'en inquiétais, mais elle me répondait invariablement :

– Je rattrape le temps perdu, Fabien, nous en avons peu devant nous.

Quand je la pressais de questions pour tenter de savoir si elle se sentait malade, elle répondait :

– Non, je ne suis pas malade, mais je vieillis, comme tout le monde.

Ces voyages nous rapprochèrent davantage encore, dans ces auberges où nous étions le plus souvent seuls, le soir, et dans ces chambres glaciales où nous nous réchauffions l'un contre l'autre entre des draps passés vainement à la bassinoire. Heureusement, le printemps de cette année-là fut précoce, et les démarches auprès des acheteurs en furent facilitées. Je me souviens même de certaines journées magnifiques sous les premiers rayons chauds du soleil, où, dans le cabriolet, nous pouvions respirer le parfum des feuilles nouvelles, regarder les champs et les prés s'éveiller du long sommeil de l'hiver, écouter respirer les forêts dont les grands arbres se balançaient doucement.

Durant ces déplacements qui nous mettaient

constamment en présence l'un de l'autre, Lina ne me parlait jamais de sa vie d'avant, à Périgueux ou à Paris, et d'ailleurs il ne me venait jamais à l'esprit de l'interroger là-dessus. Sa vie à Terrasson et à Hautefort, je pouvais l'imaginer aisément, mais nous n'en parlions pas davantage. Entre le moment où elle avait quitté le domaine et celui où elle y était revenue, c'était comme si le temps n'avait pas existé.

– Je n'ai fait qu'attendre, Fabien, je n'ai pas vécu, me disait-elle d'une voix dans laquelle je ne décelais pas le moindre reproche.

Elle ajoutait, comme je demeurais silencieux, ces mots me faisant trop de mal :

– Je n'étais sûre de rien : j'espérais, c'est tout, et de toutes mes forces. Il faut croire que cela me suffisait, puisque je suis là aujourd'hui pour t'en parler.

Je savais combien la vie avait été douloureuse pour elle, et je tâchais de lui donner tout ce qui lui avait manqué, dans les plus petites occupations quotidiennes comme dans les grandes, ces foins et ces moissons que nous avions appelés de nos vœux, cette année-là, pour enfin rester au domaine et profiter des champs qui blondissaient sous le soleil. Ils furent aussi féconds que nous l'avions espéré, et j'attendis sans appréhension leur achèvement pour faire les comptes de la campagne de fonte qui s'était terminée à la fin du mois de mai.

Ils m'apparurent mauvais, très mauvais même, car aux difficultés propres à la forge s'ajoutait une crise économique qui sévissait dans tous les pays d'Europe, entraînant des faillites boursières et des scandales financiers, comme celui de la Compagnie de Panama qui venait d'éclater avec l'ouverture d'une instruction ordonnée par le garde des Sceaux. Jusqu'alors, me semblait-il, le gouvernement de la République s'était davantage occupé de politique que d'économie, faisant notamment voter une loi qui, en 1884, avait autorisé la création des syndicats. Par ailleurs, les élections de 1885 avaient envoyé douze élus socialistes à l'Assemblée nationale et une centaine de républicains d'extrême gauche, que l'on appelait les radicaux. En 1886, une autre loi avait organisé la gratuité de l'enseignement, l'obligation de la laïcité, et l'école était devenue le creuset des idées républicaines prônées par ce Jules Ferry qui avait finalement sombré dans la crise du Tonkin. Je m'en étais d'autant plus facilement accommodé que j'affrontais bien d'autres soucis pendant ces années-là, et que je m'étais fait à l'idée que le monde changeait, que personne ne remettrait en cause la République, pas même ce général Boulanger qui avait un temps fait croire aux monarchistes et à la droite républicaine qu'ils « avaient trouvé un sabre ».

Heureusement, le gouvernement avait su protéger l'agriculture en relevant le prix du blé par voie autoritaire et en instaurant des droits élevés sur les produits agricoles étrangers. Il n'avait rien pu, hélas, contre le phylloxéra qui frappait les vignes, y compris les miennes, que j'avais longtemps crues à l'abri du fléau. Et ce fut peut-être de cela dont je souffris le plus, quand Mestre vint me prévenir un matin de juillet que l'on avait trouvé des traces suspectes sur des feuilles à la Borderie. Tous les traitements s'étaient avérés vains. J'allais devoir replanter des plants américains, mais je me demandais où j'allais trouver l'argent nécessaire pour entreprendre de tels travaux.

Je tenais Lina à l'écart de mes préoccupations et je m'en félicitais chaque jour, car elle se montrait toujours de bonne humeur, souriait, me faisant mesurer la relativité des choses et des événements. Je savais cependant que je venais d'entrer dans des difficultés à peu près insolubles, mais j'étais bien décidé à me battre afin de sauver le domaine qui abritait notre bonheur.

Au mois d'août 1892, Pierre m'annonça sa venue par une lettre qui me remplit d'espoir et me fit compter les jours jusqu'à son arrivée. J'allai le chercher à Périgueux et le retrouvai avec un immense plaisir. Dans la voiture, au retour, nous parlâmes du phylloxéra et des affaires de la forge, dont je lui cachai la gravité. Il me sembla préoccupé, mais il ne se confia pas, ce soir-là, et parut heureux de retrouver Grandval où l'été allumait des foyers superbes dans un ciel que l'on aurait cru pouvoir toucher de la main. Dès ce premier soir il se montra aimable avec Lina, ne manifestant pas la moindre hostilité, et je lui en sus gré, tandis que nous goûtions la douceur de la nuit sur la terrasse, assis côte à côte, et qu'il se laissait aller à quelques confidences sur sa vie parisienne, non sans une certaine dérision qui m'étonna, car je le croyais comblé par la situation qu'il avait acquise au terme de multiples efforts.

Nous guettâmes jusque tard dans la nuit ces étoiles filantes que je lui montrais quand il était enfant, et je le sentis touché aussi bien par ces souvenirs que par le parfum mêlé des buis et des fleurs plantées par Lina. J'aurais voulu que ces moments durent toujours, que mon fils reste continuellement près de moi, ainsi, à contempler le monde de la nuit si paisible dans cette vallée du bonheur. Lui aussi, sans doute, car il ne manifesta pas le souhait d'aller se coucher avant deux heures du matin, heure à laquelle nous nous séparâmes à regret, Lina nous ayant laissés seuls peu après minuit.

Le lendemain, en fin de matinée, alors que je faisais des comptes dans mon bureau, il frappa à ma porte et demanda à me parler. Je vins m'asseoir à côté de lui, tournai dans sa direction un fauteuil, afin que nous nous trouvions face à face, et non séparés par ce bureau monumental derrière lequel mon père, jadis, marquait toujours une distance dominatrice. Pierre semblait gêné, hésitait à se livrer. Il évoqua tout d'abord le bonheur simple et paisible de la nuit précédente, puis il me dit brusquement, d'une voix douce mais déterminée :

– Voilà, père, je vais partir.

Je m'attendais à quelque chose de ce genre, mais mon cœur se serra à l'idée de la solennité qu'il avait mise dans son aveu, et de la gravité qu'il exprimait.

– C'est hélas le propre des militaires, que de partir, dis-je, sans pouvoir dissimuler la fêlure de ma voix.

– Je vais partir très loin, père, reprit-il.

– En Algérie ? Au Maroc ?

– Non, beaucoup plus loin.

Et comme je ne savais que dire :

– En Cochinchine. Plus précisément au Tonkin. Il y a beaucoup à faire là-bas, tout y est à construire : des routes, des ponts, des villes, des hôpitaux.

– Et on s'y bat aussi, dis-je, sans pouvoir dissimuler une pointe d'amertume.

– Précisément, père : je suis ingénieur mais aussi officier.

– Et ta femme ?

– Elle viendra avec moi. Je dois seconder le Résident supérieur du nouveau protectorat en poste à Haiphong.

– Un Résident supérieur ?

– Oui, c'est le représentant du gouverneur général de l'Union indochinoise dans les protectorats du Laos, du Cambodge et du Tonkin.

Il ajouta, comprenant que je ne pensais ni à la Cochinchine, ni au Laos, ni au Tonkin, mais à la forge, au domaine, au château, à tout ce qui représentait Grandval :

– Je suis désolé, père, mais je ne peux pas vivre ici.

– Et tu penses que tu vivras mieux au Tonkin ?

– Je ne sais pas, père.

Je compris que la blessure que je lui avais infligée en faisant si vite venir Lina au château n'était pas refermée et je me demandai si elle se refermerait un jour. Je ne pus retenir la question qui me brûlait les lèvres mais je m'en voulus aussitôt :

– Tu reviendras ?

– Je ne sais pas.

Je laissai passer quelques secondes, puis je déclarai avec le plus de fermeté possible :

– J'espère que tu reviendras.

Il eut un sourire triste, mais son regard ne se détourna pas quand il murmura une nouvelle fois :

– Je ne sais pas.

Et, aussitôt après :

– Je suis désolé, père.

Nous restâmes face à face un long moment, sans trouver le moindre mot qui pût être une consolation pour l'un ou pour l'autre, puis je me levai en disant :

– Viens.

Je l'attirai contre moi et le serrai dans mes bras, puis nous nous séparâmes et il me dit aussitôt :

– Si Martin peut me ramener à Périgueux, je prendrai le train de nuit.

– Si vite ?

– Il vaut mieux, père, pour vous comme pour moi.

Le repas de midi fut silencieux. Je veillai soigneusement à éviter le moindre reproche ou à lui montrer combien la situation à Grandval était devenue difficile. Malgré ma souffrance, je voulais le laisser libre et ne pas influer sur sa vie comme mon père l'avait fait sur la mienne. En même temps je savais que se jouait là le sort de Grandval, qu'un mot de ma part eût pu changer notre destin, mais je ne le prononçai pas.

Je l'ai souvent regretté, mais que pèsent les regrets devant l'amour d'un père pour son fils ? Pas grand-chose, du moins en ce qui me concerne. Et ce qui s'est passé par la suite m'a montré que de toute façon, nous ne pouvons rien sur les événements qui nous dépassent, que la vie ne se préoccupe guère de nos volontés dérisoires. J'avais cru longtemps le contraire, persuadé que j'étais que nous menions l'existence que nous méritions, mais la balance du destin obéit rarement à nos mérites ou à nos ambitions. D'autres lois que les nôtres jouent, que nous ne pouvons pas toutes maîtriser, hélas, et nous ne pouvons que nous en accommoder.

Pierre partit à deux heures de l'après-midi et je n'eus pas le cœur de l'accompagner. Qu'aurions-nous dit de plus ? Je l'embrassai devant les portes du parc et le laissai monter dans la voiture, à l'endroit que j'aperçois à travers la fenêtre de mon bureau, si longtemps après, avec en moi la même sensation de perte définitive que lors des départs de Thibaut.

Une semaine plus tard, alors que je reprenais contact avec les compagnies de chemin de fer pour renouveler les marchés de l'acier, j'appris qu'elles avaient décidé de fabriquer les rails elles-mêmes et que je ne les fournirais que jusqu'au mois de janvier, le temps qu'elles mettent en production les usines construites au cours de l'année précédente. Je n'en avais pas été prévenu, aussi le choc fut-il sévère, et j'eus bien besoin de la présence de Lina à qui, pour la première fois, je confiai les difficultés qui s'accumulaient sur la forge. Elle n'en montra pas une grande inquiétude, sans doute parce qu'elle n'avait jamais aimé ce lieu de fer et de feu, plus probablement parce qu'elle pensait qu'il y avait dans le domaine assez de terres pour vivre bien – en tout cas beaucoup mieux qu'elle n'avait jamais vécu. Je ne lui fis pas confidence du fait que trois des métairies étaient hypothéquées, mais l'obsession de devoir les perdre ne cessa de me hanter pendant tout l'hiver.

A Noël, lors du réveillon habituel avec les ouvriers et les domestiques, tandis que je les voyais plaisanter, s'amuser, rire, dans la grande salle à manger du château, je me demandai s'ils seraient aussi nombreux l'an prochain, si je n'allais pas devoir me séparer d'un grand nombre d'entre eux. J'espérais gagner encore une année si les compagnies n'étaient pas prêtes à temps pour produire leurs rails, mais je savais au fond de moi que de toute façon le problème se reposerait rapidement, parce que je ne pourrais pas trouver des clients aussi puissants et aussi solvables que les sociétés de chemin de fer. A Calvignac, M. Demongeot, en plus des compagnies, avait trouvé pour son acier des débouchés à Decazeville, à Angoulême, dans tout le grand Sud-Ouest. En évitant de devenir aussi dépendant que moi, il avait été plus prévoyant et allait se sauver alors que je ne pouvais que sombrer.

Dès le 2 janvier, je dus arrêter la production des rails et mettre en sommeil le four Martin qui m'avait coûté si cher. Que faire des fondeurs qui y travaillaient ? Je n'eus pas d'autre solution que de les reclasser en forgerons – qu'ils étaient d'ailleurs, à l'origine – et de transformer le peu de fer que je produirais désormais en matériel agricole ou artisanal. Je devais à cet effet réactiver les liens que j'avais noués avec les grossistes de la région, et je repartis donc sur les routes, le plus souvent avec Lina, dont le calme et la douceur m'étaient d'un grand secours.

Ces voyages durèrent malgré le froid jusqu'au mois de juin, mais les marchés conclus ne me permirent pas de payer les traites dont les échéances tombaient fin mai et fin novembre. Je tentai d'oublier ces difficultés dans les foins qui s'annonçaient beaux, j'y participais toujours avec le même bonheur, mais une lettre de M. Delmas, mon banquier de Périgueux, que je reçus le 20 juin, m'annonça qu'il me donnait jusqu'à la fin du mois pour honorer ma dette. Je partis aussitôt pour le chef-lieu – seul, sans Lina – afin de plaider ma cause, mais ce fut en vain : j'eus beau invoquer la soudaineté de la décision des compagnies de chemin de fer, la reconversion que j'étais en train d'opérer, il me démontra que les banques aussi étaient dans les difficultés et qu'elles ne pouvaient plus transiger. En conséquence, si je ne payais pas avant la fin du mois, il ferait jouer les garanties que j'avais apportées.

De retour à Grandval, je fis mes comptes et constatai que décidément, non, je ne pouvais pas payer, et je me résolus à négocier pour que ne soit vendue que la métairie des Janissoux. Je plaidai pour que la vente ne fût pas effective avant les récoltes, ce que j'obtins non pas par faveur, mais tout simplement parce que le notaire de l'acheteur ne put établir les actes avant la fin du mois de septembre. Je réussis également à faire maintenir dans les lieux les métayers qui y travaillaient, et j'en fus très heureux car je n'aurais pas pu les recaser ailleurs.

Un été chaud et sec avait passé trop vite, pour moi et pour Lina qui avions fait de la gerbebaude une fête où chacun avait pris sa part, dans la cour de la Borderie, à l'abri des grands chênes. Elle avait duré jusqu'au matin et j'y avais retrouvé une peu de cette chaleur humaine qui me faisait tant de bien. Je fus donc très étonné, en septembre, quand Mestre et Pélissier vinrent me trouver un matin dans mon bureau pour m'apprendre qu'il y avait un meneur hostile parmi les ouvriers.

– Il projette de former un syndicat, ajouta Pélissier en roulant ses grands yeux indignés.

– Comment s'appelle-t-il ?

– Chambeaudie. C'est un jeune fondeur qu'on a pris pour faire face aux commandes de rails.

– D'ou vient-il ?

– De Hautefort. Rappelez-vous, il vous a été recommandé par votre beau-père.

Je le fis venir et reconnus un jeune homme qui effectivement travaillait là depuis deux ans, guère plus. Il avait un regard farouche, sûr de lui, dans un visage anguleux couronné de cheveux noirs, épais, qu'il portait très longs. Je lui fis observer tout de suite qu'il n'était pas nécessaire de former un syndicat dans une forge qui comptait une trentaine d'ouvriers, lesquels travaillaient sur le domaine cinq mois par an, ce qui n'était pas le cas dans les villes.

– C'est la loi, me dit-il.

– Une loi qui ne prend pas en compte la réserve ou les métairies qui leur apportent d'autres revenus.

– Vous les vendez, les métairies, répliqua-t-il avec du mépris dans la voix.

– Ce n'est pas moi qui les vends, mais la banque, ce qui prouve assez que la situation est difficile, et que ce n'est pas la peine d'y ajouter d'autres difficultés.

– Tous les patrons disent ça.

Je compris qu'il ne servait à rien de discuter, que ce jeune homme était endoctriné par les cercles les plus radicaux qui voyaient le jour un peu partout – y compris dans les bourgs comme Hautefort ou Tourtoirac – et je lui dis simplement avant de le congédier :

– Quatre-vingt-dix pour cent des forges du Périgord ont fermé leurs portes. Je me bats depuis toujours pour que celle de Grandval continue de fonctionner, et ce n'est pas la constitution d'un syndicat qui la sauvera.

– Vous ne payez pas assez vos ouvriers.

– Parce que je ne peux pas.

– Ça ne vous empêche pas de vivre bien.

– J'ai toujours fait en sorte que les gens du domaine vivent le mieux possible et je les ai toujours aidés quand ils ont été dans le besoin.

– C'est une attitude paternaliste qui n'a plus lieu d'être aujourd'hui. C'est fini, tout ça, monsieur.

Oui, je le savais que les choses avaient bien changé, que le vieux monde rural craquait de toutes parts en étant confronté à l'ouverture des frontières et à la concurrence étrangère, que nous allions bientôt changer de siècle, que Grandval était en péril. Mais je savais aussi que j'allais me battre pour maintenir en vie ce domaine, pas seulement pour moi, mais pour ce fils qui était parti, et dont j'étais persuadé qu'il reviendrait un jour pour perpétuer ce que mon père et tant d'autres avant lui avaient su défendre tout au long de leur vie.

12

APRÈS les scandales politiques et financiers qui avaient culminé au moment de l'affaire de Panama, le pays se divisa de nouveau avec l'affaire Dreyfus, dans laquelle je ne pris pas parti, étant bien incapable de juger d'une culpabilité dont j'ignorais tout, sinon ce qu'en rapportaient les journaux, d'avis opposés selon qu'ils appartenaient à la droite ou à la gauche républicaine au pouvoir. Au reste, les affaires du pays m'intéressaient de moins en moins : j'avais compris depuis longtemps qu'il ne servait à rien de combattre une évolution de la société qui était devenue irréversible, et qu'il valait mieux que je rassemble mes forces pour défendre Grandval et ceux qui y vivaient.

Mais je ne disposais pas des mêmes forces qu'avant, car le temps avait passé et je venais d'atteindre les soixante-cinq ans, Lina également. Cela faisait douze ans que nous étions réunis, et je m'étais félicité chaque jour d'avoir su la ramener vers Grandval alors que nous étions jeunes encore. Douze ans qui m'avaient paru durer à peine six, que pas un nuage n'avait assombris, qu'une douce complicité nous avait unis, si bien que mon épouse partageait aujourd'hui toutes mes préoccupations.

– Fabien, me disait-elle, nous avons tout ce qu'il nous faut pour vivre, et pour longtemps. Ce n'est pas le cas des ouvriers que tu n'as pu garder.

J'avais dû effectivement me séparer de six ouvriers fondeurs au début de la campagne de l'année précédente, et cette séparation avait été un déchirement, car c'était la première fois que j'en étais réduit à une telle décision. Je gardais douloureusement en mémoire ce soir où ils étaient partis, quittant les communs avec leur pauvre bagage, hésitant encore au moment de prendre la route, suivis gravement du regard par ceux qui restaient mais qui se demandaient si leur tour n'allait pas venir bientôt.

J'étais allé demander conseil à M. Demongeot qui, toujours bienveillant quoique dans les mêmes difficultés que moi, m'avait adressé à des acheteurs de fonte dans les Pyrénées, qui acceptèrent de m'en commander quelques tonnes. Il m'apprit également qu'il avait trouvé un débouché pour une partie de son fer en fabriquant des clefs pour les boîtes de conserve. Je me lançai aussitôt dans cette fabrication sans être certain de pouvoir les vendre, mais je pus occuper ainsi mes forgerons et finis par trouver un acheteur à Angoulême.

– Tu vois, me dit Lina, ce n'est pas la peine de te faire tant de souci.

L'âge avait fait blanchir ses cheveux et lui avait donné la sérénité qui me faisait défaut.

– Je n'ai aucun mérite, Fabien, me disait-elle, tout ce que j'ai espéré, je l'ai eu.

Il y avait cependant en elle, maintenant, quelque chose de fragile, comme un ressort essentiel qui menaçait de se briser.

– Qu'est-ce que tu vas chercher ? se moquait-elle quand je m'en inquiétais, je ne me suis jamais si bien portée.

Je savais que ce n'était pas vrai, et le médecin me l'avait confirmé, mais le sourire de Lina, chaque matin, donnait le change et c'est vrai qu'elle paraissait heureuse, comblée, même si elle participait moins activement aux travaux de l'été. Elle tenait à manier le râteau à l'occasion des foins au moins pendant une heure, également la faucille au moment des moissons, surtout celle de la Borderie où elle se rendait toujours avec le même plaisir. Un soir d'orage, nous dûmes nous réfugier dans la borie comme nous l'avions fait il y avait si longtemps. Nous n'y étions pas seuls, comme cette fois-là, mais je passai mon bras autour de ses épaules, la serrai contre moi. Je la regardai furtivement et vis qu'elle avait fermé les yeux. Le tonnerre roulait au-dessus des collines, les éclairs déchiraient le ciel sur la vallée dont les arbres ployaient. Je la sentis un instant peser contre moi, si fort que je compris qu'elle avait perdu conscience. Ce fut bref, mais suffisant pour que je m'en inquiète, une fois la pluie calmée, l'orage parti vers d'autres contrées.

– Ne t'inquiète pas, Fabien, me dit-elle, j'ai eu seize ans, et c'était tellement bon que mes jambes ne m'ont plus portée.

Pourtant, quelques jours plus tard, alors que nous passions devant la tombe de Thibaut et de mes parents, au cœur de la Borderie, elle me confia qu'elle aussi souhaitait être ensevelie dans la terre de la réserve et elle ajouta, comme je lui donnais évidemment mon accord, heureux de cette volonté à laquelle je ne m'attendais pas :

– S'il te plaît, Fabien, je voudrais que les restes de mon père et de ma mère y reposent aussi.

– Ils sont à Périgueux.

– Oui, mais j'ai tenu à ce qu'ils ne soient pas ensevelis dans la fosse commune des indigents. J'ai trouvé assez d'argent, à cette époque-là, pour payer un caveau.

Et, comme je me demandais s'il était possible d'obtenir une telle autorisation de transfert de corps :

– Promets-moi, Fabien, s'il te plaît. Ce n'est pas de revanche qu'il s'agit, mais nous avons vraiment été heureux ici.

– Je te le promets, dis-je.

Nous continuâmes notre route vers la Borderie dont j'avais arraché la vigne pour replanter en cépages américains réputés résistants au phylloxéra, mais qui ne donnaient pas encore de raisins. C'était un mois de septembre lourd d'orages qui n'en finissaient pas de gronder au-dessus des collines, et nous regrettions tous les deux ces vendanges des années passées, auxquelles nous participions comme à une fête longtemps espérée, la dernière avant l'isolement de l'hiver.

– Allons voir, me dit-elle.

Les ceps, encore trop jeunes, ne portaient effectivement aucun fruit, mais quelques feuilles, déjà, avaient poussé, d'un vert profond, vivace, qui annonçait des vendanges à venir.

– Bientôt nous pourrons couper les raisins de chaque côté d'un rang comme nous le faisions, dis-je.

Et, comme elle demeurait silencieuse, avec, soudain, une grande tristesse dans le regard :

– Tu te souviens de nos doigts sur les grappes ? Encore deux ou trois ans, et nous pourrons de nouveau...

Son regard m'arrêta net : elle ne dit pas un mot mais je compris qu'elle se savait malade et qu'elle se demandait si elle allait vivre deux ans de plus. Elle fit demi-tour, se dirigea vers la Borderie sans se retourner et lia conversation avec la femme de Mestre.

Cet automne-là, même s'il y aurait eu nécessité à le faire, je ne parcourus pas les routes pour visiter les grossistes comme à l'ordinaire. Je le passai près de Lina, inquiet de la voir dépérir, malgré le sourire qu'elle gardait toujours en ma présence, et les propos rassurants qu'elle tenait avec une évidente sincérité :

– Quoi qu'il arrive, Fabien, me disait-elle, de quoi me plaindrais-je ? Tout ce que j'ai voulu, je l'ai eu.

– Pourquoi me dis-tu cela ? Tu ne te sens pas bien ?

– Je suis toujours bien quand tu es là.

A la mi-décembre, alors que nous commencions à préparer les fêtes de Noël, et que je travaillais dans mon bureau depuis tôt le matin, je m'étonnai qu'elle ne fût pas encore levée à huit heures. Je montai dans la chambre où je la découvris allongée entre la porte et le lit, les yeux clos, respirant à peine. J'appelai Maria et Louisa pour m'aider à la transporter sur le lit et envoyai Martin chercher le Dr Larribe. En l'attendant, je m'assis à côté de Lina, pas vraiment étonné de ce qui se passait, mais étreint par une immense douleur en la découvrant incapable de répondre à mes questions, les yeux toujours clos, un mince filet de souffle entre ses lèvres. Je répétai vainement à plusieurs reprises :

– Lina, réponds-moi.

A un moment donné, il me sembla que ses paupières battaient, qu'elles allaient se soulever, et un murmure, ou plutôt une plainte, s'échappa de sa bouche.

– Sois forte, lui dis-je, le docteur va arriver.

Il fut vite là, car, par chance, il n'était pas encore parti en tournée. Il l'examina et son verdict tomba, implacable :

– Une attaque : le cerveau est atteint.

Puis, comme je m'asseyais, les jambes coupées, il vint vers moi et posa une main sur mon épaule :

– Il faut voir comment ça va évoluer. Ne vous inquiétez pas trop, ils retrouvent parfois la parole et l'usage d'une partie des membres.

– Elle est paralysée ? dis-je.

– Pour le moment, du côté droit. Je vais lui faire une saignée et je reviendrai ce soir. En attendant, faites-la boire, et ne la laissez pas seule.

J'en aurais été bien incapable. Dès qu'il fut parti,

je vins m'asseoir sur le lit, tout près d'elle. Nous l'avions appuyée contre des oreillers, et ses yeux, grands ouverts maintenant, me fixaient mais sans la moindre angoisse. Au contraire, il y avait sur ses lèvres une sorte de sourire qui semblait signifier qu'elle ne souffrait pas, qu'elle consentait à ce qui venait de la frapper.

– Est-ce que tu m'entends ? demandai-je.

Ses cils battirent une fois, une seule fois, mais assez pour que je devine qu'elle était consciente et que, comme mon père jadis, elle pouvait se faire comprendre par signes, en attendant, du moins pouvait-on l'espérer, de retrouver la parole.

Les jours qui suivirent ne révélèrent, hélas, qu'une motricité partiellement retrouvée pour la main droite, mais pas de la jambe qui semblait morte, incapable de la porter. Sa bouche demeurait figée dans cette sorte de sourire qui ne laissait plus passer aucun son mais qui donnait une impression de calme et même de sérénité. Je pris l'habitude de passer une grande partie de la matinée avec elle avant de me rendre à la forge, et de lui parler continuellement pour ne pas la laisser seule là où elle se perdait, bouleversé par l'idée que justement je l'avais laissée seule trop longtemps, sans secours, loin de moi. Je lui parlais de la Borderie, des rives de l'Auvézère où elle faisait la lessive, de nos moissons, de nos vendanges passées, de Périgueux et de la chambre dans la vieille ville, et de ce jour où je l'avais retrouvée à Hautefort, pour la ramener au château. Je lui racontais comme je l'avais aussi attendue, combien j'avais pensé à elle, et quelquefois une larme coulait sur ses joues, et j'étais à peu près persuadé que ce n'était pas une larme de tristesse mais une larme de bonheur.

– Je crois qu'elle ne souffre pas, disais-je au médecin chaque fois qu'il venait au château, espérant une confirmation à laquelle il voulait bien consentir.

– Je crois aussi, m'approuvait-il.

Maria et Louisa faisaient manger Lina, s'occupaient de sa toilette, l'habillaient, la couchaient, et je me demandais comment j'aurais pu faire face sans elles. Non que je n'en n'aurais pas trouvé la manière et la force, mais je savais qu'elle aurait souffert de se trouver ainsi dépendante de moi, diminuée, différente de celle qui courait vers la Borderie, dans l'éclat d'une jeunesse où nous nous étions rencontrés et voués l'un à l'autre.

Comme la nuit tombait tôt dans cet hiver hostile, chargé de pluies et de grêle, je rentrais vers quatre heures après avoir réglé les problèmes avec Mestre et Pélissier, et je m'asseyais près d'elle, lui prenais la main, continuais de parcourir le chemin de nos vies dont le souvenir était désormais pour elle le seul moyen d'être heureuse. Tout ce que nous avions partagé me revenait à l'esprit et je lui en faisais le récit, certain qu'elle y prenait plaisir autant que moi, jusque dans ces heures de la nuit où je dormais à côté d'elle, touchant de temps en temps cette chair qui pour moi demeurait douce et vivante, aussi chaude que celle dont j'avais découvert le contact, il y avait si longtemps, un soir d'orage.

Oui, c'est de cela que je me souviens le mieux aujourd'hui : de sa peau chaude contre la mienne, car ce n'étaient pas ses membres qui étaient morts, mais une partie de son cerveau incapable de leur commander des mouvements que je revoyais les yeux clos, quand je la guettais sur le chemin de la Borderie, que jouaient dans le soleil ses jambes et ses épaules couleur d'abricot. Je rêvais qu'elle marchait à côté de moi, que nous courions vers l'Auvézère pour nous y baigner, j'en étais sûr, j'entendais distinctement ses pas et je pleurais dans mon sommeil d'un bonheur que le matin anéantissait brutalement, me laissant désemparé, coupable de n'avoir pas su, une fois de plus, la protéger.

Ainsi passa cet hiver beaucoup plus humide que froid, au point qu'une inondation menaça la forge, à laquelle j'aurais été bien incapable de faire face. L'eau s'arrêta à seulement dix centimètres de la digue, puis elle reflua après trois jours d'accalmie, la pluie ayant été chassée par le vent du nord. Ensuite, heureusement, un printemps précoce s'installa dès le mois de mars, étendant sur les prés et les collines des tapis de verdure sur lesquels crépitaient les rayons du soleil. Lina tournait souvent la tête vers la fenêtre, une lueur nouvelle dans ses yeux clairs, comme si les beaux jours réveillaient aussi en elle une force endormie.

Un matin, après avoir remué les lèvres vainement dans un effort qui parut l'épuiser, elle réussit à prononcer un mot qui me remplit d'espoir :

– « Foins », dit-elle doucement, si doucement que je l'entendis à peine, mais assez pour croire que la parole allait lui revenir.

Ce ne fut pas le cas, mais à partir de ce jour, je ne

cessai de lui parler des foins qui s'annonçaient beaux, des moissons à venir. En mai, elle prononça un deuxième mot, et j'étais loin de deviner que c'était le dernier :

– « Sortir », dit-elle en traînant sur les syllabes, comme un enfant qui apprend à lire.

– Oui, lui dis-je, nous allons sortir, et même tous les jours, si tu veux.

Le lendemain, Martin et Maria m'aidèrent à la porter vers le cabriolet où nous l'installâmes à côté de moi, soutenue par des oreillers. Ainsi, avec le beau temps revenu, je pris l'habitude de l'emmener chaque jour à travers les prés et les champs qui blondissaient sous le soleil, et cela jusqu'aux foins auxquels elle assista, assise à l'ombre dans son fauteuil, non pas au plus chaud de l'après-midi, mais en fin de matinée et juste avant le soir, dans cette odeur d'herbe sèche qu'elle aimait autant que moi et qui semblait accentuer le sourire posé sur ses lèvres entrouvertes. Nous rentrions lentement sous un ciel de dragée qui lui faisait lever la tête vers la lisière où il s'appuyait sur les collines, dans la chaleur de la fin du jour, quand les seuls bruits étaient le grincement des chars rentrant vers les fermes ou l'aboiement des chiens qui les escortaient. Souvent, après le dîner, je portais son fauteuil sur la terrasse, nous partagions en silence les secrets de la nuit, et parfois les doigts de sa main gauche parvenaient à serrer les miens.

Elle assista également aux moissons et aux battages, en fut heureuse aussi, je le sais, j'en suis sûr, puis, comme si elle avait été comblée par ces ultimes petits bonheurs, elle mourut une nuit de septembre, sans que rien, la veille, n'ait pu le laisser prévoir. La mort n'avait pas réussi à effacer le sourire de ses lèvres que j'effleurai des miennes, une dernière fois, me sentant abandonné, soudain, comme jamais je ne l'avais été.

Nous la portâmes en terre sous les frênes de la Borderie, là où reposaient tous les miens et où, trois mois plus tôt, fidèle à ma promesse et en sa présence, j'avais fait transporter le corps de ses parents. Il faisait beau sous les frênes qui murmuraient leur chanson de feuilles. Quelques petits nuages semblaient arrêtés dans le ciel comme des sentinelles, chargés d'on ne savait quelle mission secrète. Pour ne pas chanceler, je ne cessai de me répéter les mots qu'elle avait prononcés un jour, avec une sincérité qui m'avait touché : « Tout ce que j'ai voulu, Fabien, je l'ai eu. » Rien, dans le monde, n'évoquait l'infinie tristesse d'une séparation définitive, mais plutôt une sorte de permanence. Et pourtant je la perçus douloureusement à cause de l'indifférence exprimée dans les éclats chauds de la lumière, la beauté des collines en train de changer de couleur, le bleu profond d'un ciel inaccessible.

Je restai huit jours anéanti, vacant, privé d'une part de moi-même. Puis la proximité de la campagne de fonte m'obligea à réagir, car elle ne s'annonçait pas meilleure que les précédentes. Je repris le chemin de la forge où je découvris une certaine surprise dans les yeux des ouvriers qui me virent une fois ou deux douter de mes forces, incapable que je me montrai, en leur présence, de répondre aux questions de Pélissier. Je dus prendre sur moi-même, lutter contre l'immense fatigue qui avait croulé sur mes épaules, et je me remis en route lentement, sans être certain d'atteindre au seul but qui me restait désormais : sauver la forge et le domaine.

Comment continuons-nous à vivre amputés d'une part de nous-mêmes ? Où trouvons-nous cette énergie qui apparaît si dérisoire ? Même à mon âge, je n'ai pas réussi à le comprendre, simplement à le constater. L'urgence à agir, en tout cas, me sauva à ce moment-là du renoncement. Mestre, Pélissier, tous les ouvriers gardaient le regard tourné vers moi, y compris le jeune Chambeaudie qui avait renoncé finalement à créer un syndicat. A cause des négligences de l'année passée et du fait que je m'étais occupé de Lina, les carnets de commandes étaient quasiment vides. Je réussis in extremis à reconduire un marché de fonte avec l'acheteur des Pyrénées, et me remis en route dès le mois d'octobre pour visiter les grossistes et les détaillants de la région. A ce moment-là, une lettre de Pierre, à qui j'avais écrit après la disparition de Lina, me fut d'un grand secours. Il m'annonçait que j'étais grand-père, un fils lui étant né au printemps dernier, qu'il avait baptisé Aurélien. Il me promettait de venir me voir l'été prochain, avec sa femme et son fils, et de rester au moins quinze jours à Grandval. Cette nouvelle me rendit le courage qui m'aurait fait défaut sur les routes froides de l'hiver, car elle me donna la sensation de ne pas lutter pour rien.

Martin mourut de pneumonie pendant l'hiver qui fut très froid et très humide, et Maria dut rester alitée un bon mois. Mestre accepta de s'occuper des deux chevaux qui me restaient et je n'eus pas besoin de remplacer Maria qui se remit, heureusement, à l'approche du printemps, bien soignée par Louisa avec qui elle travaillait depuis si longtemps. Autant la première était ronde et forte, autant la seconde était frêle et maigre mais d'une énergie sans faille. Je savais que je pouvais compter sur elles, qu'elles ne quitteraient pas le château, comme toutes ces femmes de maison qui avaient choisi de se dévouer toute leur vie aux familles qui les avaient accueillies de bonne heure, et considérées comme des membres à part entière.

A la Borderie, le fils de Mestre, avec mon autorisation, était revenu marié de Périgueux pour seconder son père. Ce retour m'avait réconforté, car j'avais cru les départs des jeunes vers la ville irréversibles, mais ils y trouvaient des conditions d'existence plus difficiles qu'ils ne le pensaient et certains, parfois, revenaient. Ce n'était qu'un feu de paille, car les emplois, là-bas, étaient aussi nombreux que rares à la campagne, mais je ne pus m'empêcher d'entrevoir une lueur d'espoir qui m'aida elle aussi, à ce moment si difficile de ma vie.

Restait la forge, dont les ventes diminuaient quoi que je fasse, sans qu'une solution nouvelle apparût. Je ne réussis pas à payer les traites de mai, si bien que Delmas fit une nouvelle fois jouer la garantie que j'avais apportée avec la métairie de la Dorie. Le coup fut aussi rude que lors de la première vente, mais, malgré cette nouvelle amputation du domaine, la forge tournait toujours et le grondement du haut-fourneau n'allait se taire que pour l'été, je me l'étais promis. Je me démenai pour renouveler les marchés plus tôt que les années précédentes, poussé par une nécessité de vendre qui était devenue vitale, et j'y parvins avant les foins, en tout cas plus facilement que je ne l'avais redouté.

L'été approchait et je l'attendais avec impatience, Pierre m'ayant annoncé sa venue pour la mi-juillet. Il arriva comme promis, le 12, avec sa femme et son fils. Je le trouvai changé, m'étant sans doute imaginé qu'il ne pouvait pas vieillir, alors qu'il avait aujourd'hui trente-six ans. Ses traits s'étaient creusés, mais il y avait toujours cette force en lui, une force qui me quittait, moi, au fil des ans, et que je lui enviais, non pas pour moi-même mais pour la forge et pour le domaine. Sa femme était curieusement vêtue d'une robe longue en soie bleue, avec un col malgré la chaleur, et je compris que c'était sa tenue habituelle en Indochine, dont elle ne pouvait pas se passer. Son fils était brun, et quelque chose dans le regard et le front me rappela Florine, cette part de ma vie où j'avais été heureux d'une autre manière qu'avec Lina, mais heureux tout de même, je ne pouvais pas me le cacher. Ils avaient amené avec eux une domestique asiatique qui s'occupait de l'enfant et qui couchait sur une natte à même le plancher de la chambre.

Pierre m'expliqua dès leur arrivée qu'ils ne pourraient pas rester longtemps, car il avait beaucoup de choses à régler à Paris avant de repartir par le bateau qui mettait plus d'un mois pour rallier Saigon où il avait été nommé attaché militaire auprès du Gouverneur général. Si j'avais un moment espéré un retour définitif – sans trop y croire, cependant –, j'abandonnai très vite cette idée. Je lui fis visiter le domaine, ou ce qu'il en restait, sans doute avec la pensée que la perte des métairies alerterait quelque chose en lui : un refus, un regret, un remords, je ne savais quoi au juste. Je lui expliquai une nouvelle fois dans quelle situation se trouvait la forge, mais il n'en parut pas vraiment affecté. Lui-même me confia les nombreuses difficultés qu'il rencontrait là-bas pour moderniser un pays aux coutumes archaïques, et où tout posait problème, pour l'administration française mais aussi pour l'armée chargée du maintien de l'ordre. Il ajouta que c'était un pays merveilleux, d'une beauté magique, qui ensorcelait tous ceux qui y posaient les pieds. Je compris qu'il ne reviendrait pas, en tout cas pas tout de suite, mais il voulut bien me laisser entrevoir un espoir, le dernier soir, sur la terrasse où, depuis toujours, nous tenions nos conversations en goûtant la douceur de la nuit.

– Quand Aurélien sera grand, me dit-il, s'il veut faire des études, nous aurons le temps de revenir.

Je ne lui en demandais pas tant. Avec ces quelques mots, il m'avait redonné l'énergie qu'il me manquait et je ne pris pas le risque de lui arracher une promesse formelle. Cela me suffit, car il avait réveillé un espoir qui, parfois, m'abandonnait.

Nous veillâmes tard, cette nuit d'avant son départ, sous le ciel de juillet où scintillaient les mêmes étoiles fidèles et indestructibles, et qui, me sembla-t-il, l'émurent plus qu'il ne l'avouait. Quand nous nous quittâmes, il me serra dans ses bras comme si rien, jamais, ne nous avait opposés, et il me dit :

– Prends soin de toi.

Le lendemain, à Périgueux, dans la cour de la gare, il s'attarda auprès de moi un peu plus qu'il n'en avait l'habitude, et il me sembla lire dans ses yeux cette promesse de retour qu'il n'avait jamais pu prononcer.

Quand la fille du fils Mestre alluma le haut-fourneau, en octobre, je chassai en moi la pensée que c'était peut-être la dernière fois. J'avais tenu à ce que ce jour-là fût, comme depuis mon enfance, jour de fête, perpétuant ainsi une tradition qui me rassurait, comme elle rassurait sans doute les ouvriers. Mais l'essentiel n'était pas de produire de la fonte ou des objets travaillés par les forgerons, l'essentiel c'était de les vendre. J'avais beau faire, la forge perdait chaque année de l'argent, et je ne trouvais pas de solution pour la rendre rentable. Je passai cet hiver-là à chercher des acheteurs, mais je tombai malade en janvier et je dus m'aliter pendant quinze jours. En février, il fit très froid et je ne pus repartir, le Dr Larribe me l'ayant interdit, si bien que lorsque je fis les comptes, si les traites de la banque avaient été apurées par les métairies gagées, je me rendis compte que je ne pouvais payer ni le coke que je faisais venir de Decazeville ni les derniers mois de salaire des ouvriers.

Je fus alors obligé de vendre la métairie de la Chassénie, tout en essayant de me persuader que nous allions enfin un jour, M. Demongeot et moi, trouver la solution pour renverser le cours des choses. Il me persuada de faire comme lui : se séparer d'une dizaine d'ouvriers, afin de réduire les salaires et de ne pas produire inutilement. C'était évidemment la seule issue, du moins pour le moment. Je me séparai donc, la mort dans l'âme, des ouvriers célibataires, ceux qui vivaient dans les communs et servaient de domestiques dans la réserve à la belle saison. Ils partirent après les moissons, c'est-à-dire à la fin août, mais je n'eus pas le cœur de les voir s'en aller. Je chargeai Pélissier de leur donner un petit viatique qui leur permettrait de vivre au moins un mois, le temps qu'ils trouvent du travail ailleurs. Il ne m'en restait désormais que quinze, dont quatre fondeurs et cinq forgerons.

Et pourtant je gardais l'espoir, car nous avions toujours su évoluer, même au moment des grandes crises consécutives à l'ouverture des frontières décidée par l'Empereur. J'envisageai sérieusement de recruter des charbonniers car le charbon coûtait beaucoup moins cher que le coke, mais le métier s'était perdu, et il n'y en avait plus, à part un ou deux vieux qui étaient à bout de forces et ne désiraient absolument pas reprendre du service. Je décidai donc de fabriquer, outre les clefs de conserve, des serrures et des clefs ouvragées, davantage de plaques de cheminée en fonte. Comme j'avais arrêté le four Martin depuis que je ne vendais plus d'acier, j'arrêtai le gazogène qui consommait trop de coke, et je revins à l'affinage traditionnel au four à puddler en remettant en marche le récupérateur de gaz. J'avais ainsi limité les prix de revient et repris espoir dans un équilibre des comptes qui, selon mes prévisions, devait apparaître dès le printemps suivant.

A l'automne, la compagnie de chemin de fer inaugura la gare de Hautefort et ouvrit une ligne qui ne conduisait pas à Périgueux mais à Angoulême par Thiviers. Elle était censée, l'année suivante, joindre Terrasson, et, de là, assurer la correspondance avec Brive et Bordeaux. Je fus heureux de l'apprendre, car elle me permettrait de voyager plus facilement pour trouver de nouveaux clients, les voyages en voiture, à mon âge, étant devenus pénibles et sources de coups de froid qui m'épuisaient.

En décembre, Pélissier, qui m'était si dévoué, mourut d'une pneumonie. Ce grand diable qui semblait indestructible disparaissait au moment où j'avais le plus besoin de lui. Son grand corps abattu par la maladie me parut terriblement fragile dans la mort, et j'y vis, pendant quelques jours, un bien mauvais présage. Il laissait une veuve que ses filles avaient quittée, s'étant mariées, l'une à Excideuil, l'autre à Saint-Agnan. Elle continua de s'occuper de la cuisine, même si les ouvriers qui y vivaient étaient moins nombreux. Outre ses qualités de cantinière, en effet, elle avait toujours assuré le bon fonctionnement des communs, secondant en cela son mari qui dirigeait tout ce qui touchait à la forge. Je remplaçai Pélissier par le plus ancien des forgerons, un homme d'une soixantaine d'années qui s'appelait Louis Audubert : même s'il ne manifestait pas la même autorité que Pélissier, il inspirait le respect par son savoir et son habileté.

A Noël, je veillai à ce que le réveillon traditionnel fût aussi pourvu que les précédents, et ces hommes et ces femmes, dans la grande salle à manger du château, me mirent du baume au cœur. Car Lina me manquait, et je me sentais seul, malgré Maria et Louisa qui perpétuaient la présence des femmes, dans un château devenu trop grand, où rôdaient des souvenirs dans chaque pièce, tous aussi bouleversants les uns que les autres. Si ce n'était Lina, c'était Florine, c'était Pierre dont j'entendais le pas, la voix, dont je sentais le frôlement dans un couloir, dans une pièce où j'étais seul, pourtant, à continuer de vivre, mais pas tout à fait sûr, certains soirs, de le vouloir vraiment.

13

JE me souviens très bien du 1er janvier 1900 qui n'était pas encore un changement de siècle, mais qui concrétisait pour moi une rupture de plus en plus évidente avec le monde d'avant, celui que j'avais tellement aimé. Dehors il faisait froid, très froid, avec des rafales d'un vent du nord qui laissait présager la neige. Je passai la journée dans mon bureau à lire, à trier des papiers et, finalement, vers le soir, à faire des comptes qui ne révélaient pas du tout l'équilibre que j'avais espéré. Heureusement, une lettre de Pierre, que j'avais reçue un peu avant Noël et que je pouvais relire à ma guise, parvenait à réduire cette impression de solitude qui m'accablait parfois, surtout lorsque je n'étais pas suffisamment occupé. Il me parlait de sa vie, là-bas, à Saigon qu'il préférait, et de beaucoup, à Haiphong, mais il me demandait des nouvelles de la forge, comme s'il s'en préoccupait, désormais. Je lui répondis sans rien lui cacher de la vérité, espérant en cela l'attirer par une sorte d'urgence à défendre ce qui pouvait encore l'être.

Quelques jours plus tard, il neigea, et je pus une nouvelle fois assister à ce spectacle grandiose de la lueur rouge du haut-fourneau se détachant sur le blanc immaculé des prés et des champs. Son ronronnement me rassurait, la nuit, quand je m'éveillais, lors d'insomnies de plus en plus fréquentes, au cours desquelles j'alignais mentalement des chiffres qui ne me satisfaisaient jamais. Les affaires ne s'amélioraient pas. Il ne me restait, outre la réserve de la Borderie, plus que trois métairies : celle de la Fondial, celle de la Brande, et la plus petite : celle de la Dorie. J'envisageai un moment d'engager un homme pour démarcher les clients à ma place, car, à soixante-dix ans, je n'avais vraiment plus la force de prendre la route. J'y renonçai par peur de ne pas pouvoir le payer, d'autant qu'une bouée me fut jetée, avec un appel d'offres de la compagnie du Paris-Orléans, auquel je répondis sans trop y croire, mais que je remportai avec la joie qu'on imagine : il s'agissait de fournir des poutres en acier pour la construction d'un pont sur la Dordogne. La commande devait être réalisée en juin, c'est-à-dire à la fin de la camppagne de fonte.

Je réussis à remettre en activité le four Martin et à reconvertir très vite des forgerons en fondeurs, d'autant que la plupart avaient déjà occupé ces postes, et il me sembla alors que tout recommençait comme avant – je feignis du moins de le croire. Les ouvriers retrouvèrent à cette occasion un entrain qu'ils ne manifestaient plus guère, et ce printemps-là fut magnifique, grâce à un soleil précoce qui semblait apporter avec lui un espoir tout neuf.

Je pus livrer l'acier à temps et éviter les pénalités de retard qui auraient grevé le bénéfice que j'en escomptais. Mais je constatai pendant l'été, après le paiement de la commande, qu'elle avait seulement équilibré les comptes de l'année, sans me permettre de faire face aux dettes de l'année passée.

Il n'était cependant pas du tout question de renoncer : je devais à tout prix perpétuer l'activité de la forge pour ceux qui viendraient après moi. Pierre m'avait annoncé en mai dans une nouvelle lettre que sa femme attendait un deuxième enfant. Ce combat que je menais, je savais que je le mènerais jusqu'au bout de mes forces, même si l'âge me contraignait à me battre depuis mon bureau, sans pouvoir aller et venir à ma guise, comme je l'avais toujours fait, sur les routes familières du Périgord.

Après les moissons, dont le feu, sur les aires, me réchauffa le cœur comme chaque année, je constatai qu'il n'y avait pas de nouvel appel d'offres de la compagnie du Paris-Orléans, et que, sans commande importante, l'année à venir serait difficile. Je me décidai alors à reconvertir un ouvrier-fondeur en représentant, afin de trouver de nouveaux marchés pour les clefs, les serrures, les socs et les plaques de cheminée. Je le choisis jeune, sachant lire et écrire, et je le fis voyager par chemin de fer : il s'appelait Jacques Lefebvre, était originaire de Tourtoirac, et il manifestait depuis son entrée à la forge beaucoup d'entrain et d'esprit d'initiative. Ce fut une décision que je ne devais pas regretter : il revint fin septembre avec un carnet de commandes bien garni, qui assurait du travail au moins jusqu'à la fin de l'année.

Je me dis alors que j'aurais dû prendre une telle initiative depuis longtemps, ce qui m'aurait évité de m'épuiser sur les routes, au détriment du bon fonctionnement de la forge et du domaine. J'en fus rasséréné, délivré d'un poids immense, même si ce renoncement de ma part en annonçait d'autres – je ne pouvais pas me le cacher. Mais, au moins, les forces qui me restaient me permettaient de parcourir le domaine où, à chaque détour du chemin, je trouvais les images de bonheurs anciens mais non encore éteints. Là résidaient mes seules joies, mais elles suffisaient à remplir ma vie, à l'éclairer d'une lumière qui me réchauffait agréablement. C'était Florine, c'était Lina qui venaient vers moi en souriant, c'était Thibaut qui courait à mes côtés pour aller pêcher dans l'Auvézère, c'étaient des vendanges et des moissons dont j'entendais les rires et les cris, et par-dessus tout le ronronnement du haut-fourneau qui peuplait la vallée d'une vie dont le souffle ne pouvait pas s'éteindre.

Un an passa, sans trop de problèmes, avec des comptes légèrement déficitaires, mais que je parvenais à stabiliser avec les revenus des métairies. Cet équilibre pouvait durer, me disais-je, à condition d'être prudent, de ne pas engager de frais ou de travaux qui le mettraient en péril. Pierre n'était pas venu à Grandval, mais il écrivait toujours deux ou trois fois l'an, me donnant des nouvelles de son fils aîné, mais aussi du deuxième qu'il avait eu, pour sa plus grande joie et celle de sa femme, et qu'il avait prénommé Grégoire. J'étais seul au château avec Louisa, maintenant, Maria ayant disparu l'hiver précédent, bien que nous l'ayons soignée avec tout le soin que méritait le dévouement qu'elle avait toujours manifesté vis-à-vis de Grandval.

Le fils de Mestre avait pris le relais de son père à la Borderie, et s'occupait du parc et des deux chevaux qui me restaient. La campagne de fonte venait de reprendre, dont le foyer avait été allumé, comme d'habitude, par une main innocente : celle de la fille de Jacques Lefebvre dont la famille habitait les communs. Tout s'annonçait bien, dans cet automne qui poudrait les bois de rouille et d'or, traînant avec lui des odeurs de moûts, grâce aux nouveaux ceps qui donnaient enfin des grappes. Même si la récolte avait été moins importante que par le passé, les vignes avaient retrouvé leur aspect d'antan et retenti de ces rires qui coulaient dans mon cœur comme du miel à la pensée de mes doigts sur ceux de Lina, quand nous vendangions de part et d'autre d'un rang aux feuilles humides de rosée et que je prétendais vouloir les réchauffer.

Le mois d'octobre passa dans cet éclaboussement de couleurs qui sait si bien embraser les automnes, et novembre s'annonça dans des foucades de vent tiède, un vent qui forcit en une journée après avoir tourné à l'ouest. Dans la nuit du 8 au 9, il y eut une tempête qui brisa les branches des peupliers le long de l'Auvézère, et qui ne faiblit que légèrement le lendemain. Ce fut au cours de la nuit suivante qu'un bruit inconnu vint me chercher au fond de mon sommeil : ce n'était pas le ronronnement habituel du haut-fourneau, mais un grondement qui, tout de suite, m'alerta et me fit me lever pour m'approcher de la fenêtre. Et dans la seconde même où je portai mon regard vers la forge, je compris que la lueur, là-bas, derrière les arbres, n'était pas celle du haut-fourneau mais celle de l'incendie que je redoutais depuis que j'avais négligé, faute de moyens, de l'entretenir comme je l'aurais dû.

Aussitôt, j'entendis les cris, je vis des gens courir sur le chemin, entre la forge et le château. Je m'habillai en toute hâte et je descendis, trouvai le contremaître, hagard, sur la terrasse, et je sentis le vent qui soufflait en rafales furieuses.

– Une partie de la cheminée s'est effondrée, me dit Audubert. Le vent a poussé le feu vers la halle et l'atelier de la forge, on a peur pour les communs.

Je le suivis en toute hâte, malgré mes jambes qui tremblaient sous moi, et trouvai les ouvriers en train de faire une chaîne avec des seaux depuis la digue sur l'Auvézère. La halle à coke, dont la charpente était en bois, flambait déjà, de même que le monte-charge, car le feu attisé par le vent violent avait rapidement progressé dans leur direction. A trente mètres, se trouvaient les communs que la lueur du feu éclairait comme en plein jour et que des flammèches, emportées par la bourrasque, frôlaient déjà. Des gens accouraient de partout, se bousculaient, criaient, réclamant des seaux et, dominant le tout, le tocsin de Saint-Martial soulignait le grondement de l'incendie. J'assistais, paralysé, au drame qui se jouait, comme fasciné par l'immense foyer qui illuminait maintenant toute la vallée, depuis les collines d'Excideuil jusqu'à celles de Hautefort.

Je sentis la présence d'un homme à côte de moi : c'était Louis Audubert, le contremaître, qui ne m'avait pas quitté depuis que j'étais sorti du château, et qui se lamentait.

– Des briques ont cédé dans le bas du four, juste au-dessus de la halle de coulée, me dit-il, comme s'il cherchait à s'excuser d'une faute qu'il n'avait pas commise. Le conduit s'est écroulé en quelques minutes, entraînant la cheminée. Les flammes ont jailli de partout et le vent a fait le reste.

Je ne lui répondis pas – j'en étais bien incapable – mais j'eus une pensée bizarre : celle du spectacle qu'aurait donné un pareil incendie sur la neige une nuit d'hiver. Un homme, en me bousculant, me fit reprendre mes esprits. De plus en plus de flammèches s'échappaient du foyer principal et semblaient sauter sur la toiture des communs. La halle de coulée avait été détruite la première, le monte-charge était parti en fumée, la halle à coke menaçait à son tour de s'écrouler. Seuls résistaient les fours, dont j'apercevais par moments l'ossature trapue dans le cœur ardent du foyer, mais il était évident qu'ils ne survivraient pas longtemps. Tout à coup, effectivement, le four à puddler explosa, provoquant un mouvement de panique parmi les ouvriers qui se regroupèrent dans l'espace libre entre la forge et les communs. Il faisait très chaud, à cet endroit-là, vers lequel je refluai moi aussi, en me demandant si des hommes n'avaient pas été blessés par les briques projetées au moment de l'explosion. Ça ne semblait pas être le cas, mais le danger me fit retrouver assez de lucidité pour crier à Audubert :

– Qu'on abandonne la forge, qu'on défende les communs !

Je n'ai jamais regretté cette décision, car rien n'aurait pu la sauver, au contraire des communs où des hommes étaient montés sur le toit, afin de le défendre contre les flammèches qui retombaient comme autant d'étoiles filantes couleur d'or. Une chaîne humaine s'activait entre la digue et les bâtiments qui semblaient immenses dans la lueur du feu, mais terriblement vulnérables. Ce qui dominait tout, maintenant que les cloches s'étaient tues, c'était le grondement monstrueux de l'incendie et le crépitement des charpentes qui étaient encore debout sur les ateliers de la forge. Des arbres, sur les rives, avaient été touchés et flambaient à leur faîte en se tordant sous le vent comme sous l'effet d'une immense douleur. Les poutres maîtresses des charpentes cédaient une à une avec des craquements sinistres qui claquaient comme des coups de fusil. Je m'aperçus qu'une porte des communs commençait à brûler. Des hommes réussirent à l'éteindre, mais l'odeur du bois calciné, malgré les rafales, était devenue oppressante. Le combat entre les hommes et le feu était inégal et pourtant il dura jusqu'au moment où, à l'approche du matin, le vent tomba brusquement, comme il arrive souvent dans les aubes de l'automne.

Il s'était passé cinq heures depuis le moment où

j'étais sorti du château, et il me semblait être debout depuis une heure seulement. Le temps, pour moi, s'était arrêté avec le début de l'incendie, en fait dès que j'avais regardé par la fenêtre. J'avais pris place dans la chaîne qui faisait circuler les seaux. Mes jambes ne me portaient plus, ou à peine, quand je compris qu'on allait pouvoir sauver les communs, même si une partie de la toiture avait été touchée. Le haut-fourneau et la forge, eux, n'étaient plus maintenant qu'un amas de braises rougeoyantes d'où dépassaient des moignons de poutres calcinées.

Des silhouettes hagardes s'agitaient toujours pour arroser le toit et les murs des communs. Les hommes avaient la peau noircie, les cheveux couverts de suie, et ils étaient épuisés, comme je l'étais, face à ce désastre dont je portais l'entière responsabilité – je ne cessais de me le répéter – pour avoir négligé les travaux indispensables à la solidité du haut-fourneau. Mais avec quoi aurais-je pu les payer ? J'avais eu assez de mal à régler les salaires et le coke pendant ces dernières années. Cette idée-là, cependant, autant que le spectacle des décombres, m'accabla tellement que j'eus un malaise et que je m'affaissai le long du mur contre lequel j'avais fini par m'appuyer. Je sentis des mains me soulever, des bras me soutenir, et l'on m'entraîna vers le château où je pus enfin m'asseoir et reprendre mes esprits.

Comme je ne trouvais rien à leur dire, que j'étais plongé dans un abattement profond, les hommes repartirent et je demeurai seul avec Louisa qui pleurait et poussait des soupirs à lui décrocher le cœur. Je ne pus rien avaler du petit déjeuner qu'elle m'avait apporté, seules vivaient en moi les images de l'incendie, des charpentes s'écroulant dans un vacarme épouvantable, des fours explosant en projetant leurs briques vers les hommes dont pas un, je ne savais par quel miracle, n'avait été blessé, du moins je l'espérais. Je restai ainsi prostré pendant au moins une heure avant de trouver la force de me lever et de m'approcher de la fenêtre, mais ce que j'aperçus là-bas, entre les arbres, me fit reculer aussitôt pour m'asseoir de nouveau dans mon bureau où les visites du maire de Saint-Martial et du Dr Larribe m'apportèrent un peu de réconfort.

Il me fallut trois jours avant de pouvoir revenir sur les lieux de la catastrophe, trois jours durant lesquels je ne réussis pas à envisager réellement les conséquences de ce qui s'était passé. Mais les dégâts, dans la réalité, étaient bien tels que je les revoyais sans cesse en pensée : le haut-fourneau, les fours, les halles, la forge, les ateliers étaient entièrement détruits, il n'y avait plus rien à sauver. Les ouvriers et leurs femmes erraient autour de moi sans oser s'approcher. Audubert m'expliqua qu'ils s'étaient entassés dans ce qu'il restait des communs, qu'il fallait leur parler, car ils étaient très inquiets et très malheureux. Je voulais bien m'adresser à eux, mais pour leur dire quoi ?

– Il le faut, insista Mestre, on peut en loger à la Borderie et les deux métairies en se serrant un peu.

Je lui fus reconnaissant de me donner des conseils pratiques, les seuls qui pouvaient me permettre de les rassurer pour l'instant.

– Soyez sans crainte, leur dis-je, vous passerez

l'hiver ici, ou dans les métairies s'il n'y a pas assez de place. Je vous ferai distribuer du pain et des pommes de terre.

Et j'ajoutai, avec le plus de fermeté possible dans la voix :

– Pour la forge, j'ai besoin de réfléchir, voir des banquiers, des artisans, je vous donnerai des nouvelles dès que je le pourrai.

Et je retournai au château où je m'enfermai pour ne plus voir ces décombres noircis qui, trois jours après la catastrophe, fumaient encore avec une odeur qui m'était devenue aussi insupportable qu'eux.

La première chose que je fis, quand j'eus retrouvé un peu d'empire sur moi-même, ce fut d'écrire à Pierre pour lui apprendre la nouvelle et lui demander de venir à Grandval dès qu'il le pourrait. Curieusement, après avoir envoyé cette lettre, je me sentis moins seul. Il est vrai, aussi, que les visites se succédaient au château : le fils de M. Demongeot qui avait remplacé son père décédé, les gens de Ruelle, des clients de la région, des connaissances de Hautefort ou d'ailleurs. J'étais bien incapable de répondre aux questions de mes visiteurs, de leur faire part de mes décisions. Car je n'avais rien décidé, sinon d'employer les ouvriers désœuvrés à déblayer les décombres, ce qui aurait au moins le mérite de supprimer le spectacle affligeant que nous avions devant les yeux. Ils s'y employèrent d'autant plus facilement que cette initiative de ma part sous-entendait, de leur point que vue, que j'allais reconstruire.

Mais reconstruire avec quel argent et pour quoi faire ? De la fonte et de l'acier invendables ? Pourtant, je ne pouvais pas renoncer comme cela, aussi facilement, et je passai l'hiver en démarches qui me donnèrent l'illusion que tout était encore possible. L'activité économique du pays étant devenue favorable depuis un an ou deux, M. Delmas n'était pas opposé à étudier les possibilités de financement d'une nouvelle forge axée davantage sur la transformation du fer que sur sa production, mais il demandait en garantie les métairies de la Brande et de la Fondial. Je ne pouvais pas l'accepter, car le château, pour subsister, désormais, avait besoin des deux. Je passai en revue toutes les solutions, écrivis à Pierre pour solliciter son avis, mais il me répondit qu'il n'était pas en mesure de se prononcer de si loin. Par ailleurs, il m'indiquait qu'il ne pourrait pas venir l'été prochain, mais il m'assurait de toute sa confiance. J'étais seul, comme je l'avais toujours été mais sans jamais le ressentir de façon aussi aiguë, pour prendre une décision qui allait sceller le destin de Grandval.

Avec l'arrivée des beaux jours, le fait d'assister aux foins dans la lumière toujours aussi belle de l'été, me réconforta en me donnant le spectacle – la preuve aussi, sans doute – d'une permanence heureuse. Regarder les hommes et les femmes de la Borderie manier la fourche et le râteau me conforta dans l'idée que ces gestes, seuls, étaient capables d'assurer la survie du domaine. Dès lors, en moi, ma décision fut prise : je ne mettrais jamais en péril le château et les métairies, ce qui constituait en fait depuis toujours le cœur de Grandval. Mais au souvenir des efforts de mon père et des souhaits de Thibaut quant à la survie de la forge, je décidai d'aménager un petit atelier de transformation du fer dans les communs, puisque, selon lui, nous étions avant tout des forgerons. Ainsi se trouverait préservée l'âme de Grandval.

Dès lors, toute mon énergie passa dans ce projet auquel j'employai les ouvriers qui avaient choisi de rester, et pour lequel M. Demongeot fils me vendit à bas prix les outils nécessaires au travail du fer – nous avions pu par ailleurs en récupérer quelques-uns dans les décombres de la forge. Je vendis à cet effet la petite métairie de la Dorie, une opération qui me rapporta suffisamment d'argent pour réparer la toiture des communs. Ainsi un atelier vit le jour dans l'aile gauche qui suffisait à abriter les six ouvriers qui restaient à Grandval. Si bien que, dès le printemps suivant, si je n'entendais plus la cloche des charges et le grondement du haut-fourneau, j'entendais au moins les marteaux qui travaillaient le fer, et ceux des hommes qui modelaient des clefs, des serrures, des socs de charrue, des ferrures, des faucilles, des cercles de barrique, des pioches, des haches, des pics de vigne : toutes sortes d'objets destinés à la paysannerie qui se fournissait sur le marché local, auprès des détaillants ou des grossistes. J'entretins ainsi l'illusion d'être resté un maître de forge, sans jamais mettre en péril le destin du domaine.

Il me fallut des mois avant d'accepter ce qui s'était passé. J'évitais toujours de regarder l'endroit où se dressait jadis le haut-fourneau, un endroit que j'avais fait soigneusement nettoyer pour que rien ne subsiste des décombres noircis d'un événement qui, avec le recul, m'apparaissait maintenant moins catastrophique : j'en venais même à penser que, peut-être, l'incendie m'avait sauvé de la ruine totale, qu'il avait été allumé par la main divine qui veillait sur Grandval, ou par celle des disparus qui y dormaient et voulaient ainsi préserver leur tombeau. Cette pensée m'apaisa définitivement. Mon père, mon frère m'avaient aidé à leur manière, sans doute aussi Lina qui reposait sous les frênes de la Borderie. J'avais gardé les ouvriers les plus vieux, persuadé que les jeunes, de toute façon, seraient partis : nul ne gagne un combat engagé contre les lois économiques qui gouvernent le monde.

Les revenus de la Brande, de la Fondial et les produits de la réserve me suffisaient amplement pour vivre, veillé que j'étais par Louisa qui s'occupait des repas et du train de maison. Un bien petit train, en vérité, mais qui me suffisait. J'avais la chance de pouvoir encore me déplacer à ma guise et de parcourir le domaine à la recherche des ombres qui ne me fuyaient point, mais qui venaient vers moi, au contraire, pour partager un moment de recueillement. J'avais aussi la chance de pouvoir tenir un outil, et même si c'était peu de temps, le parfum des foins et celui des épis battus sur les aires me comblaient pour tout l'an à venir.

Les hivers n'étaient jamais trop froids et les printemps réveillaient Grandval aussi soudainement que jadis : en une semaine les collines se couvraient d'un vert tendre que l'été ternissait et que l'automne transformait en rouille et en or. L'Auvézère continuait de couler dans des murmures qui devenaient très vite, lorsque j'attendais dans l'ombre des frondaisons, ceux de Thibaut ou de Lina. La disparition de mon frère demeurait l'un des plus grands regrets de ma vie. Avec Florine, avec Lina, j'avais eu le temps de vivre, mais avec Thibaut, pas assez. Je le voyais courir près de moi sur les chemins, me soutenir face aux colères de mon père, puis disparaître soudainement derrière un bouquet d'arbres, comme il avait disparu pendant une guerre qui, comme toutes les guerres, n'était pas utile, sinon à quelques hommes qui en espéraient du profit. Parfois, la nuit, dans cette chambre que je n'ai pas quittée et où nous dormions jadis, Thibaut et moi, j'avais l'impression de l'entendre respirer dans l'ombre et j'évitais soigneusement d'allumer une bougie. Alors je me rendormais dans une paix au milieu de laquelle brillait un soleil qui savait me réchauffer même au cœur de l'hiver.

QUATRIÈME PARTIE

Le fer

14

La vie nous réserve bien des surprises. Alors que je croyais la mienne terminée, au mois de mai de l'année 1904, une lettre de Pierre m'apporta douleur et espoir. Sa femme venait de mourir en mettant au monde un enfant – un troisième fils, qu'il avait baptisé Antoine. Anéanti par cette disparition brutale, Pierre m'annonçait sa venue pour l'été, et je me mis à l'attendre avec au fond de moi un fol espoir : ce drame n'allait-il pas le pousser à revenir définitivement en France ? Je n'osai penser « à Grandval », mais une petite flamme s'était remise à brûler, fragile encore, vers laquelle mon esprit demeurait tourné même pendant mon sommeil.

Cet espoir me rendit des forces et les douleurs de mon âge disparurent comme par enchantement, me permettant de parcourir les chemins pour organiser les travaux de l'été qui s'annonçait chaud. A la Borderie, la Brande et la Fondial, il y avait à faire, même si je savais pouvoir compter sur Mestre pour m'aider. J'eus le temps et le plaisir de participer au début des foins avant que Pierre n'arrive, ce qui me réchauffa le cœur comme chaque année. Il était évident que j'avais réussi à préserver l'essentiel, puisque le domaine continuait de vivre comme il avait toujours vécu, que le martèlement du fer dans l'atelier perpétuait une activité sans laquelle Grandval n'eût plus été le même. C'est ce que j'allais m'efforcer de démontrer à Pierre, espérant susciter ainsi un sursaut de sa part.

Mais de sursaut, d'abord, il ne fut pas question : ce fils qui avait toujours été sûr de ses décisions, fort de ses succès m'arriva terriblement ébranlé par le drame qu'il avait vécu. Sa femme était morte, ses trois enfants n'avaient plus de mère et sa présence était indispensable auprès d'eux. Aurélien, l'aîné, avait sept ans, Grégoire, le second, quatre ans, et Antoine seulement quelques mois. Heureusement, une nurse indochinoise, qui s'occupait d'eux, avait accepté de les suivre en France, mais pas définitivement. Elle repartirait dans trois mois.

– J'ai besoin de réfléchir, de reprendre des forces, me dit Pierre, le premier soir, alors que, comme à notre habitude, nous étions assis sur la terrasse vers laquelle affluait ce parfum d'herbe sèche qui m'est si précieux.

Il y parut sensible, lui aussi, retrouvant un peu du sentiment de sécurité de son enfance, des sensations, des émotions d'une époque où les drames n'existaient pas.

Je lui parlai ce soir-là de la disparition brutale de sa mère, puis de celle de Lina, et il comprit que je savais à quel point il souffrait. J'en profitai pour lui raconter comment et pourquoi je m'étais remarié si vite et il parut apaisé, soudain, comme si la blessure que j'avais ouverte en lui à cette époque-là pouvait enfin cicatriser. Il me demanda alors des nouvelles du domaine et de la forge et je fus très heureux de lui dire que j'en avais sauvé l'essentiel : la réserve, deux métairies, et un atelier. Je n'osai pourtant pas lui dire ce soir-là que Grandval n'attendait que lui pour renaître. Je ne voulais pas lui forcer la main, même si toutes mes pensées secrètes m'y poussaient. Je souhaitais qu'il y vienne de lui-même. Mais il y avait trop de souffrance en lui, il fallait qu'il trouve le temps de se reprendre, de réfléchir à son avenir et à celui de ses enfants.

– Sais-tu ce que mon frère Thibaut me disait lors de chacun de ses retours ? demandai-je.

– Non, répondit Pierre, je ne sais pas.

– Que nous étions des forgerons. Des hommes de fer.

Pierre se tourna vers moi, et je distinguai à peine son visage dans l'obscurité.

– Il disait ça, Thibaut ?

– Oui, cela signifiait surtout, pour lui, que nous n'étions pas hommes à plier devant l'adversité.

– Et il est mort lui aussi.

– Non ! Il est vivant, près de moi. C'est pour lui que j'ai remonté l'atelier dans les communs. Pour que le cœur de Grandval ne cesse pas de battre.

Il y eut un long moment de silence entre nous, puis Pierre reprit, dans un soupir :

– La seule chose dont je sois sûr, c'est que je vais quitter l'armée, car mes enfants ont besoin de moi.

Pour le reste, il me faut un peu de temps, je ne suis pas actuellement en état de décider quoi que ce soit.

– Tu as tout le temps, répondis-je, rien ne presse.

Il se tut un moment, parut réfléchir et demanda :

– Il faut que je parte pour Paris pour régler la succession de ma femme avec ses parents. Est-ce que vous accepteriez de garder mes enfants en attendant que je revienne ?

– Où crois-tu qu'ils seraient mieux qu'ici ?

– Je ne sais pas, dit-il. J'hésitais à vous imposer cette charge, ce souci supplémentaire.

– Rien ne peut me faire plus plaisir que d'entendre des cris et des rires d'enfants.

Pierre se tourna de nouveau vers moi et dit, d'une voix qui tremblait un peu :

– Merci, père.

Il repartit trois jours plus tard, à Paris, me confiant les enfants et leur nurse qui, heureusement, parlait un peu français, me laissant étonné de tant de vie dans le château où, quelques jours auparavant, je vivais seul avec Louisa.

Je pris aussitôt les dispositions qui s'imposaient et demandai à Mélinda, la fille de Jacques Lefebvre, l'homme qui faisait office de représentant chez les grossistes, de venir aider Louisa et la nurse, qui s'appelait Minh. Nous avions été deux dans le château, nous étions maintenant sept, dont trois jeunes enfants, l'aîné et le second étant profondément touchés par la perte de leur mère.

Je compris qu'il fallait essayer de les rallier à la

vie et, dès le lendemain de leur arrivée, je les emmenai dans le cabriolet vers les métairies où l'on rentrait le foin. Ils découvrirent alors les travaux des champs, les repas de midi pris sur des grandes tables, la familiarité des gens de chez nous qui les accueillirent comme s'ils les connaissaient depuis toujours. Un soir, en rentrant au château, comme il faisait très chaud, j'arrêtai le cheval au bord de l'Auvézère et je leur proposai de se baigner. Comme ils se montraient réticents, je leur racontai que je me baignais à cet endroit lorsque j'étais enfant, et ils finirent par entrer dans l'eau, oublièrent leur peur, jouèrent à s'asperger, s'immergeant complètement, enfin, retrouvant le sourire qu'ils avaient perdu.

L'aîné, Aurélien, me rappelait mon père : il était brun, trapu, et son regard noir s'arrêtait souvent sur moi, comme pour m'interroger sur l'injustice que représentait pour lui la disparition de sa mère. Mais il ne me posait pas encore de questions à ce sujet : la blessure était trop vive pour qu'il pût si vite en parler. Le second, Grégoire, paraissait plus fragile physiquement : fin, presque gracile, ayant hérité de la blondeur de sa mère, il semblait complètement sous la coupe de son aîné et paraissait ne pas se rendre compte tout à fait du drame qui s'était joué si loin d'ici.

Quand j'arrivai, ce soir-là, la nurse poussa des cris devant les pantalons et les cheveux mouillés des deux enfants, mais Louisa la rassura : ils ne risquaient pas de prendre froid avec cette chaleur. Quant à moi, j'étais bien décidé à les faire vivre comme j'avais vécu, persuadé que j'étais que seule l'alliance avec le monde qui les entourait pouvait leur rendre le goût de la vie. Aussi, dès le lendemain matin, je les emmenai de nouveau avec moi, les abandonnai une heure avec les enfants des métayers qui les conduisirent dans les fenils, auprès des animaux, si bien qu'ils me revinrent crottés, la peau hâlée, mais souriants.

Une nouvelle fois, à notre retour, Minh tenta de protester, mais Louisa et Mélinda eurent tôt fait de stopper ses gesticulations. L'une et l'autre, malgré leur différence d'âge et de physionomie – Mélinda avait seulement vingt-cinq ans, était bien en chair contrairement à Louisa qui n'avait que la peau sur les os – savaient manifester une autorité pleine de naturel et d'énergie à laquelle il n'était pas facile de s'opposer. Aussi bien les enfants devinaient-ils en elles une force, un abri, une sorte de protection, en tout cas beaucoup plus que chez leur nurse, de plus en plus fermée sur sa réprobation.

Elle fit part de ses récriminations à Pierre dès son retour. Il était demeuré absent quinze jours et il n'en revint pas de la transformation de ses fils. Il les avait laissés abattus, effondrés, et il les retrouvait presque heureux grâce à leur capacité d'oubli, mais surtout grâce à la vie qu'ils menaient désormais au grand air et dans la découverte d'un monde chaleureux, exempt de menaces. Non seulement il n'accorda aucune importance aux propos de la nurse, mais il me demanda par quel miracle ses deux fils paraissaient transformés.

– Tout simplement parce qu'ils se sentent bien, ici, lui répondis-je.

Mais je n'insistai pas. Je ne voulais pas avoir raison trop vite, forcer la main du destin, même si, en moi, tout m'y poussait. J'avais confiance dans Grandval, dans sa force, dans ses douceurs comme dans ses colères, dans ses prairies, ses collines, la beauté de son ciel que l'été soulignait de fins nuages blancs.

J'avais raison. Pierre, épuisé, décida d'y rester jusqu'à ce qu'il soit en mesure de prendre une décision. Alors, chaque matin nous partîmes vers la réserve et vers les métairies, où il fit la connaissance du fils Mestre, de sa femme et de leurs enfants. A la Fondial vivaient les Chanourdie : un couple de trente ans avec deux enfants. A la Brande travaillaient les Bessaguet : les parents dans la cinquantaine, leur fils Baptiste et leur belle-fille Louise, qui avaient trois enfants. Pour eux, ce n'était pas l'abondance, à peine la suffisance, mais je m'efforçais toujours de les secourir quand ils étaient dans le besoin.

Pierre s'assit avec moi à la table familiale de la Brande où les femmes nous servirent un verre de vin, et il me parut ému par la pauvreté des lieux, le sol en terre battue, les châlits au fond de la pièce, les poules qui entraient et sortaient, apportant avec elles le fumier de la cour.

– Il faudrait mettre un peu d'ordre dans tout ça, me dit-il sur le chemin du retour.

– Je me suis surtout occupé de la forge, répondis-je comme pour m'excuser. Je n'ai jamais eu le temps de changer leur manière de vivre, comme

Bugeaud l'a fait, par exemple, sur son domaine de la Durantie.

J'ajoutai, comme Pierre paraissait intéressé :

– Tu pourrais peut-être aller voir son fils qui s'occupe maintenant du domaine. Il doit avoir ton âge.

Il ne répondit pas, mais je compris que j'avais réveillé quelque chose en lui. De fait, quand nous arrivâmes, ce jour-là, il me demanda à visiter l'atelier. J'étais étonné qu'il ne l'eût pas fait plus tôt, mais j'avais résolu d'attendre qu'il s'y décide de lui-même. Contrairement à ce que j'avais espéré, cette visite, au lieu de retenir son attention, l'accabla. Je n'avais pas mesuré à quel point mes six ouvriers travaillaient dans des conditions déplorables : un matériel en très mauvais état, aucune organisation, sinon celle que tentait d'imposer Jacques Lefebvre, trop souvent absent de Grandval – Audubert, lui, était mort deux ans auparavant sans que je trouve à le remplacer.

Ce soir-là, je sentis le regard de mon fils peser sur moi, mais il ne fit aucun reproche. Au contraire, il me parla de la situation politique du pays, et j'y décelai un mauvais présage. Il me sembla que ses pensées étaient tournées ailleurs que vers Grandval. Je crus que je l'avais perdu. Aussi, ce fut bien distraitement que je lui répondis quand il sollicita mon avis sur la politique des radicaux au pouvoir, sur l'Alliance russe, ou l'expansion coloniale en Afrique. Alors que je m'enfonçais dans des pensées moroses, et comme je m'apprêtais à aller me coucher, Pierre évoqua la remontée spectaculaire des prix agricoles qui, selon lui, allaient permettre aux paysans de se moderniser en achetant du matériel.

– Il y a ici tout ce qu'il faut pour en bénéficier, ajouta-t-il : les terres pour développer les récoltes, l'atelier pour fabriquer un matériel adapté.

Il n'alla pas plus loin, mais je dormis mieux cette nuit-là, ayant compris qu'il réfléchissait et que je devais le laisser libre, lui donner le temps de prendre une décision qui l'engageait aussi bien que ses trois enfants.

Il réfléchit tout l'été, alla visiter Charles Bugeaud sur ses terres de la Durantie, il participa aux moissons puis au dépiquage, s'occupa de ses fils, fit un nouveau voyage à Paris à la fin du mois d'août, renvoya Minh en Cochinchine, ayant compris que Mélinda et Louisa leur apportaient à peu près tout ce dont ils avaient besoin. Surtout Mélinda, qui était jeune mais très maternelle, et qui les gavait de figues confites, de confitures, de chocolat chaud, les serrait sur son ample poitrine en les couvrant de baisers.

Se posa alors la question de l'école pour Aurélien. Pierre envisagea de l'envoyer à Paris, chez ses beaux-parents, mais le chagrin de l'enfant fut tel, son désespoir si total, qu'il en fut ébranlé et qu'il s'interrogea devant moi à voix haute :

– Après avoir perdu sa mère, doit-il vivre éloigné de son père ?

– Cela dépend de l'endroit où va vivre son père, lui dis-je, d'une voix dans laquelle je m'efforçai de dissimuler la moindre émotion.

– En effet, dit-il.

Le lendemain, il s'enferma avec Aurélien pour une conversation qui dura longtemps, puis il vint me trouver dans mon bureau où je feignais de faire des comptes, l'esprit trop occupé par ce qui se jouait à quelques mètres de moi. Pierre s'installa, un peu gêné, me sembla-t-il, puis il commença avec précaution, comme pour me ménager :

– Les enfants sont heureux, ici, et c'est ici qu'ils veulent vivre.

– Il m'a semblé, en effet.

Il se tut un instant, reprit :

– Puisque vous le souhaitez si fort, je vais rester aussi, mais il faudrait que nous en parlions vraiment, père.

– C'est peut-être le moment, dis-je, inquiet des hésitations et des scrupules que je discernais.

– En effet.

– Eh bien !

– Eh bien, père, je ne voudrais pas que vous le preniez en mauvaise part, mais il faudrait tout changer, ici, tout reconstruire, et je voudrais pour cela avoir les mains libres.

– Tu les as, dis-je, soulagé de constater que ses seules réticences n'en étaient pas vraiment.

Pour moi, les problèmes ne se trouvaient pas là, mais dans les moyens financiers à mettre en œuvre.

– Il faudrait changer les méthodes de culture, semer du trèfle, faire de l'élevage, utiliser des engrais, exploiter la moindre parcelle de terre, peut-être trouver d'autres métayers.

– C'est exactement ce que j'aurais dû faire si

j'avais été sûr que tu reviendrais un jour : alors j'en aurais eu la force.

Il sourit, reprit :

– Ce n'est pas le plus important, père.

– Et qu'est-ce donc, le plus important ?

Il hésita un instant, puis il poursuivit :

– Il faudrait reconstruire la forge où elle se trouvait, c'est-à-dire sur la rivière, pour remettre en activité les marteaux hydrauliques.

– La forge et le haut-fourneau ?

– Non, la fonte c'est fini. Il faut acheter le fer en Lorraine et le transformer ici, au besoin en inventant des machines.

– Des machines ?

– Oui. Des faucheuses, par exemple, ou des batteuses qui remplaceraient le dail et le fléau.

– Et qui les inventerait, ces machines ?

– Moi. Vous avez oublié que j'étais aussi ingénieur ?

J'étais stupéfait et en même temps submergé par une joie si totale que j'en oubliai l'essentiel : où trouver l'argent nécessaire ? Pierre en vint de lui-même à évoquer ce problème qu'il avait déjà résolu :

– J'ai de l'argent : on ne dépensait rien en Cochinchine, et de plus je suis chargé d'administrer la part d'héritage de mes enfants. Puisque c'est ici qu'ils veulent vivre, c'est ici que je vais l'investir.

– Mais toi-même, dis-je, est-ce que c'est bien ici que tu veux vivre ?

– C'est en tout cas ici que j'ai été heureux, et bien que je sois parti très loin, je ne l'ai jamais oublié.

– Alors pourquoi as-tu tant hésité ?

– A cause de mes beaux-parents : ils sont hostiles à ce projet. Ils voudraient que leurs petits-enfants vivent à Paris, près d'eux. Ils m'engagent à rester dans l'armée où je peux devenir colonel.

Je restai d'abord sans voix, puis je pris sur moi pour ne pas l'influencer, ce dont il me saurait gré un jour, j'en étais persuadé.

– Il n'y a que toi qui puisses décider.

– Vous avez toujours respecté cette liberté, mais pas eux. Je crains qu'en mon absence, même si j'obtenais un poste d'officier à Paris, ils n'accaparent les enfants. C'est aussi pour cette raison que je veux rester à Grandval.

Il ajouta, tout bas :

– Si vous êtes d'accord, père.

– Tu sais bien que j'en ai rêvé toute ma vie. Sois sans crainte : si tu le souhaites, je t'aiderai, mais je ne remettrai jamais en cause tes décisions.

– Merci, père, c'est ce que je voulais entendre.

Il hésita encore une fois, ne se levant pas de son fauteuil, le regard perdu vers la fenêtre.

– Il y a autre chose ? demandai-je.

Son regard revint sur moi, il acquiesça de la tête.

– Oui, un autre élément a joué dans ma décision.

Et, comme j'attendais, suspendu à ses lèvres :

– C'est assez difficile à expliquer, mais je devine qu'une guerre, un jour, est inévitable. Je suis sûr qu'avec les armes d'aujourd'hui, je n'en réchapperais pas.

Il soupira, ajouta :

– Je ne veux pas que mes enfants grandissent sans mère et sans père.

– Tu as raison, dis-je, c'est assez douloureux comme ça aujourd'hui.

Un nouveau silence tomba, puis Pierre se leva, vint vers moi, me tendit la main, mais je l'attirai contre moi.

– Alors, c'est entendu ? fit-il quand nous nous séparâmes.

– C'est entendu.

Il me remercia une nouvelle fois puis il me laissa seul, tellement heureux que je n'osais pas croire tout à fait à ce que j'avais entendu. Il n'avait rien à craindre de moi, mon fils : le souvenir de la tyrannie de mon père, dont j'avais tant souffert, ne s'était jamais éteint malgré le temps passé et je n'avais pas du tout l'intention de me comporter comme lui. En outre, mes forces n'étaient plus les mêmes, elles allaient continuer de décliner, et ce serait un soulagement de me reposer sur Pierre. Grandval avait besoin de jeunesse et l'avait enfin trouvée. Qu'est-ce qui aurait pu me rendre plus heureux ? Rien, et je le savais.

J'entendis Grégoire et Aurélien courir dans les escaliers et je sortis pour les rejoindre dans la cour.

Quelques jours plus tard, les vendanges réunirent tous les gens du domaine pour plus d'une semaine, dans les touffeurs et les parfums chaudronnés du moût et des futailles. Je pris Aurélien avec moi et lui montrai comment couper délicatement les grappes, ne pas les écraser dans le panier, ne rien oublier derrière lui. Je ramassai ainsi les raisins de quatre ou cinq rangs, avant de renoncer à cause de la chaleur. Mais c'était assez, pour moi comme pour lui. Il avait compris comment procéder, tout en croquant des grains de temps en temps, comme tous les enfants, incapables de résister au plaisir de sentir éclater dans leur bouche les fruits gorgés de soleil.

Chaque soir nous dînâmes dans la cour du château, à la Borderie ou dans les métairies, engourdis par la fatigue et l'odeur des raisins mis à bouillir dans les cuviers. Pierre y participait avec ses deux aînés et je le sentais heureux. Une fois sa décision prise, il se laissait aller, réapprivoisait ce monde qu'il avait bien connu et qu'il redécouvrait.

– Comment est-il possible que rien n'ait changé ? me demandait-il.

– Ce n'est pas tout à fait vrai. Nous n'entendons plus la cloche des charges ni le grondement du haut-fourneau.

– Je parlais de la terre et des métairies.

– La terre change moins vite que les hommes, lui dis-je. Faut-il s'en réjouir ou s'en désoler ?

Il me dévisagea en souriant mais ne répondit pas. Il m'avait annoncé qu'il allait devoir repartir pour Paris afin de régler définitivement la succession, avant de faire établir un plan et des devis pour reconstruire la forge au printemps. En tant qu'ancien officier, il projetait aussi de prendre contact avec l'arsenal de Rochefort et l'armurerie de Ruelle, car il pensait pouvoir sous-traiter la fabrication de matériel. Bref, il allait être très occupé tout l'hiver, et il profitait des derniers beaux jours avec ses enfants, avant qu'ils ne reprennent l'école, du moins Aurélien. Comme elle était obligatoire, il avait fait inscrire son fils à Saint-Martial, mais décidé qu'il bénéficierait également de l'enseignement d'un précepteur, le matin, pendant les vacances. A douze ans, il irait au collège à Périgueux, comme lui l'avait fait, et reviendrait à Grandval tous les quinze jours.

Aurélien, à qui son père avait fait part de ses décisions, n'avait pas protesté : il n'avait que sept ans. Un enfant ne sait pas que le temps passe vite, il n'imagine pas le futur, et vit dans le présent, à peine dans le passé. D'ailleurs il parlait rarement de sa mère disparue, semblait tout entier se fondre dans ce monde des campagnes qu'il découvrait, allant de surprise en surprise, de petit bonheur en petit bonheur.

Comme je le lui avais appris, Pierre montra à ses fils la manière de prendre les truites à la main sous les racines de l'Auvézère, de capturer les papillons, les salamandres, les oiseaux, comment chercher les champignons dans les bois des collines, sous les fougères hautes d'un mètre. Puis il partit pour Paris au début d'octobre et le choc fut rude pour les enfants, d'autant que de lourdes pluies les empêchèrent de sortir autant qu'ils l'auraient souhaité. J'eus bien besoin de Louisa et de Mélinda pour les aider à franchir ce cap difficile. Heureusement Pierre revint au bout de dix jours, satisfait d'avoir réglé toutes ses affaires.

Avec l'aide d'un ami architecte, il avait établi un plan de la nouvelle forge, qu'il me montra un soir, avec la passion émerveillée d'un enfant pour un jouet dont il a longtemps rêvé. A partir du bief principal détourné de l'Auvézère, deux amenées d'eau devaient actionner les marteaux hydrauliques grâce à leur roue à augets. De l'autre côté de l'atelier, un système de courroies permettrait de mettre en mouvement les tours, les perceuses, différentes machines qu'il comptait fabriquer lui-même s'il ne les trouvait pas sur le marché. Le bâtiment était prévu sur l'emplacement exact de l'ancienne forge, de manière à ne pas avoir à modifier ni le cours du bief principal ni le barrage d'amont. Il prétendait avoir ainsi limité au maximum les frais de reconstruction, même si l'argent ne paraissait pas son principal problème.

– Et combien comptes-tu employer d'ouvriers ? lui demandai-je ce soir-là.

– Au début, une quinzaine. Après, je verrai en fonction des commandes. J'ai demandé à Lefebvre de s'en occuper au cours de ses déplacements.

Le bâtiment projeté était magnifique, en pierres du pays et couvert de tuiles, et je regrettai un moment l'absence d'un nouveau haut-fourneau dont le grondement eût accompagné mon sommeil, comme avant.

– Tu ne m'écoutes pas, remarqua Pierre. Quelque chose t'inquiète ?

– Pas du tout. Je pensais seulement au haut-fourneau.

Pierre hocha la tête, murmura :

– J'ai tout envisagé, y compris de le reconstruire, mais décidément non : il est impossible de vendre de la fonte ou du fer moins cher qu'en Lorraine. Il n'y a rien à faire.

Je ne le savais que trop. J'étais déjà très heureux

de voir perpétuer par mon fils notre activité de forgerons. Et je savais qu'il avait besoin de moi, car de temps en temps, le souvenir de sa femme disparue le foudroyait brutalement et il demeurait inactif, abattu un jour ou deux, le temps que la présence de ses enfants le remette en selle, le force à repartir.

L'hiver qui surgit brusquement un matin de décembre, le gel emprisonnant jusqu'aux branches des arbres, fut glacial, contrairement aux précédents. Les journées se succédèrent dans une lumière de banquise, que n'osaient même pas affronter les oiseaux. Louisa alluma de grandes flambées dans les cheminées, près desquelles Pierre me retrouvait, entre deux sorties destinées à recruter des artisans pour le printemps. Là, un après-midi, après le repas au cours duquel Grégoire et Aurélien avaient évoqué leur mère, je lui dis, non sans appréhension :

– Il faudra bien un jour songer à te remarier. Il faut une maîtresse dans ce château, tu n'es pas assez souvent présent.

Et j'ajoutai, sans tourner la tête vers lui :

– Tes enfants ont besoin d'une présence maternelle. Surtout les deux plus petits.

– Mélinda fait très bien l'affaire, me répondit-il avec un début d'irritation dans la voix. Elle s'occupe d'eux comme il faut et ils l'aiment beaucoup.

Je n'insistai pas. Je savais qu'il était trop tôt pour qu'il y songe sérieusement, mais je comptais bien parvenir à mes fins un jour ou l'autre. Florine et Lina manquaient beaucoup à Grandval. Il fallait une femme capable d'aider Pierre quand je ne serais plus là, d'autant que Louisa était âgée elle aussi et

Mélinda beaucoup trop jeune pour prendre en main le train de maison. Mais je n'y revins pas. Je savais que j'avais émis une idée qui ferait son chemin, dût-elle y mettre le temps.

Ce fut la période la plus difficile de son retour à Grandval, même si je m'évertuais à distraire les enfants et à appuyer Pierre dans toutes ses démarches. Il n'était pas assez occupé et je devinais que seule la mise en route de la forge le sauverait définitivement de la douleur de ses souvenirs. Je fis en sorte de réunir au château les ouvriers et les métayers à l'occasion du réveillon de Noël qui eut lieu, comme d'habitude, après la messe de minuit, et pendant les quelques jours qui suivirent Pierre retrouva son sourire. Je l'accompagnais chaque fois que je le pouvais, malgré le froid, à Périgueux où je lui fis connaître l'auberge du Vieux-Logis et lui racontai ce qui s'était passé là, il y avait longtemps. Il me parut très intéressé, comme si ma recherche de Lina, alors, devenait un peu la sienne, mais Lina n'était pas sa mère, et il finit par se fermer alors que je me désolais de ma maladresse.

Je n'avais qu'un seul souhait en tête : que le printemps arrive vite et que Pierre soit emporté dans le travail du chantier, des soucis, des projets, qu'il oublie le passé autant que possible. Les grosses pluies qui tombèrent dès le début de février l'inquiétèrent : les eaux ne menaceraient-elles pas régulièrement l'activité de la forge ? Je dus le rassurer, lui expliquer qu'elles débordaient rarement, que lorsqu'elles étaient trop hautes, il suffisait d'ouvrir le barrage pour qu'elles n'envahissent pas le bief.

Début mars, le temps cassa et le vent tourna au sud, comme souvent, en cette saison, même si je savais qu'un retour du froid était toujours à craindre en avril. Mais que m'importaient alors les Saints de glace ? Je savais que le plus difficile était passé, que mon fils était sauvé, que le printemps de cette année 1905 serait aussi celui de Grandval.

De fait, quand les premiers fardiers amenèrent les pierres, le 20 mars, le domaine retrouva son activité de ruche, comme au temps où le haut-fourneau se remettait à gronder dans les aubes grises de l'automne. La noria des attelages ne cessait pas, du matin jusqu'au soir, accompagnée par les cris et les claquements de fouet. Comme le plan de la nouvelle forge coïncidait avec l'ancienne, il n'était pas nécessaire de creuser de nouvelles fondations. Aussi, les murs surgirent-ils de terre très rapidement, montés par une dizaine de maçons de Tourtoirac qui s'arrêtaient à midi, s'accordant à peine une heure pour manger.

Chaque matin, en me levant, je m'approchais de la fenêtre pour vérifier que je n'avais pas rêvé, que la forge reprenait vie, surgissant de la brume des matins d'avril comme une flamme renaissant de ses cendres.

Après avoir donné ses instructions au maître maçon, nous partions, Pierre et moi, dans les métairies où, sur mon conseil, il avait renoncé à trouver d'autres métayers sans savoir si ceux qui y vivaient étaient capables ou non de mettre en œuvre les changements qu'il voulait leur imposer. Je m'en étais félicité : je n'avais jamais chassé de métayers ni de bordiers sans qu'ils eussent commis une faute grave. De surcroît, je me souvenais du jour où les parents de Lina avaient été renvoyés par mon père, et j'avais toujours fait en sorte de protéger ceux qui dépendaient de Grandval, plutôt que de les rudoyer.

Les Mestre, les Chanourdie et les Bessaguet l'écoutèrent sans élever la moindre protestation, même si une certaine réprobation passait dans leur regard qui cherchait le mien. J'approuvai mon fils à voix haute, afin qu'il n'y eût pas le moindre doute dans leur esprit. Il s'agissait bien, à l'avenir, de semer les prairies en trèfle incarnat, d'employer les engrais que le père Mestre leur livrerait, planter des pommes de terre sur au moins deux hectares, réduire le maïs au minimum, garder le blé, augmenter le cheptel grâce aux trois taureaux limousins que nous allions acheter. Étions-nous bien d'accord ? Nous l'étions, mais je compris que je devrais y revenir plusieurs fois à l'insu de mon fils, afin de préserver ces familles auxquelles je tenais autant qu'à la mienne.

Les grands chantiers étant lancés, Pierre repartit sur les routes, afin de trouver les débouchés et le matériel nécessaires au fonctionnement de la forge. Ce fut pendant l'un de ses brefs séjours au château qu'il reçut un exploit d'huissier diligenté par l'avocat parisien de ses beaux-parents. Ceux-ci l'accusaient de détournement d'héritage et exigeaient que ses enfants aillent vivre à Paris. J'en restai un long moment désemparé, et finalement très inquiet.

J'avais tort. Pierre avait repris des forces et il se montra intraitable : puisqu'il fallait plaider, il plaiderait.

– Rien, me dit-il, ne pourra maintenant me détourner de mon projet. Je sais que j'ai pris la bonne décision, aussi bien pour moi que pour mes enfants. Quant à ceux qui voudraient faire croire à une malhonnêteté de ma part, ils viennent simplement de couper définitivement les ponts avec moi. Dorénavant, c'est avec un avocat qu'ils auront affaire, pas avec moi. Je ne leur ferai aucun cadeau. J'envisageais de leur amener mes fils cet été, je ne le ferai pas. Ils ne les verront plus.

Il repartit pour Périgueux afin de confier l'affaire au meilleur avocat de la ville, me laissant seul avec mes interrogations : allait-il être assez fort pour conduire les transformations du domaine et se battre pour ses enfants ? N'allait-on pas les lui prendre un jour ? Et dans ce cas, que déciderait-il ? N'abandonnerait-il pas Grandval ? Je le croyais ébranlé par le malheur qui l'avait frappé et je m'inquiétais beaucoup pour lui. Mais je compris bientôt que la tâche qu'il avait entreprise l'exaltait et qu'il ne faiblirait pas.

– Tu m'as dit l'été dernier que nous étions des hommes de fer, me rappela-t-il un soir, alors que nous devisions sur la terrasse en attendant la nuit. En douterais-tu aujourd'hui ?

– Non, je n'en doute pas. Je pense simplement que tout cela fait beaucoup pour un seul homme.

– Je croyais n'être pas seul, me dit-il avec une sorte de reproche dans la voix.

Je m'en voulus, répondis aussitôt :

– Tu as raison, nous sommes deux.

– Non, dit Pierre, nous sommes cinq Grandval. Qui pourrait nous abattre ?

– Personne, dis-je.

Et je répétai, pour être sûr qu'il m'entende bien :

– Personne. Jamais.

– A la bonne heure, père, je savais que je pouvais compter sur vous.

Je me jurai alors de me montrer aussi fort que lui malgré mon âge, mon corps de plus en plus douloureux, la menace qui pesait sur Grandval à cause du procès à venir. En son absence, je me chargeais de surveiller les travaux, de visiter les métayers afin de leur rappeler ce qui avait été convenu, de veiller sur ses fils qui recherchaient de plus en plus ma présence, surtout l'aîné, comme s'ils avaient besoin de se sentir protégés.

Un événement imprévisible survint au début de juin, aussi douloureux que l'exploit d'huissier reçu un mois auparavant. Un soir, dans sa cuisine, Louisa s'effondra subitement et ne reprit pas connaissance. Le Dr Larribe, prévenu par Mestre, arriva rapidement, mais c'était trop tard. Aurélien l'avait vue tomber et ne s'en consolait pas. Il ne voulut pas dormir seul et Mélinda dut le prendre dans sa chambre. Moi, je ne fermai pas l'œil de la nuit, désemparé par la disparition de cette femme si dévouée, qui vivait au château depuis plus de cinquante ans. Elle était l'un des derniers témoins de ma vie, elle avait connu mes parents, Florine, Lina, elle avait veillé sur les enfants de Pierre avec le même dévouement qu'elle avait toujours manifesté envers notre famille.

Et voilà qu'elle aussi venait de nous quitter. De ce passé, il ne me restait plus que Mestre, qui s'occupait des chevaux et du parc, après avoir tenu la Borderie.

Pierre trouva les enfants très choqués par cette disparition. Il ne voulut pas qu'ils assistent aux obsèques et, ce jour-là, emmena les deux aînés à Périgueux. Mélinda, elle, veilla sur Antoine. Nous portâmes Louisa en terre au cimetière de Saint-Martial, au cours d'une cérémonie qui ne réunit que très peu de monde : elle n'avait plus de famille. Quand je revins, le soir, Pierre n'était pas encore rentré. Je me sentis seul, brusquement, terriblement seul, et je ne parvins pas à écarter tous les souvenirs qui m'assaillaient depuis le décès de Louisa. Heureusement, Pierre rentra avant la nuit, et nous nous retrouvâmes tous à table, les enfants racontant ce qu'ils avaient vu à Périgueux : la foire, la fête foraine, les camelots, les bonimenteurs, les roulements de tambour de l'arracheur de dents, si bien qu'ils paraissaient avoir déjà oublié le drame de l'avant-veille.

Dès le lendemain je me mis en quête d'une cuisinière et je n'eus pas à chercher très loin pour en trouver une. La femme d'un ouvrier de la forge se proposa : elle avait une quarantaine d'années, s'appelait Rose, n'avait pas d'enfants, savait cuisiner, se montrait souriante et pleine d'énergie. Je l'engageai sur-le-champ, pas fâché de m'être libéré si vite de ce souci, heureux de voir les enfants lui faire bon accueil, rassuré par la présence de deux femmes, de nouveau, dans le château où je m'étais senti si seul. Je m'aperçus alors que les foins étaient hauts, que les jours étaient longs, et que les hirondelles se poursuivaient en rondes folles dans le ciel sans le moindre nuage. Un vent chaud se mit à souffler dans la paix des soirs, ramenant avec lui le souvenir d'un bonheur ancien.

15

Un an passa, avant que la forge ne soit en état de fonctionner. Un an d'efforts, de problèmes à résoudre le plus vite possible pour Pierre, qui savait que le temps lui était mesuré. Ses ressources en argent s'épuisaient, il fallait à tout prix démarrer la production avant l'été, d'autant que les marchés de pièces détachées à fournir à Ruelle étaient signés.

Il avait également fait réaménager les communs pour loger les ouvriers qui venaient d'arriver, il avait fait face aux dépenses du procès qui devait se plaider devant le tribunal à l'automne, mais ne paraissait ni inquiet, ni épuisé par l'ampleur de la tâche. Au contraire, la même passion qu'au début de l'entreprise l'animait. Et de le voir se démener sur tous les fronts me rassurait : mon fils était devenu un homme de fer, comme je l'avais été – du moins je l'espérais –, et mon père et tous les Grandval avant lui.

Quand les deux marteaux hydrauliques se mirent en mouvement, ce matin de mai, je ressentis un immense soulagement et une grande satisfaction. Toutes les familles étaient réunies dans l'atelier : les ouvriers, leurs femmes et leurs enfants, ainsi qu'elles l'étaient jadis le jour où on allumait le haut-fourneau. Pierre avait tenu à ce que ses fils fussent présents aussi, même Antoine, qui ne pouvait comprendre ce qui se passait.

– Qu'importe ! avait dit Pierre, il verra ce qui se passe et il s'en souviendra.

Une grande table avait été dressée à l'opposé des marteaux, qui proposait des crêpes, du pain, des pâtés et du vin de nos vignes, comme c'était la coutume, jadis, au premier jour de fonte de la campagne d'automne. Il y avait là beaucoup de têtes inconnues pour moi, que Pierre me présenta avec une simplicité qui me fit plaisir. Je devinai qu'il avait abandonné un peu de la raideur acquise à l'armée, qu'il s'était rapidement adapté aux coutumes de ce coin du Périgord où personne ne se hausse du col. Je retrouvai avec la satisfaction qu'on imagine cette impression de famille agrandie, de solidarité que j'avais ressentie, il y avait bien longtemps, à l'époque où mon père régnait sur le domaine. Une différence était apparue, pourtant, que je remarquai avec un peu d'étonnement : les ouvriers d'aujourd'hui ne venaient pas de la terre et n'y reviendraient pas au printemps. Désormais, ils travaillaient à la forge toute l'année. Ceux de la réserve et des métairies ne se rendaient plus au château, sinon pour livrer la part de récoltes qu'ils devaient.

Finalement, devant ces changements qui me frappèrent ce matin-là, je me dis qu'ils étaient le fruit d'une adaptation que nous avions su mener à terme après bien des périls. Mais je me réjouis du fait que c'était Pierre qui les avait en charge désormais, avec des moyens et des idées différents des miens. Moi, j'aurais eu beaucoup de difficulté à les mettre en œuvre. J'étais à présent l'homme d'un temps révolu mais je savais qu'il ne fallait pas regarder en arrière. Il fallait au contraire, comme Pierre le faisait si intelligemment, prévoir ce qui se vendrait à l'avenir, et au besoin inventer ces machines dont les plans se trouvaient déjà sur son bureau, un bureau situé à l'extérieur de la forge pour échapper au bruit, mais où une large vitre permettait de voir tout ce qui s'y passait.

Pierre m'expliqua ses projets tout au long de la matinée, me commenta son plan d'une faucheuse mécanique, me montra ses marchés avec Ruelle et Rochefort, sortit enfin d'un tiroir le dessin de pièces d'automobile.

– Tu veux fabriquer des automobiles ? m'écriai-je.

– Non, je veux simplement faire homologuer des brevets de suspension, de freinage, de volant et de crémaillère. Ensuite je les vendrai en m'assurant l'exclusivité de la fabrication.

Je regagnai le château très confiant, ce jour-là, persuadé que Pierre allait mener ses affaires de main de maître. De fait, les mois qui suivirent passèrent dans une sorte d'euphorie qui me gagna moi aussi, d'autant que les moissons furent les meilleures que nous ayons connues depuis une dizaine d'années. Les greniers étaient pleins, à la Borderie comme dans les métairies. Les vendanges de la mi-septembre furent également réussies. A la forge, les nouveaux ouvriers étaient rapidement devenus capables de répondre aux impératifs de la fabrication, si bien que Pierre honorait sans difficulté ses dates de livraison.

Tout allait bien, en somme, quand le procès intenté par ses beaux-parents vint devant le tribunal de Paris à la fin du mois de septembre. Pierre partit confiant en compagnie de son avocat, lequel était persuadé d'avoir en main un dossier irréfutable. Il faut croire que les pratiques juridiques, le poids des influences et l'évolution de la société n'étaient pas les mêmes dans la capitale qu'en Périgord, car le jugement qui fut rendu nous frappa de stupeur : si les juges admirent que les enfants de Pierre devaient vivre avec leur père, ils contestèrent l'utilisation de la part d'héritage qui devait leur revenir et décidèrent que cet argent devait être bloqué sur un compte jusqu'à leur majorité.

Pierre revint effondré à Grandval. Il n'avait plus un sou. Tout avait été investi dans les travaux de la forge et des communs. Il était pourtant de fait tuteur légal et n'avait pas à rendre de comptes jusqu'à la majorité de ses fils, mais il apparaissait que l'influence des parents de sa femme avait joué. C'était évident, et catastrophique. Son avocat le poussait à faire appel, mais l'appel n'était pas suspensif. Pierre devait donc approvisionner le compte bloqué avant le 10 décembre.

Le soir de son retour, nous étions assis sur la terrasse, comme à notre habitude, respirant les parfums lourds, que j'aimais tant, de chaque fin d'automne, sous le fourmillement des étoiles qui me semblaient toutes proches. Nous n'arrivions même pas à parler, assommés que nous étions par un jugement dont les conséquences nous apparaissaient dramatiques : où pouvions-nous trouver l'argent nécessaire avant le 10 décembre ?

– Il n'y a qu'une seule solution, lui dis-je au terme d'une longue réflexion, c'est d'emprunter cet argent jusqu'au jugement d'appel.

– Avec quelle garantie ? demanda Pierre. La somme est trop importante. Delmas va exiger une hypothèque.

– Nous la lui donnerons.

– Il ne se contentera pas d'une métairie.

– Il aura tout ce qu'il voudra, dis-je avec une douleur dans l'estomac.

– Et s'il veut la forge et le château ?

– Il les aura. J'ai confiance dans ce que tu as entrepris. Tu pourras rembourser les annuités. Nous ne perdrons ni le château, ni la forge, ni les métairies.

Nous restâmes un long moment silencieux, à mesurer la gravité de la situation, le danger qu'un tel emprunt et son hypothèque obligatoire représentaient. Puis Pierre murmura :

– Merci, père.

Je repris, comprenant qu'en de telles circonstances, je devais rester auprès de lui :

– Nous irons le plus tôt possible à Périgueux. Nous y verrons Delmas et ton avocat.

Et, comme Pierre hochait la tête, rassuré par mes propos qui exprimaient une solidarité sans faille :

– Le mieux est d'aller dormir à présent. Tu en as besoin et moi aussi.

Mais ni l'un ni l'autre n'en trouva la force. Nous

demeurâmes encore assis un long moment, essayant de trouver dans la caresse d'un vent tiède, du parfum des feuilles en fanaison, un peu de réconfort. Plus tard, je me levai, souhaitai à Pierre bonne nuit et gagnai ma chambre où je savais que je ne pourrais pas fermer l'œil. Ce fut le cas. Toute la nuit je remuai des chiffres dans ma tête, je vis la forge inondée, les huissiers se succéder sur la terrasse où nous avions vécu avec Pierre des moments si paisibles. Je parvins à m'endormir vers cinq heures du matin, mais ce sommeil-là fut aussi agité de cauchemars, dans lesquels le château brûlait.

Cette situation périlleuse nous rapprocha davantage, Pierre et moi. Je l'avais cru terriblement ébranlé – et c'est vrai qu'il l'avait été – mais il s'était redressé avec une rapidité et une énergie qui m'avaient rassuré. Je ne lui montrai rien de mes doutes et je ne fis jamais la moindre allusion à d'éventuelles négligences au moment où il avait réglé la succession consécutive au décès de son épouse. Je me contentai d'être là, à ses côtés, et je savais qu'il en était heureux, autant que moi.

Pourtant, comme nous le redoutions, Delmas exigea une garantie sur le château et sur la forge. Je signai sans une hésitation, même si les annuités de remboursement me parurent exagérées. Les fonds furent directement versés sur le compte désigné par les juges parisiens à la fin du mois de novembre. Entre-temps, nous nous étions occupés de réunir les éléments demandés par l'avocat de Pierre pour l'appel du jugement. J'appréciais cet avocat, maître Lapébie, qui avait conçu une stratégie assez simple mais que je trouvais judicieuse : signer un engagement visant à ce que les enfants retrouvent à leur majorité la somme exacte investie par Pierre dans la forge, avec en garantie une somme équivalente sur la réserve et les métairies. Autrement dit : faire glisser les garanties hypothécaires périlleuses consenties à la banque sur des biens immobiliers qui ne dépendaient que de nous. Et donc retirer d'au-dessus de nos têtes cette épée de Damoclès que des difficultés dans le fonctionnement de la forge auraient suffi à faire s'abattre.

Nous en fûmes rassérénés, et la vie put reprendre son cours en attendant que la situation juridique soit définitivement réglée, et dans le sens que nous souhaitions. Je m'étais aperçu que ces difficultés avaient aussi contribué à ce que Pierre se rapproche de ses fils, et donc de celle qui s'en occupait si bien. Mélinda était une jeune femme gaie, souriante, dont les cheveux châtains soulignaient un visage aimable, tout en rondeurs, qui exprimait un bonheur de vivre communicatif. Les enfants l'adoraient. Elle s'occupait d'Antoine, le dernier, comme s'il s'était agi de son propre fils. Je compris que cette affection émouvait beaucoup Pierre qui lui en savait gré et s'attardait de plus en plus le soir, quand il n'était pas en voyage, auprès d'elle et de ses fils, jusqu'à leur coucher.

Par ailleurs, Pierre estimait beaucoup Jacques Lefebvre, le père de Mélinda, qui faisait maintenant fonction de contremaître, puisque c'était Pierre qui s'occupait des ventes, pour l'essentiel à Ruelle et à

Rochefort. Je n'envisageais pas sérieusement qu'il se remarie un jour avec elle, car elle était beaucoup plus jeune que lui, et pourtant l'idée me venait, de plus en plus souvent, que, peut-être, nous, les hommes de Grandval, étions destinés à nous unir avec des filles d'ouvrier ou de métayer. Je ne lui en soufflai mot, mais je savais que s'il en décidait ainsi, je me garderais bien, en souvenir de Lina, de réagir comme l'avait fait mon père. Pour moi, il ne s'agissait pas d'une malédiction, bien au contraire : j'y voyais la preuve d'une alliance entre ceux qui vivaient à Grandval, même si je savais que cet état de choses posait plus de problèmes vis-à-vis de l'extérieur qu'il n'en résolvait. Les châtelains de la région, pour la plupart grands propriétaires fonciers, ne nous aimaient guère, pas plus que je ne les fréquentais. Cette rupture datait de l'époque où j'étais allé chercher Lina à Hautefort, au mépris des coutumes et de la religion, mais je ne m'en étais jamais soucié, ayant eu d'autres chats à fouetter.

J'eus l'occasion de vérifier à quel point Mélinda était attachée aux enfants, et plus particulièrement à Antoine, quand celui-ci tomba malade, en décembre de cette année-là, sans que le Dr Larribe, au début, sache exactement de quoi il souffrait. Pierre était parti une semaine à Paris pour faire homologuer des brevets et tenter de les vendre. L'enfant se mit à souffrir de langueurs et d'étouffements en fin d'après-midi, le soir de son départ, et je ne fis prévenir le médecin que le lendemain matin. Il se montra très circonspect, et tout de suite très inquiet.

– C'est peut-être contagieux, nous dit-il. Il faut éviter de le mettre en contact avec ses frères. Donnez-lui des tisanes sudatoires et surtout faites-le boire beaucoup.

Je raccompagnai Larribe jusque dans le parc où l'attendaient son coupé et son alezan, et lui demandai, pensant que peut-être il n'avait pas voulu parler devant Mélinda :

– Que craignez-vous, au juste ?

– Je ne sais pas, mais je n'aime pas ça. Je repasserai ce soir avec une préparation.

Il partit, la mine sombre, et je rejoignis Mélinda qui tenait l'enfant contre elle et lui chantait l'une de ces berceuses dont elle avait le secret. Elle avait perdu son sourire, comme si son instinct de femme lui faisait deviner qu'Antoine se trouvait en danger.

Il l'était, en effet, je le compris quand le Dr Larribe, arrivé vers sept heures du soir, ne repartit qu'à neuf.

– Je crains que ce soit grave.

– Qu'est-ce qui vous fait dire ça ?

– Cette manière de respirer difficilement, d'avoir des difficultés à avaler même le liquide.

– Ce qui signifierait ?

Larribe me prit le bras, murmura :

– Nous aviserons demain matin. Essayez de dormir.

Je ne pus évidemment pas trouver le sommeil et me relevai plusieurs fois pour soutenir Mélinda qui ne s'était pas couchée, mais demeurait assise dans un fauteuil, l'enfant sur ses genoux, afin qu'il respire mieux. Vers quatre heures du matin, les étouffements devinrent plus fréquents, et j'allai réveiller Mestre pour qu'il aille prévenir le médecin. Larribe arriva une demi-heure plus tard. Il examina la gorge d'Antoine, puis il se redressa et me dit :

– C'est bien ce que je craignais.

– Quoi donc ?

– Diphtérie.

Et avant même que j'aie eu le temps de réagir :

– Partons tout de suite.

– Où donc ?

– A Périgueux. A l'hôpital. Le croup a saisi sa gorge. Il faut à tout prix extraire les membranes qui l'étouffent.

Je me préparai dans la précipitation, tandis que Mélinda pleurait, demandant si elle devait venir aussi.

– Qu'elle nous suive, dit Larribe. Là-bas, il aura besoin de sa présence.

Nous partîmes dans le froid de décembre, ralentis par le brouillard qui ne laissait rien apparaître, ni des bas-côtés, ni de la route elle-même que Mestre, heureusement, connaissait bien. Ce fut l'une des pires nuits de ma vie. Je songeai à un voyage semblable, quand j'avais conduit Lina à Périgueux depuis Terrasson, et je tentai de me convaincre que l'issue en serait la même, mais Antoine suffoquait tellement qu'à plusieurs reprises je crus qu'il allait mourir. Je maudissais l'absence de Pierre, puis, l'instant d'après, je me disais que je me trouvais là, justement, pour lui épargner une telle épreuve. Larribe ne parlait pas. Il courbait l'enfant vers l'avant, lui tapait dans le dos, parfois même le suspendait par les pieds, à bout de bras, le manipulait sans cesse, malgré ses pleurs, et, pour finir, un abattement qui me parut funeste.

Nous n'arrivâmes qu'à dix heures du matin dans la grande ville engourdie par l'hiver où les rues n'étaient pas trop encombrées. Il neigeait, à présent, et je songeai que la route était heureusement restée dégagée pour nous laisser passer. Dès que Mestre eut arrêté la voiture, Larribe enveloppa l'enfant dans une couverture et l'emporta en courant sans se soucier de nous. Mélinda pleurait toujours, sans bruit, et je la pris par le bras pour gagner l'intérieur de l'hôpital où je ne vis pas Larribe. Nous nous assîmes dans une grande salle d'attente où des infirmières et toutes sortes de gens passaient devant nous sans nous voir ni nous adresser la parole. Je rassurai Mélinda du mieux que je le pus, mais elle sursautait chaque fois que nous entendions crier un enfant, sans que je sache s'il s'agissait ou non d'Antoine.

Le fait de me trouver à l'hôpital et non pas à Grandval m'avait un peu redonné confiance, mais l'heure que je passai ainsi à attendre me parut bien longue. Enfin Larribe apparut, vint vers nous et nous dit :

– On lui a enlevé les membranes. Il ne s'asphyxie plus pour le moment. Il faudra sans doute recommencer, mais il est sous surveillance.

Il ajouta, désignant Mélinda :

– Il te réclame, petite, tu peux y aller. L'infirmière va te conduire.

Je compris qu'il désirait rester seul avec moi, et que ce qu'il avait à me dire devait être inquiétant. De fait, dès que nous fûmes assis, il reprit, à voix basse mais sans fuir mon regard :

– Il est tiré d'affaire pour le moment, mais des complications peuvent apparaître.

– Quel genre de complications ?

– Une myocardite, c'est-à-dire une inflammation du muscle du cœur, ou peut-être une paralysie.

Je pris sur moi, pour demander d'une voix que je m'efforçai de garder ferme :

– Nous serons fixés quand ?

– Dans trois jours, si tout va bien.

Larribe ajouta, la mine toujours sombre :

– Vous allez dire à Mestre qu'il me ramène et vous resterez là avec la petite. Moi, je rentre pour examiner les deux aînés. Ils peuvent avoir été contaminés.

Et comme j'allais protester :

– Ne vous inquiétez pas. Si ça ne va pas bien à Grandval, je les conduirai moi-même à Périgueux. D'ailleurs je reviendrai dans quarante-huit heures. Je ne peux rien faire ici. L'enfant est en bonnes mains.

Je le raccompagnai jusqu'à la voiture, le remerciai du mieux que je le pus, puis je revins vers l'hôpital où je retrouvai Mélinda auprès d'Antoine dans une chambre isolée. Elle ne pleurait plus, avait repris un peu d'assurance.

– Il n'étouffe plus, me dit-elle. Ça va mieux.

Et, avec ce sourire qui lui était si naturel :

– Qu'est-ce que j'ai eu peur !

– Ne t'inquiète plus, lui dis-je, il est en sécurité ici.

Mais je me gardai bien de lui parler des craintes de Larribe. Je restai un moment avec eux, puis je me décidai à aller chercher une chambre pour moi à l'auberge, Mélinda ayant été autorisée à passer la nuit près d'Antoine.

Mes pas me dirigèrent tout droit vers l'auberge du Vieux-Logis où il me semblait que m'attendaient des souvenirs qui me seraient précieux en ces heures sombres. Ils ne le furent pas vraiment. Lina n'était plus là pour porter la soupière dont le contenu me parut fade, préoccupé que j'étais par la santé de mon petit-fils. De même, dans la chambre que j'avais occupée plusieurs fois, je ne reconnus plus rien, la tapisserie ayant été refaite et les meubles remplacés par les nouveaux propriétaires.

Je compris qu'il est inutile de revenir sur ses pas et de chercher les vestiges de ce que l'on a vécu. Le plus souvent il n'en reste rien. Je ne retournai pas sur la place de l'église Saint-Front ni dans la ruelle où Lina avait sa chambre. Comme tout cela me semblait loin aujourd'hui ! Seuls mes souvenirs gardaient la trace encore précise de cette époque de ma vie. C'était en eux que vivait Lina, non dans ces lieux qui, comme moi, comme le monde autour de moi, avaient changé irrémédiablement.

Pendant trois jours mes pas me conduisirent vers l'hôpital où Larribe, venu aux nouvelles, me rassura sur la santé des deux aînés, et, finalement, sur celle d'Antoine.

– Il est presque tiré d'affaire, me dit-il, vous pouvez rentrer avec moi à Grandval. Laissez la petite avec lui. C'est d'elle qu'il a besoin.

J'hésitai un moment, puis je finis par accepter, d'autant que Mélinda assurait pouvoir rester seule. Je repartis donc avec Larribe qui ne se montra pas avare de compliments à son sujet.

– Je sais tout cela, lui dis-je, et comprends pourquoi vous me parlez d'elle en si bons termes, mais elle est bien jeune.

– La jeunesse n'a rien à voir là-dedans, me répondit-il, les enfants ont besoin d'elle.

Le dimanche, quand Pierre arriva, je lui racontai tout ce que nous avions vécu en son absence, notre peur, le danger mortel couru par son fils, le courage de Mélinda qui était restée pour veiller sur lui à l'hôpital.

– Rien ne m'étonne d'elle, me dit-il, je lui saurai toujours gré de ce qu'elle fait pour mes enfants.

Mais il n'alla pas plus loin dans ses confidences, et il me remercia, moi aussi, du soin que j'avais pris d'eux.

Le lendemain, nous partîmes vers Périgueux où nous attendait une bonne nouvelle : nous allions pouvoir ramener à Grandval l'enfant et « sa mère » – c'est ainsi que le médecin appela Mélinda, après l'avoir vue veiller pendant une semaine sur Antoine. Pierre ne le reprit pas : il sourit seulement et, pendant tout le trajet du retour, son regard demeura fixé sur celle qui tenait Antoine sur ses genoux en le couvrant de baisers.

A Paris, il avait vendu un brevet de direction à crémaillère et avait vu voler un aéroplane. Il m'en parla avec un enthousiasme qui m'inquiéta : n'allait-il pas s'égarer dans des projets qui nuiraient un jour à la bonne marche de la forge ? Je n'oubliais pas que nous étions toujours sous la menace d'un jugement d'appel qui n'interviendrait qu'à l'automne prochain. De fait, un matin de janvier, Pierre, qui à cause de l'hiver et aussi, disait-il, pour s'occuper davantage de ses enfants, passait de plus en plus de temps dans son bureau, me montra les plans de ce qui était, de toute évidence, une automobile.

– Tu veux en construire une ? demandai-je, sans pouvoir dissimuler ma stupéfaction.

– Pourquoi pas ?

Je lui avais promis de ne jamais influer sur ses décisions, et je me gardai bien, ce matin-là, de lui faire part de mes inquiétudes. Je lui demandai seulement, espérant le ramener à des projets plus raisonnables :

– Et cette faucheuse dont tu m'as parlé il y a quelques mois ?

– Elle est en fabrication.

Il me conduisit dans un coin de la forge où se trouvaient deux roues en fer, un moyeu et deux lames superposées dont il m'expliqua qu'elles s'entrecroiseraient mécaniquement quand la machine avancerait.

– A la bonne hauteur ?

– On pourra la régler.

– Elle sera prête quand ?

– En juin, j'espère. Nous l'essayerons à la Borderie.

Je compris qu'il n'abandonnait pas un projet pour un autre avant d'avoir mené à terme le premier, et j'en fus rassuré. D'autant que les voitures chargées des pièces détachées, honorant scrupuleusement les marchés signés, partaient chaque fin de semaine en direction de Ruelle et de Rochefort ; que les rentrées d'argent, devenues régulières, couvraient les salaires et permettaient de faire face aux remboursements mensuels de l'emprunt contracté.

Tout allait bien, en somme, et tout aurait été parfait si nous n'avions pas vécu dans l'attente d'un jugement dont l'issue demeurait incertaine. Le mieux, me disais-je, était de ne pas y penser ou de faire confiance à cette justice qui nous avait pourtant si rudement malmenés. Pierre, lui, ne paraissait pas s'en soucier. Il se montrait optimiste, car les radicaux qui gouvernaient le pays étaient de farouches défenseurs de la propriété individuelle et de la liberté économique. Pierre avait confiance en eux. Leur alliance avec les socialistes n'était en fait, disait-il, qu'électorale. Ils avaient « le cœur à gauche mais le portefeuille à droite ». Ils ne se connaissaient qu'un ennemi : la droite cléricale, ce qui n'avait pas manqué de poser des problèmes à Saint-Martial même, au moment de la séparation de l'Église et de l'État en 1905. Mais nous n'avions jamais eu à Grandval l'habitude d'intervenir dans la vie du village, ayant assez à faire avec le domaine. En outre, au moment des inventaires, le curé, qui était le même qu'à l'époque où j'étais allé chercher Lina à

Hautefort, n avait jamais songé à faire appel à mon aide, et c'était heureux.

Notre seule inquiétude venait de la charte syndicale conclue au congrès d'Amiens l'année précédente. Elle recommandait d'agir « directement contre le patronat », et non de combattre « la façade parlementaire de l'État bourgeois ». L'action directe, pour les syndicats qui se proclamaient désormais indépendants de toute influence politique, c'était la grève générale. Mais en Périgord, nous n'avions pas besoin de l'efficacité de Clemenceau qui avait fait appel à l'armée contre les mineurs. Nous bénéficiions toujours de cette sorte d'autonomie de vie traditionnelle qui nous voyait encore loger les ouvriers dans les communs, à l'intérieur de Grandval. La loi de 1906 instaurant le repos hebdomadaire ne nous avait pas surpris. Il y avait longtemps que les ouvriers de Grandval ne travaillaient pas le dimanche, les préceptes de la religion ayant toujours été respectés.

Combien de temps ce régime en vase clos, autonome et protégé, allait-il durer ? Je ne le savais pas, mais j'étais persuadé qu'il ne pouvait pas en être autrement sur le domaine, les hauts-fourneaux et les forges ayant naturellement instauré ce mode de fonctionnement en autarcie depuis au moins deux siècles. D'ailleurs la société rurale évoluait moins vite que celle des villes, je l'avais souvent remarqué, il n'y avait donc pas de quoi s'inquiéter.

Mon seul souci, ce printemps-là, fut Aurélien qui, à dix ans, était bien en avance à l'école. Pierre projetait déjà de le faire entrer au collège à Périgueux à l'automne. Or l'enfant s'y refusait farouchement. Il prétendait vouloir rester au domaine, travailler avec son père qui expliquait :

– Si tu veux travailler avec moi, il faut que tu deviennes ingénieur et donc que tu ailles au collège.

– Je veux rester à Grandval. Je n'ai pas besoin d'étudier.

– Je me passerai de ton avis, tranchait Pierre chaque fois que le sujet s'imposait au cours des repas.

Aurélien, alors, se tourna vers moi et me demanda de l'aider. Je regrettai amèrement de l'avoir initié aux secrets et au charme de Grandval. Son désespoir était si grand que je cherchai une solution qui lui permette de grandir encore un peu avant de partir. Car il fallait qu'il parte, je n'en doutais pas, pour revenir plus fort et veiller un jour sur le domaine comme son père et moi le faisions aujourd'hui. Après de multiples tentatives, je parvins à convaincre Pierre de reporter ce départ d'un an : rien ne pressait, il fallait laisser à Aurélien le temps de se forger l'idée d'un départ inéluctable.

– Soit ! dit Pierre, un an, mais pas plus.

Mon petit-fils me remercia avec des larmes dans les yeux et prit l'habitude de me rejoindre, le soir, dans mon bureau, avant l'heure du repas. Je ne refusai pas, bien sûr, cette confiance qui me comblait, mais je m'efforçai de ne pas le couper de son père en lui montrant qu'étudier était nécessaire pour s'occuper un jour du domaine. Je m'en voulus au souvenir de mon combat contre mon père qui lui aussi voulait m'éloigner du seul endroit au monde où je pouvais être heureux. C'était sans doute ce qu'Aurélien éprouvait aujourd'hui, mais quoi faire ? Comment le protéger ? Le monde avait tellement changé, les affaires étaient devenues si périlleuses, qu'il était indispensable, et je le savais, d'acquérir assez de connaissances pour pouvoir s'adapter.

L'arrivée des beaux jours coïncida avec la décision de Pierre et rendit Aurélien à son bonheur de vivre. La verdure commença à grignoter la vallée, puis, rapidement, la submergea. Il y eut dès le début mai des journées qui allumèrent de brefs orages à odeur de soufre, mais ils ne durèrent pas. Il me tardait que les foins fussent hauts, non seulement à cause du plaisir habituel que les fenaisons me procuraient, mais aussi parce que j'attendais avec impatience la mise en marche de la faucheuse dont les éléments avaient été assemblés sous mes yeux à la forge. Pierre avait décidé de l'actionner dans un pré de la Borderie, mais n'avait pas pour autant négligé de réquisitionner des faucheurs munis du dail et de la faux. Bien lui en prit, car le pré n'était pas plan et, dès que la pente s'éleva, bien que l'on pût régler la hauteur de coupe au moyen d'un levier à main, il devint évident que les deux lames coupaient beaucoup trop haut, laissant le foin le plus épais sur pied. Le fils Mestre, qui menait les chevaux, se garda bien de le faire observer à Pierre, mais, au bout d'une heure, celui-ci mit fin de lui-même à l'opération, observant avec un peu de dépit dans la voix :

– Il faut encore la perfectionner.

Pas fâché de voir les faucheurs entrer en action, je restai sur place, tandis que Mestre ramenait la machine à la forge. Je m'assis en bordure d'une haie pour regarder avec toujours le même plaisir les gestes amples des faucheurs, tandis que le soleil montait dans le ciel où ne rôdait pas un nuage. Aurélien et Grégoire me rejoignirent, et je leur montrai comment on aiguisait une faux, comment couper en exerçant une rotation souple des hanches, puis nous restâmes jusqu'à midi pour prendre avec les faneurs le repas apporté par les femmes.

Pierre ne reparut pas. Il devait être penché sur sa planche à dessin, un peu vexé, sans doute, mais déterminé à trouver une solution au problème, ce dont je ne doutais pas.

Après le repas de salades et de cochonailles, je ramenai les enfants au château, afin de leur éviter la plus grosse chaleur du jour. Mélinda eut du mal à les garder à l'ombre : ils voulaient repartir dans les prés – pour aider, disaient-ils. Je leur promis de les ramener à la Borderie après quatre heures et de leur confier une fourche pour écarter le foin. Ce que je fis, dans la paix bleutée de l'après-midi que nul frémissement de vent ne venait troubler, pas même sur les rives de l'Auvézère où les peupliers demeuraient désespérément immobiles. Comme tous les enfants, ils se lassèrent vite et partirent avec ceux des métayers au bord de la rivière où ils ne risquaient rien, car l'eau n'était pas haute. Ils savaient d'ailleurs à peu près nager, l'ayant appris des autres enfants que l'eau, en cette saison, attirait comme le sucre les guêpes.

Ce soir-là, Aurélien et Grégoire revinrent au château avec une truite chacun, pas peu fiers de me les montrer, ainsi qu'à leur père qui devint pensif en les voyant si heureux. Sans doute se demandait-il si cette vie qu'ils menaient ici, cette vie dont ils devraient pourtant s'éloigner un jour, ne leur manquerait pas trop. Mais il n'intervint pas et je lui en sus gré. Ils assistèrent alors avec moi au va-et-vient des chars vers les métairies, à l'engrangement du foin dans les fenils, aux moissons d'août et au dépiquage qui s'ensuivit. Moi, je retrouvais avec bonheur le parfum des épis sur les aires, la poussière en suspension qui faisait tousser, l'agitation de ruche exaspérée par une chaleur touffue qui tombait qu'au matin. Je dormais toutes fenêtres ouvertes sur le chant des grillons et, très loin mais perceptible à une oreille familière, le chuchotis de l'Auvézère sur ses galets.

Je dormais moins qu'avant : c'est un privilège de l'âge. Je dis bien un privilège, car il reste peu de temps à vivre et il ne s'agit pas de le perdre en sommeil inutile. Ce fut pourtant durant ces nuits-là que je songeai le plus à la mort. Sans doute parce que ma vie prenait, dans cette épaisseur des jours, un poids, un charme qui me la rendaient plus précieuse. Je me levais, allais à la fenêtre, écoutais battre doucement le cœur de ce monde que j'aimais tant, incapable d'imaginer que je devrais le perdre un jour. Je me refusais à l'idée qu'il me restait peu d'étés à vivre, en tout cas beaucoup moins que je n'en avais vécu. J'écrivais quelques pages de ma vie jusqu'à ce qu'un peu de fraîcheur pénètre enfin dans ma chambre et alors, seulement, je trouvais le semblant de sommeil dans lequel j'oubliai ces questions essentielles que, la nuit, dans l'ombre voisine de celle, définitive, qui nous attend, il vaut mieux éviter de se poser.

La beauté des matins me remettait heureusement en route vers les champs et les prés, toujours flanqué de Grégoire et d'Aurélien. C'est à peine si les bruissements du monde étranger au mien m'alertaient sur ce qui se passait, plus précisément, dans l'Aude, que des viticulteurs menés par un nommé Marcellin Albert embrasaient. Nous ne vendions pas de vin. Les vignes de Grandval couvraient nos besoins et nous n'avions pas besoin d'en acheter. J'avais pris soin de replanter en plants américains depuis le phylloxéra, et les vignes du domaine étaient traitées contre le mildiou et les divers parasites qui les menaçaient.

C'est pourquoi les vendanges de cette année-là ressemblèrent heureusement aux précédentes. Je goûtai avec le même plaisir le vin nouveau sorti des cuviers, et compris que le vin de l'année à venir serait aussi bon que celui des années passées. Une question, cependant, m'arrêta un soir, alors que je prenais le frais sur la terrasse, en l'absence de Pierre parti pour Rochefort : combien de temps encore allais-je pouvoir – allions-nous pouvoir – vivre ainsi à l'écart de la marche du monde ? L'isolement de Grandval, de ses gens comme de ses coutumes, n'était-il pas destiné à disparaître un jour ? Et quand ? Le verrais-je moi-même ? Ce soir-là j'eus l'intuition que non, et je m'en félicitai intérieurement. J'espérais sincèrement que cette ultime épreuve me serait épargnée.

En fait d'épreuve, celle que je n'attendais pas s'abattit sur nous en octobre. Le vent du sud avait tourné à l'ouest un soir, et il avait commencé à pleuvoir vers minuit. Le murmure de la pluie sur les tuiles du toit, d'ordinaire, me ravit. J'y trouve un sentiment d'abri, de sécurité qui m'apaise et me permet de laisser errer mes pensées vers où nulle menace ne les trouble. Or, cette nuit-là, le murmure de l'eau du ciel devint en moins d'une heure un crépitement furieux qui ne cessa pas, au contraire : le jour, en se levant, laissa apparaître une brume cinglée par des traits épais, qui ne m'inquiétaient pas encore mais m'alertèrent : j'avais déjà connu ce déluge du ciel, longtemps auparavant, et il n'en était rien résulté de bon. Je me gardai bien d'en parler à Pierre qui avait des soucis avec une commande en retard pour Ruelle.

Je sortis, cependant, accompagné par Mestre, pour aller voir l'Auvézère en amont du barrage. La rivière s'était teintée mais n'avait pas monté de plus de dix centimètres.

– Ne vous inquiétez pas, me dit Mestre, il faudrait qu'il pleuve comme ça pendant deux jours sans interruption pour qu'elle passe par-dessus le barrage.

Je le savais, mais je n'aimais pas ce genre de pluie têtue et lourde qui me rappelait de mauvais souvenirs. De fait, à midi il pleuvait toujours, et jusqu'au soir il n'y eut pas la moindre accalmie. Ce fut au cours du dîner que Pierre s'en inquiéta pour la première fois :

– L'eau a beaucoup monté, me dit-il.

– Elle a monté, mais il y a de la marge, lui répondis-je. Ça ne va pas durer comme ça.

Cela dura, pourtant, sur le même rythme crépitant, si bien que je ne fermai pas l'œil de la nuit. Au matin, dès le jour, je revins voir l'Auvézère dont les eaux, boueuses, à présent, atteignaient la berge. Sur le chemin du retour, je constatai qu'elles ne se situaient plus qu'à trente centimètres de la digue érigée à quatre-vingts mètres en amont de la forge. Je décidai d'ouvrir en grand les vannes du bief et demandai à Pierre d'arrêter les marteaux hydrauliques qui risquaient d'en souffrir.

– Ça tombe mal, me dit-il, je dois livrer dans trois jours.

Il me sembla qu'il y avait comme un reproche dans sa voix, mais je ne m'y attardai pas. Je savais que si la pluie continuait encore quarante-huit heures, l'eau passerait par-dessus le barrage et inonderait tout ce qui se trouvait en aval, y compris la forge. Je n'y croyais pas tout à fait, encore, car même une crue trentenaire n'y était pas parvenue. Seule une crue exceptionnelle, une crue centennale, l'une de celles dont mon père seulement avait gardé la mémoire, pouvait inonder la vallée.

Dans la soirée, cependant, je compris que nous n'y échapperions pas : le ciel demeurait aussi bouché, la pluie aussi épaisse, et pas le moindre souffle de vent pour chasser les nuages. Je décidai d'attendre le lendemain matin pour alerter Pierre qui avait confiance dans ma parole : je lui avais toujours dit que même dans les circonstances les plus graves, la forge ne risquait rien. Je demandai à Mestre de se lever au cours de la nuit pour évaluer le danger et me prévenir si l'eau passait le barrage. J'entendis frapper à ma porte à cinq heures du matin : c'était lui.

– Elle est passée, me dit-il d'une voix affolée. Elle arrive à vingt mètres de la forge.

– Va réveiller les ouvriers, lui dis-je. Je serai là avec Pierre dans un quart d'heure.

D'abord mon fils ne voulut pas croire ce que je lui annonçai, puis il s'habilla en toute hâte et me suivit. Des lumières de lampes brillaient déjà près de la forge : celles des ouvriers prévenus par Mestre. Ils attendaient les ordres, que je soufflai à Pierre d'une voix blanche, mal assurée :

– Évacuez les pièces détachées, les outils, les machines transportables vers les communs.

Tout le monde se mit au travail sous la pluie battante dont j'avais l'impression qu'elle ne cesserait jamais. Pierre s'était repris : il aida à transporter tout ce qui n'était pas scellé vers les communs, heureusement situés près du château, c'est-à-dire surélevés de deux mètres au moins par rapport à la forge.

Au lever du jour, il y avait trente centimètres d'eau dans la forge. Les tours, les perceuses et les marteaux baignaient dans cette eau boueuse dont il était évident qu'ils allaient beaucoup souffrir. Pierre ne disait rien, mais je sentais son regard posé sur moi, lourd d'une colère qu'il contenait à grand-peine.

Quand nous rentrâmes pour nous réchauffer en buvant du café, il décida que ce matin ses enfants n'iraient pas à l'école et il les envoya dans leur chambre avec Mélinda. Nous restâmes face à face dans la salle à manger, atterrés l'un comme l'autre, et je dus puiser au fond de moi la force de murmurer :

– Oui, je sais, je t'ai toujours dit que cela ne pouvait pas arriver. Eh bien, c'est arrivé.

– Au plus mauvais moment, dit-il.

– C'est toujours un mauvais moment.

Il soupira et je compris qu'il prenait sur lui, ayant senti ma détresse.

– Crois-tu que les augets des roues qui actionnent les marteaux vont casser ? me demanda-t-il.

– Je ne crois pas, répondis-je, trop d'eau, au contraire, va les paralyser, d'autant qu'elle stagne à cause des murs qui la retiennent.

– Si rien ne casse, dit-il, il suffira de nettoyer et de graisser.

– Je crois aussi.

– Huit jours au maximum, reprit-il.

Et il décida subitement :

– Je vais écrire à Ruelle.

Il partit dans sa chambre sans autre commentaire, mais je le trouvai ce jour-là plus fort que je ne l'avais cru. Pas le moindre reproche dans sa bouche, mais des décisions, au contraire, qui me firent ressentir qu'il était devenu le vrai maître de Grandval. Ce fut pour moi un grand soulagement, car je ne me sentais plus l'énergie nécessaire pour faire face à ce genre de catastrophe. Lui la possédait, et heureusement. Je lui sus gré – sans le lui dire – de ne pas se perdre en vaines récriminations, d'organiser le combat contre l'eau qui monta encore pendant vingt-quatre heures. Alors la pluie cessa enfin, mais la crue mit une demi-journée à refluer, laissant apparaître une lie de boue jusque dans la forge.

Pierre remit aussitôt les ouvriers au travail, si bien que trois jours après, à mon grand soulagement, elle put reprendre son activité. Le seule réflexion que suscitèrent chez Pierre les dommages de l'inondation fut celle-ci :

– Dès que j'aurai un peu d'argent, je monterai la digue d'un mètre et je la renforcerai.

Je fus soulagé de constater qu'il n'avait jamais envisagé de renoncer.

Heureusement, cette fin d'année nous apporta aussi une nouvelle à laquelle nous n'osions croire : le jugement d'appel avait été rendu à Paris en notre faveur. Le tribunal avait accepté la transaction proposée par l'avocat de Pierre : un engagement que les enfants retrouvent intégralement leur part à leur majorité, engagement garanti par les biens immobiliers du château. Pierre allait pouvoir récupérer les sommes immobilisées à Paris sur le compte bloqué, rembourser la banque, échapper à la menace qui pesait sur nous. Nous fêtâmes l'événement au château en présence de maître Lapébie, lequel nous assura n'avoir jamais douté de cette issue heureuse.

Puis l'hiver s'installa sur la vallée, pas trop froid d'abord, et enfin rigoureux à l'approche de Noël. Il neigea, ce qui contraignit Pierre à rester à Grandval. Le jour de Noël, nous étions assis dans la grande salle à manger du bas, près du feu de la cheminée à manteau de chêne, quand il me dit soudain, d'une voix émue :

– Je crois que je vais épouser Mélinda.

Il m'avait semblé qu'une liaison s'était nouée entre eux, en entendant des pas, la nuit, dans le couloir, mais je ne m'attendais pas à une telle décision.

– Tu crois ou tu es sûr ? demandai-je.

– C'est décidé.

Il ajouta, avec une humilité qui me toucha :

– Si vous n'y voyez pas d'inconvénient, père.

– J'ai toujours pensé qu'elle ferait une très bonne épouse. Et puis les enfants l'aiment beaucoup.

– C'est ce qui m'a déterminé à le lui proposer.

– Il y a longtemps ?

– La nuit dernière.

Il avait décidé de ne rien me cacher, mais je savais déjà tout cela.

– Ce ne sont pas forcément des choses qui doivent se décider la nuit, dis-je en souriant.

– C'est pourquoi je vous en parle cet après-midi.

Il resta un instant silencieux, reprit d'une voix apaisée :

– J'y songeais depuis longtemps, mais je voulais d'abord que soit levée l'hypothèque qui pesait sur Grandval. Je ne souhaitais pas m'engager davantage sans être sûr d'y demeurer toujours.

Ainsi, comme moi, il avait redouté le pire à la suite du premier jugement.

– Aujourd'hui je ne crains plus rien, reprit-il, sinon, peut-être, la différence d'âge qui nous sépare.

– Est-ce que tu en as parlé à son père ?

– Bien sûr. Il n'a rien trouvé à redire, au contraire. Il s'inquiétait pour elle, et aujourd'hui il est rassuré. La seule chose qui l'inquiète, elle, c'est votre réaction à vous.

– Ah ! Bon.

– Elle craint que vous ne vous y opposiez.

– Va donc la chercher.

Pierre sourit, se leva, revint quelques minutes plus tard avec Mélinda qui tremblait comme une feuille.

– Assieds-toi, ma fille, lui dis-je, espérant la mettre à l'aise.

Elle s'assit mais continua à fuir mon regard, comme si elle se sentait coupable.

– N'aie pas peur, lui dis-je, il y a longtemps que j'espérais une telle union.

Mélinda, à ces mots, releva la tête, des larmes dans les yeux.

– C'est vrai ? demanda-t-elle, je ne peux pas le croire.

– Tu as tort, ma fille, nous te devons beaucoup pour t'être occupée des enfants comme tu l'as fait.

– Ça ne m'a jamais été difficile, dit-elle, je les ai aimés dès le premier jour.

Elle était là dans toute sa candeur, son visage rond, ses yeux noisette, son sourire, enfin, maintenant qu'elle était rassurée. Pierre, à côté d'elle, souriait aussi. Il avait passé la quarantaine mais ni les années ni les épreuves n'avaient marqué son visage qui me rappelait tellement celui de Florine. Il y passait encore quelques expressions de l'enfant qu'il avait été, sans doute grâce aux rêves qu'il poursuivait lors de ses inventions. Finalement, il avait toujours été aussi optimiste que sa mère, et sa fragilité n'était qu'apparente. J'avais rarement vu Pierre et Mélinda si près l'un de l'autre, et il me venait la conviction qu'en fait ils avaient dû se rapprocher à mon insu depuis longtemps. Ce mariage était devenu nécessaire, et je ne pouvais que m'en féliciter.

– Ce sera pour quand ? demandai-je.

– Alors vous voulez bien ? souffla Mélinda.

– J'en suis très heureux, lui dis-je. Viens donc m'embrasser.

Ce qu'elle fit sans façon, de cette manière si naturelle qui lui était propre dans tous les gestes quotidiens.

– Nous l'annoncerons aux enfants aujourd'hui, fit Pierre. Mais je voulais vous en parler avant.

– Fêtons ça avec du vin de Champagne ! dis-je. Appelez Rose, pour qu'elle nous apporte une bouteille.

– J'y vais, moi, fit Mélinda, et j'eus la conviction que, comme Lina, jadis, elle aurait du mal à devenir une maîtresse de maison.

Mais qu'importait cela, en ce jour de Noël où se jouait le sort de Grandval pour de longues années, du moins l'espérais-je ? Mélinda revint avec une bouteille et avec les enfants qui se demandaient ce qui se passait. Aucun des trois ne fut surpris par la nouvelle. Seul Aurélien me demanda, le soir, avec une ombre d'inquiétude dans la voix :

– Alors, Mélinda est devenue notre mère, à présent ?

– Non, lui dis-je, à peine surpris par la question. Votre mère est toujours votre mère, mais comme elle n'est plus là, Mélinda la remplace.

Il me sembla que l'enfant en était rassuré. Et rien ne vint plus troubler les quelques mois qui nous séparaient d'une union qui allait assurer, j'en étais persuadé, la pérennité de Grandval.

16

LE mariage eut lieu en mai, le 18 exactement, au milieu des lilas et des massifs en fleurs du parc, dont les allées avaient été gravillonnées pour l'occasion. J'avais tenu, comme Pierre, à inviter toutes nos connaissances, mais elles ne répondirent pas toutes favorablement. Nous vivions trop à l'écart des grands propriétaires, ceux qui possédaient réserves et métairies, et qui nous pardonnaient difficilement nos « mésalliances ». Les invités de Pierre étaient plus nombreux : ceux des affaires, du commerce et de l'industrie de la région, comme ses relations de Ruelle ou de Rochefort. Les ouvriers de la forge, les métayers, et les gens de la famille de Jacques Lefebvre avaient été également conviés, comme il se devait. J'y vis une preuve supplémentaire de ce grand bouleversement de notre société dans laquelle j'avais de plus en plus de mal à me reconnaître, mais je ne m'y attardai pas, ce jour-là, trop heureux que j'étais de voir Pierre et Mélinda échanger leurs serments dans la petite église de Saint-Martial. Elle était vêtue d'une longue robe d'un bleu pâle, portant une couronne blanche, en satin, dans les cheveux. Pierre avait revêtu l'un de ces costumes noirs à queue-de-pie qui faisaient fureur dans la bonne société et un chapeau haut de forme d'un feutre brillant.

A midi, le cortège revint en voiture vers le château pour un banquet dressé dans la grande salle à manger. Rose, aidée par trois cuisinières du village, avait fait des prouesses. J'ai retrouvé récemment le menu de ce repas somptueux arrosé de vins de Bergerac et de Bordeaux : potage, asperges, pâtés de foie gras, truites de l'Auvézère, filet de bœuf sauce Périgord aux cèpes, poulardes truffées, lièvre à la royale, salade, meringue, gâteaux à la crème, liqueurs, champagne.

Personne ne put se lever de table avant six heures de l'après-midi. Il faisait un temps doux, d'une extrême suavité, chargé du parfum des feuilles et des fleurs nouvelles. J'avais tenu à ce que l'on danse devant la terrasse comme lors de mon propre mariage avec Florine. Quand les violons s'accordèrent, j'allai m'asseoir sur le banc, entre les buis, pour respirer leur odeur et me souvenir d'autres noces, d'autres bonheurs, déjà si lointains. Aurélien me rejoignit, resta près de moi quelques minutes puis repartit, léger comme un oiseau, jouer avec les enfants qui se poursuivaient en criant tout autour du château. Ensuite ce furent Pierre et Mélinda, qui me demandèrent ce que je faisais là, seul, à l'écart.

Je dus les suivre, faire face à mes obligations, et même danser quelques minutes avec Mélinda, malgré la faiblesse de mes jambes qui me portaient à peine après une telle journée. Puis je m'assis sur la terrasse où avaient été apportées des boissons pour ceux qui ne dansaient pas, et j'entretins de mon mieux une conversation avec des gens de Rochefort. Je compris qu'ils tenaient Pierre en haute estime et j'en fus très heureux. Quand je me sentis un peu mieux, je fis le tour des invités et parlai avec chacun d'entre eux, malgré ma fatigue.

La nuit tombait quand il fallut repasser à table. Aux restes de midi, Rose avait ajouté des vol-au-vent, du turbot mayonnaise et des cailles farcies. J'étais assis en face de Jacques Lefebvre et de son épouse, qui me parurent un peu effrayés par l'ampleur de la fête. Je m'employai à les mettre à l'aise en leur parlant comme à de véritables amis. Il est vrai que c'est moi qui avais choisi Jacques, à l'époque où je ne pouvais plus partir sur les routes pour trouver des commandes. Il m'en avait toujours su gré. C'était un homme sec et nerveux, brun, aux traits aigus, d'une grande vitalité. Sa femme, douce, calme, avait les rondeurs de Mélinda, et aussi son sourire désarmant de simplicité. Ils couvaient des yeux leur fille qui était assise à ma gauche, Pierre se tenant à ma droite.

Le repas se prolongea jusqu'à deux heures du matin. Quand il fut question de danser de nouveau devant la terrasse éclairée par des lanternes vénitiennes et des lampions, je pris discrètement congé de mes hôtes les plus proches et gagnai ma chambre, à l'étage, incapable de résister à l'immense fatigue qui s'était posée sur mes épaules. Malgré le bruit, les cris, la musique du bal, je m'endormis aussitôt.

Cette grande fatigue qui tombait sur mes épaules de plus en plus souvent n'était pas normale et je le savais. Mais je comptais sur les beaux jours, les foins et les moissons pour me la faire oublier. Chaque matin je me levais de plus en plus difficilement, mais je m'efforçais de ne le montrer à personne, et surtout pas à Pierre qui était débordé par les commandes et travaillait jusqu'à la nuit. Il avait confié de nouvelles responsabilités au fils Mestre, de la Borderie, pour organiser les travaux des champs.

Le 10 juin, sur la grande prairie de la réserve, Pierre mit en marche la faucheuse dont il avait perfectionné la barre de coupe. L'attelage mit trois fois moins de temps pour couper le foin que n'en mettaient d'ordinaire cinq hommes. Il était si heureux, ce jour-là, que je restai près de lui au lieu de me réfugier à l'ombre, et je ne regagnai le château qu'à sept heures du soir. Je montai dans ma chambre pour me rafraîchir, et ce fut alors que le monde bascula autour de moi et que je perdis conscience, longtemps, très longtemps.

Quand je revins à moi, j'étais allongé sur mon lit et Pierre était penché sur moi.

– Larribe arrive, me dit-il.

J'avais très mal à la tête, et un étau d'acier s'était refermé sur ma poitrine.

– C'est ma faute, dit Pierre, sans la faucheuse, tu ne serais pas resté si longtemps au soleil.

– Ce n'est qu'un peu de fatigue, dis-je, mais je

gardais de mon malaise la sensation d'être parti très loin, dans les parages de la mort.

Larribe qui surgit, essoufflé d'avoir couru, me le confirma sans la moindre hésitation :

– C'est le cœur, me dit-il. Vous avez failli y rester.

– Surtout pas un mot à Pierre, lui dis-je.

Il demeura pensif quelques instants, puis :

– Il vaudrait peut-être mieux, pourtant.

Et, me fixant de son regard clair, sans concession :

– Il faudrait songer à prendre des dispositions.

– Allons donc ! Je n'ai jamais été malade.

Il soupira, reprit :

– Après une alerte pareille, vous ne pouvez plus tenir ce genre de discours.

Il réfléchit encore, comme s'il voulait me ménager, puis il me demanda :

– Avez-vous toujours mal à la poitrine ?

– Un peu.

– Il faut aller à l'hôpital.

– Certainement pas, dis-je.

– Vous risquez une embolie pulmonaire, ou pour le moins une phlébite.

– Ne cherchez pas à m'éloigner de Grandval, vous n'y parviendrez pas.

– Quel que soit le prix à payer ?

– Comme vous dites : quel que soit le prix à payer.

– Dans ce cas, souffla-t-il, je vais vous prescrire des médicaments et du repos.

– Je vous remercie, Larribe.

Et j'ajoutai, avec le plus de fermeté possible dans la voix :

– Combien de temps me reste-t-il ?

Il eut une sorte de moue contrariée, demeura silencieux un instant tout en rangeant son matériel, mais il ne me refusa pas son regard lorsqu'il murmura :

– Dois-je vraiment vous le dire ?

– Un an ? deux ans ?

– Pas plus.

– Merci, Larribe. Ne dites rien à Pierre, je m'en occuperai moi-même.

Quand il fut parti, Pierre, Mélinda et les enfants vinrent me voir, mais ne restèrent pas longtemps. J'étais épuisé, et l'étau refermé sur ma poitrine ne se desserrait pas. Pierre revint un peu avant la nuit, voulut fermer la fenêtre qui s'ouvrait sur le parc, mais je l'en empêchai.

– Non, laisse entrer de l'air.

Et, comme il s'asseyait sur la chaise près de mon lit :

– Je voudrais me reposer à présent.

– Vous êtes sûr que vous allez dormir ?

– Oui, ne t'inquiète pas.

Il partit et je demeurai seul, respirant le parfum des foins qui arrivait en vagues légères avec le vent de la nuit, qui, enfin, dispersait l'intense chaleur du jour. Ce fut une nuit douloureuse et périlleuse au cours de laquelle, j'en suis sûr, la mort me frôla une deuxième fois. Bizarrement, cette sensation de fin prochaine ne m'alarmait pas. J'écoutais les murmures de la nuit, le chant des grillons, la respiration des grands arbres du parc, l'aboiement d'un chien dans le lointain, je respirais tous ces parfums mêlés d'herbe coupée, de feuilles sèches, de pierre chaude, de poussière et de terre craquelée, comme si j'avais voulu en faire une ultime provision avant le grand départ.

Oui, c'est certain : ma vie s'est jouée cette nuit-là et n'a tenu qu'à un fil, sans doute celui qui me retenait malgré moi à ce monde que j'aimais tant. Je m'endormis au matin, la douleur de ma poitrine s'étant un peu estompée.

Le lendemain, Larribe revint dès huit heures, me recommanda de l'ombre, du repos et du silence, et s'inquiéta beaucoup de ma jambe droite très enflée.

– Si vous le pouvez, il faudrait marcher un peu dans votre chambre.

Il ajouta, la mine sombre :

– Au moins dix minutes le matin, et dix minutes le soir.

– Je le ferai, dis-je.

– Pour le reste : du repos, du repos et encore du repos.

Il me considéra un long moment en silence, puis :

– Ne mangez pas trop, si possible.

– Soyez sans crainte ; je n'ai pas faim.

Il hésita, demanda une nouvelle fois :

– Vous ne voulez toujours pas aller à l'hôpital ?

– Certainement pas.

– Je suppose que vous savez ce que vous faites.

– En effet, je le sais : s'il y a une chance que je vive encore quelque temps, ça ne peut être qu'ici. Si je m'en vais, je ne reviendrai jamais, et vous le savez très bien.

Il ne répondit pas, s'en alla en bougonnant, hochant la tête d'un air exaspéré.

Dès qu'il eut disparu, Pierre arriva et se montra plus inquiet que la veille. Je compris que Larribe n'avait pu cacher son inquiétude, et je tâchai de le rassurer de mon mieux. Il n'y avait en fait aucune urgence : j'avais rédigé depuis longtemps un testament qui, au reste, ne posait pas le moindre problème puisque je n'avais qu'un seul héritier. Pourquoi aurais-je inquiété Pierre plus qu'il ne fallait ? Le domaine, les métairies et la forge lui revenaient de droit. Il avait pris les affaires en main et n'avait plus besoin de moi pour diriger le domaine.

Je pouvais enfin me laisser aller au repos.

Pendant les semaines qui suivirent, je le fis d'autant plus volontiers que les bonnes nouvelles s'accumulèrent : non seulement Pierre avait signé de nouveaux marchés avec Ruelle et Rochefort, mais il avait aussi vendu sa faucheuse mécanique à des grands propriétaires de la Beauce. Il allait devoir embaucher une dizaine d'ouvriers supplémentaires. Il cherchait maintenant à inventer une batteuse qui remplacerait le dépiquage au fléau, mais il n'en était qu'à l'ébauche de ce qui, selon lui, permettrait de battre beaucoup plus rapidement en épargnant la peine des hommes.

Je me gardai bien de lui dire combien je tenais au dépiquage traditionnel, que ce soit au fléau ou au fouloir, et que je comptais bien y assister, comme à mon habitude, puisque je me reposais depuis un mois.

– Dans ce cas, père, je vous réserve une surprise pour vous y conduire.

Je me sentais un peu mieux, même si mes forces tardaient à revenir, et même si mes jambes douloureuses me portaient difficilement. J'avais compris au parfum puissant des épis couchés sur la terre que les moissons étaient en cours. J'entendais dans le lointain aiguiser les faucilles, grincer les chars sur les chemins, préparer les aires pour le dépiquage et je n'avais plus qu'une idée en tête : sortir enfin, retrouver les chemins, les champs, les hommes et les femmes des métairies.

Quand je descendis les marches du perron, ce matin-là, Pierre m'attendait en bas.

– Venez voir, me dit-il d'un air mystérieux.

Il me prit le bras et m'emmena devant le portail, où je découvris, à ma grande stupeur, une voiture automobile.

– Regardez ! me dit-il. C'est une Peugeot type 69, à quatre places et quatre cylindres.

J'en avais vu quelques-unes à Périgueux, mais je n'avais jamais imaginé en trouver une dans le parc de Grandval.

– Je l'ai achetée, me dit Pierre. Montez donc, nous allons partir vers la Borderie.

Il m'aida à m'asseoir, redescendit, tourna la manivelle, et la voiture se mit à tressauter tout en dégageant un panache de fumée noire. Je doutai en moi-même que ce véhicule fût capable de nous conduire si loin, mais il se mit en route et prit bientôt une vitesse qui me surprit : il allait aussi vite qu'un cheval au trot. Pierre riait, heureux de cette surprise, pensant me faire plaisir. En réalité j'étais incommodé par l'odeur et les tressautements auxquels je n'étais pas habitué, mais je ne le lui montrai pas.

A la Borderie, quand nous arrivâmes, les travailleurs rassemblés pour le dépiquage s'attroupèrent autour de l'automobile avec des exclamations et des commentaires flatteurs. Tous admiraient les chromes, les pneus, le volant, et tous auraient voulu y monter, mais le dépiquage ne pouvait pas attendre. Ils se remirent donc au travail, et je pus respirer enfin le parfum plus familier, que j'aimais tant, des grains et de la paille, des balles en suspension, des sacs entreposés au soleil, dans la chaleur du jour.

Pierre repartit à la forge et me laissa dans l'ombre fraîche de la métairie, après m'avoir dit qu'il reviendrait un peu avant midi. Aurélien et Grégoire se trouvaient là, qui étaient partis en courant vers la Borderie, dès leur réveil. Rien n'aurait pu les empêcher de participer à cette fête, ce grand rassemblement des hommes, des femmes et des enfants. Je retrouvais enfin tout ce que, reclus dans ma chambre, j'avais attendu avec impatience. Si bien que quand Pierre revint en automobile, peu avant midi, je n'avais pas vu le temps passer.

Nous rentrâmes au château pour le repas que servait Mélinda, laquelle ne parvenait pas à s'asseoir avec nous. Elle aidait Rose, allait et venait, comme Lina jadis, ne s'habituant pas à son statut de maîtresse de maison.

– Alors, me dit Pierre, cette automobile ?

– Tu ne seras pas surpris, je pense, si je te réponds

que je préfère le pas des chevaux, et surtout leur odeur.

– Un jour, il n'y aura plus de chevaux, dit Pierre. Tout le monde aura une automobile.

– Allons donc ! Il faudra d'abord pouvoir en acheter une.

– Tout ça prendra du temps, c'est certain, mais c'est irréversible : les machines remplaceront les hommes.

– Tu me permettras de souhaiter ne pas voir ça.

– Et pourquoi donc ?

– Parce que je n'aimerais pas ce monde-là.

– Elles les soulageront dans leurs travaux les plus pénibles.

– Et que feront-ils ?

– Ils actionneront les machines.

Il me parla de ses projets, des commandes qui s'accumulaient, m'apprit enfin que trois de ses ouvriers avaient pris l'initiative de former un syndicat.

– C'est la loi, me dit-il, et je n'ai pas cru devoir m'y opposer. Il faut savoir s'adapter.

– Tu as raison, lui dis-je.

Il m'entretint encore d'un agrandissement possible de la forge qu'il n'appelait plus « la forge » mais « la fabrique ». Je l'écoutais à peine. je n'avais qu'une envie : regagner l'ombre de ma chambre, me reposer et retrouver par la pensée un univers qui, je le savais bien, était en train de disparaître sous mes yeux.

Un mois plus tard, mon cœur flancha une nouvelle fois, et je me retrouvai couché pour les vendanges, alors que je les attendais avec impatience. Je réussis à me lever pour voir actionner le pressoir dans la cave et profiter de ce parfum entêtant des raisins mis à bouillir. Je me résolus à me confier à Pierre, évoquant une disparition prochaine.

– Allons donc ! me dit-il. Rappelez-vous, père, nous sommes des hommes de fer.

Mais je compris à son regard bouleversé qu'il savait que la fin était proche, et je n'insistai pas. Au contraire, pendant les jours qui suivirent, je m'appliquai à donner le change, feignant d'avoir retrouvé des forces et m'intéressant aux commandes de la forge.

Peu après, Aurélien partit au collège de Périgueux, et ce départ fut vécu par lui comme une déchirure. Je tâchai de l'encourager, de lui montrer qu'il avait gagné un an sur la date prévue par son père, qu'il reviendrait tous les quinze jours à Grandval et qu'il pourrait profiter aussi des grandes vacances.

– C'est ici que je veux vivre, me dit-il, et nulle part ailleurs. A quoi bon étudier ?

– Pour être capable d'aider ton père, de devenir ingénieur comme lui.

Il cessa d'argumenter, accepta l'inéluctable, et je l'accompagnai jusqu'à la voiture où il monta très vite et se tourna de l'autre côté pour cacher ses larmes. Ses frères se trouvaient là, aussi émus que lui face à cette séparation qu'ils avaient crue impossible. Quand la voiture s'éloigna sur la route, je les pris par la main, les ramenai au château, et ils se réfugièrent auprès de Mélinda.

Je passai la journée à me remémorer à quel point mon départ de Grandval m'avait été pénible, et pourtant j'avais dix-huit ans et non pas onze. Je me demandai si tant de peine était justifié. Mais au fond de moi je savais bien qu'il fallait se forger ailleurs les armes nécessaires pour que Grandval ne meure pas. Des armes qui permettaient de lutter dans le monde de l'industrie et du commerce, et non pas celles, devenues dérisoires, d'un monde clos, gouverné par la routine et l'autarcie. Il fallait payer ce prix. Et c'était vrai aujourd'hui plus qu'hier. Je me résignai donc, comme s'était résigné Aurélien, et Pierre avant lui. Je n'avais plus qu'à attendre les vacances pour retrouver ce petit-fils qui, déjà, me manquait.

L'automne fut clément et me permit de sortir avant le froid, non pas dans l'automobile, mais dans le cabriolet dont Mestre tenait les rênes. Je ne m'en privai pas, parcourant le domaine où les métayers procédaient aux labours d'automne et charriaient les engrais imposés par Pierre. Je pus prolonger ces sorties jusqu'en décembre, car cet hiver-là, contrairement à ce que je craignais, ne fut pas rigoureux, et Noël ne vit pas la moindre petite neige.

Conformément au dicton, Noël ayant été vécu au balcon, Pâques le fut aux tisons. Je m'en accommodai en poursuivant mes travaux d'écriture, en veillant sur les enfants, y compris sur Antoine, le dernier, qui était maintenant âgé de cinq ans. Il ressemblait de plus en plus à son père, et donc à son frère aîné. Celui-ci était revenu aux vacances, transformé, un peu moins attentif à Grandval et à ses frères. Il me sembla qu'il avait le regard tourné vers ailleurs, et je m'en félicitai, songeant qu'il souffrirait moins.

Je n'avais plus qu'une idée en tête : atteindre l'été, vivre encore les foins et les moissons, profiter des beaux jours, des murmures et du parfum des nuits par la fenêtre ouverte. Ce fut le cas. Il y en eut de merveilleuses, gorgées de douceur, poudrées d'étoiles, chuchotantes de secrets oubliés. J'étais comblé par ce cadeau qui m'était donné, peut-être pour la dernière fois.

A la fin du mois de juillet, Pierre surgit un soir dans ma chambre, très excité.

– Savez-vous ce que j'ai appris, père ?

– Je suppose que tu vas me le dire.

– Un homme a traversé la Manche en aéroplane. Il s'appelle Blériot.

Il s'assit face à moi, reprit :

– Vous vous rendez compte ? La Manche ! En aéroplane !

Pour lui faire plaisir, je feignis de m'extasier moi aussi d'une telle nouvelle.

– Un jour on traversera l'océan Atlantique pour aller en Amérique, reprit-il, les yeux brillants.

– Les bateaux le font déjà.

– Il faut presque un mois, alors qu'en aéroplane il faudra moins de vingt-quatre heures.

Je compris que rien ne pouvait porter atteinte à son exaltation et je choisis de la partager. Alors, comme à son habitude, il me parla de ses projets pour la fabrique, et je l'approuvai en toutes choses, même si son enthousiasme m'inquiétait un peu.

L'été se prolongea jusqu'en septembre, avec des aubes rousses et des soirs violets, lourds de parfums. J'en profitai du mieux que je pus, car quelque chose en moi me soufflait que c'était le dernier qu'il me serait donné de vivre.

Voilà. Je n'ai plus écrit pendant trois mois. C'est bien la preuve que j'ai fini d'évoquer ce qui fut une vie heureuse, et qui, malgré tout, le demeure. Nous sommes le 1er janvier 1910. Presque six ans ont passé depuis le retour de Pierre. Six ans durant lesquels mes forces ont continué de décliner, si bien que, à près de quatre-vingts ans, je ne parcours plus le domaine mais seulement le parc. Ces courts déplacements me suffisent pour voir accourir vers moi mes petits-enfants, parfois même Florine ou Lina, dont les regards m'ensoleillent. Je rêve régulièrement aux travaux des champs qui me réjouissaient tant jadis, et dont les gestes m'habitent intimement. Ces moments heureux me suffisent pour peupler une vie dont l'essentiel est en moi et ne se manifeste plus guère aujourd'hui à l'extérieur du château.

Le monde a tellement changé que j'ai beaucoup de mal à reconnaître le mien : celui de Lina courant sur le chemin, de Florine riant sur sa jument, des ouvriers se démenant comme d'immenses fantômes dans la halle de coulée. La nuit, dans mon sommeil, le grondement du haut-fourneau berce mes rêves d'enfant fou de bonheur, si bien qu'au réveil, je ne sais plus qui je suis : un vieil homme ou un jeune garçon ébloui par la vie. C'est si court, le passage d'un homme sur la terre ! Quatre-vingts ans ou cinq minutes, il n'y a pas vraiment de différence.

C'est l'hiver, il a gelé, et le ciel resplendit, renvoyant une lumière superbe vers les champs et les prés. Il y a longtemps que je ne m'intéresse plus aux affaires du pays, mais seulement à celles de mon petit univers, celui où mes souvenirs m'accompagnent fidèlement, sans que jamais la moindre amertume vienne les souiller.

Pierre a lancé les travaux d'agrandissement de la fabrique. Au cours de nos longues conversations, j'ai eu le temps de lui expliquer ce qu'il avait toujours ignoré, le convaincre que j'ai fait tout ce que j'ai pu pour rendre mes proches heureux. J'ai tenté de donner à mon existence une certaine unité dans laquelle il n'y a pas eu de place pour le moindre abandon de celles ou ceux qui l'ont frôlée, habitée, ou peuplée. Car si je crois à la grâce des présences, je ne crois pas au hasard des rencontres. Je sais que d'autres vies nous sont envoyées pour des raisons qui nous échappent mais que nous comprendrons un jour. Alors nous saurons qui nous sommes vraiment. D'où ce besoin, cette nécessité qui m'a hanté depuis toujours, de ne rien perdre, car j'ai toujours su, précisément, que ce qui m'était donné l'était par la main généreuse du destin : une main trop secrète pour être aperçue mais qui m'a toujours inspiré une confiance aussi totale qu'inexplicable.

Le peu que j'ai appris, c'est que les hommes vivent des passions extraordinaires et des chagrins inoubliables. Ils sont mortels mais le monde, autour d'eux, quoi qu'ils fassent, continue d'exister. Ce qui reste, au bout du compte, c'est leur courage à vivre en sachant qu'ils vont mourir et leur fidélité à ce que, malgré eux, ils ont vécu. Là est leur grandeur : ils sont condamnés à aimer ce qui doit disparaître. Et ils aspirent quand même à être heureux. Pour des retrouvailles futures ? Je ne sais pas. En fait, j'ai plus d'espérance que de foi. Ce que je crois vraiment, c'est que tout ce que j'ai connu de meilleur est en moi, et que je l'emporterai pour toujours de l'autre côté du temps, afin d'en faire présent à ceux qui, je l'espère, m'y attendent.

J'ai fait en sorte qu'avec ma vieillesse vienne le temps de la sagesse, c'est-à-dire l'acceptation d'un ordre naturel qui me dépasse. Je me suis habitué à me mouvoir dans un espace de plus en plus réduit, mais à trouver de la joie dans les plus petites choses : un sourire de mes petits-enfants, un rayon de soleil blondissant dans le parc, une odeur de buis ou de lilas capable de me transporter dans l'instant vers un passé enfui, une caresse de vent sur mon visage à la tombée de la nuit, celle que je goûte toujours à ma fenêtre, sous les étoiles qui me paraissent de plus en plus proches. J'ai été heureux d'écrire ces lignes dans le bureau qui fut celui de mon père et, à présent, dans ma chambre où errent toujours les ombres de ceux que j'ai aimés et qui me frôlent, parfois, si distinctement que j'en frissonne et tends une main tremblante vers elles.

Je ne sais pas vraiment si ces pages seront lues un jour, mais si quelqu'un les lit, c'est que les portes du château ne se seront pas fermées définitivement, que la vie aura continué de l'habiter, que les Grandval vivront toujours au cœur de la vallée heureuse. Je crois en cette force qui coule ici, dans l'eau, les champs, le ciel, les prés, les bois, et murmure à qui sait entendre les secrets éternels.

DU MÊME AUTEUR

Aux Éditions Albin Michel

LES VIGNES DE SAINTE-COLOMBE :

1. Les Vignes de Sainte-Colombe, 1996.
2. La Lumière des collines (Prix des maisons de la Presse), 1997.

BONHEUR D'ENFANCE, 1996.

LA PROMESSE DES SOURCES, 1998.

BLEUS SONT LES ÉTÉS, 1998.

LES CHÊNES D'OR, 1999.

CE QUE VIVENT LES HOMMES :

1. Les Noëls blancs, 2000.
2. Les Printemps de ce monde, 2001.

UNE ANNÉE DE NEIGE, 2002.

CETTE VIE OU CELLE D'APRÈS, 2003.

LA GRANDE ÎLE, 2004.

LES VRAIS BONHEURS, 2005.

Aux Éditions Robert Laffont

LES CAILLOUX BLEUS, 1984.

LES MENTHES SAUVAGES (Prix Eugène-Le-Roy), 1985.

LES CHEMINS D'ÉTOILES, 1987.

LES AMANDIERS FLEURISSAIENT ROUGE, 1988.

LA RIVIÈRE ESPÉRANCE :

1. La Rivière Espérance (Prix La Vie-Terre de France), 1990.
2. Le Royaume du fleuve (Prix littéraire du Rotary International), 1991.
3. L'Âme de la vallée, 1993.

L'ENFANT DES TERRES BLONDES, 1994.

Aux Éditions Seghers

ANTONIN, PAYSAN DU CAUSSE, 1986.

MARIE DES BREBIS, 1986.

ADELINE EN PÉRIGORD, 1992.

Albums

LE LOT QUE J'AIME, Édition des Trois Épis, Brive, 1994.

DORDOGNE, VOIR COULEUR ENSEMBLE ET LES EAUX ET LES JOURS, Éditions Robert Laffont, 1995.

Édition exclusivement réservée
aux adhérents du Club
Le Grand Livre du Mois
15, rue des Sablons
75116 Paris
réalisée avec l'autorisation des éditions Albin Michel

Composition I.G.S.
Impression Bussière, septembre 2005.
N° d'impression : 053082/4.
Dépôt légal : octobre 2005.

ISBN 2-286-01276-8

Imprimé en France.